BUZZ

© 2024, Carley Fortune
© 2024, Buzz Editora
Publicado mediante acordo com a autora por intermédio de
BAROR INTERNATIONAL, INC., Armonk, New York, U.S.A.
Título original: *This Summer Will be Different*

Publisher ANDERSON CAVALCANTE
Coordenadora editorial DIANA SZYLIT
Editor-assistente NESTOR TURANO JR.
Analista Editorial ÉRIKA TAMASHIRO
Preparação LETÍCIA NAKAMURA
Revisão AMANDA OLIVEIRA E MEL RIBEIRO
Projeto gráfico ESTÚDIO GRIFO
Assistente de design JÚLIA FRANÇA

Nesta edição, respeitou-se o novo Acordo Ortográfico da Língua Portuguesa.

Dados Internacionais de Catalogação na Publicação (CIP)
de acordo com ISBD

Fortune, Carley
   Este verão vai ser diferente / Carley Fortune
   Traduzido por Lígia Azevedo
   São Paulo: Buzz Editora, 2024
   312 pp.

Título original: *This summer will be different*
ISBN 978-65-5393-348-4

1. Romance canadense. I. Título.

24-212643   CDD C813

Elaborado por Eliane de Freitas Leite – CRB-8/8415

Índice para catálogo sistemático:
1. Romances: Literatura canadense C813

Todos os direitos reservados à:
Buzz Editora Ltda.
Av. Paulista, 726, Mezanino
CEP 01310-100, São Paulo, SP
[55 11] 4171 2317
www.buzzeditora.com.br

ESTE VERÃO VAI SER DIFERENTE

CARLEY FORTUNE

Tradução **LÍGIA AZEVEDO**

Para Meredith, claro.
Te amo até a ostra vida.

1

"Não é agradável pensar
que amanhã é um novo dia,
ainda sem erros cometidos?"

L. M. Montgomery,
Anne de Green Gables

PRÓLOGO

VERÃO DE CINCO ANOS ATRÁS

Protegi os olhos com as mãos a fim de absorver melhor a vista. A baía banhada pelo sol. A água cintilando como safiras sob as falésias cor de ferrugem. Os ninhos de algas marinhas na faixa de areia da praia. O restaurante revestido de madeira. As armadilhas para pegar lagostas. O homem usando botas impermeáveis.

A maresia entrava pelo meu nariz, e o barulho de um barco de pesca, pelos meus ouvidos. A brisa salgada fazia meu vestido bater contra minhas canelas, e eu sorria. Era tudo o que eu imaginara que minhas primeiras férias na Ilha do Príncipe Eduardo seriam, exceto um detalhe crucial. Bridget podia ter perdido seu voo, mas eu estava ali. E estava com fome.

Meus olhos precisaram de um momento para se ajustar quando entrei no Shack Malpeque. Minha atenção foi atraída de imediato pela menina usando uma peruca com tranças ruivas e chapéu de palha. Sentada a uma mesa perto da janela, ela roubou uma batatinha do prato do irmão mais velho enquanto ele observava os catadores de mariscos na água. Enquanto enfiava a batatinha na boca, a menina me notou, e eu fiz sinal de positivo para ela.

— Seus problemas vão parecer menores na ilha — Bridget prometera ontem. Eu estava debruçada sobre a bancada da cozinha do nosso apartamento, com a testa tocando o granito. Ela acariciou minhas costas. — Não ouça seus pais. Você consegue, Bee.

Bridget nunca me chamou pelo nome. Eu era Lucy Ashby para todo mundo na minha vida, com exceção da minha melhor amiga. Para Bridget, eu era Bee.

Naquele momento, eu me encontrava na entrada do restaurante, onde uma placa pintada à mão dizia VOCÊ OSTRA VEZ? O aroma pungente de vinagre de malte no ar me deixava com água na boca. As mesas de madeira eram cada uma de um jeito. Estavam todas cheias, sem que ninguém parecesse prestes a pedir a conta. Era esse tipo de dia.

Quando fiz menção de ir embora, uma garçonete de cabelo grisalho equilibrando três pratos de lagosta ao longo do braço gritou para mim:

— Vá se sentar no bar, meu bem.

Virei o pescoço e me deparei com uma fileira de banquetas vazias atrás de mim.

E com ele.

Ele estava do outro lado do balcão, com a cabeça voltada para baixo, abrindo ostras. A camiseta branca se agarrava a seus braços e ombros enquanto trabalhava. Seu cabelo era um tom mais escuro do que o meu — um tom profundo de chocolate, os fios grossos e ondulados —, curto o bastante para não cair nos olhos, porém comprido o bastante para ficar bagunçado e repousar sobre a testa. Senti uma vontade súbita de enfiar os dedos naquele cabelo.

Fiquei vendo seus antebraços se flexionarem enquanto ele enfiava uma faquinha com cabo de madeira em uma ostra fechada. Com um movimento do punho, ela abriu. Ele limpou a lâmina em um pano de prato dobrado, depois a passou pela concha, separando a parte de cima e a descartando. Seguiu-se mais um movimento da faca, então posicionou a ostra sobre uma cama de gelo triturado.

Enquanto eu me aproximava, ele voltou a limpar a lâmina. Em vez de usá-la para abrir a próxima ostra, ele parou por um momento e olhou para mim.

Quase tropecei. Seus olhos eram de um tom de azul que ficava ainda mais deslumbrante considerando sua pele bronzeada. Ele tinha uma covinha bem no meio do queixo. Fazia pelo menos dois dias que não se barbeava, e seu rosto parecia um estudo de contraste. Maxilar forte. Lábios rosados e macios, o inferior mais cheio do que o superior. Cílios pretos emolduravam seus olhos brilhantes.

Ele me encarou por menos de um segundo. Eu o vi, e ele me viu, e nesse piscar de olhos algo foi comunicado entre nós.

Um entendimento. Uma necessidade. Um desejo.

Eletricidade.

Meu coração acelerou, batendo alto e insistente nos meus tímpanos, e o peso de todo o medo, a preocupação e a vergonha que eu vinha carregando desde que contara aos meus pais que havia pedido demissão deslizou de cima dos meus ombros como se fosse seda.

Ele voltou a trabalhar e não reconheceu minha presença quando puxei uma banqueta. Fiquei olhando para suas mãos enquanto ele abria uma ostra após a outra, a uma velocidade impressionante. Quando juntou uma dúzia, deixou a travessa na ponta do bar.

Então me encarou, e por um momento ficamos só nos observando. Havia certa cautela em seu olhar, uma prudência sob aquelas piscinas brilhantes. Por um segundo, notei um toque de tristeza, que desapareceu enquanto eu ainda me perguntava de onde viera. De perto, dava para perceber que havia uma manchinha marrom em sua íris direita, logo abaixo da pupila. Uma falha minúscula e perfeita. De repente, não parecia mais uma tragédia o fato de Bridget ter perdido o voo. Parecia coisa do destino. Ele era, sem dúvida alguma, o cara mais gato em que eu já havia posto os olhos.

— Está com fome? — ele perguntou.

— Morrendo — respondi, e tive a impressão de que seus lábios se curvaram.

— De onde você é?

Sua voz era profunda e seca como casca de árvore. Seu sotaque era mais forte do que o de Bridget.

— Como sabe que não sou daqui? Eu poderia ser.

O homem olhou bem nos meus olhos. De novo, houve uma troca. Foi como se uma corrente passasse por um fio desencapado. Seus olhos passaram ao meu cabelo — castanho-avermelhado, com uma coroa de trança no alto — e depois à minha roupa. Suas sobrancelhas se arquearam. Quando fiz a mala, pensei que um vestido mais campestre seria apropriado — no caso, xadrezinho vermelho e branco, com os ombros à mostra. Eu seria uma Anne de Green Gables moderninha. Mas talvez as mangas bufantes fossem um pouco exageradas.

Ele deu de ombros, um gesto que me pareceu familiar.

— A maioria dos moradores locais não veste toalha de mesa — explicou, sem emoção na voz. A garçonete, que passava atrás dele, deu-lhe um tapa no ombro. Alisei o vestido, franzindo a testa, depois ajeitei o decote.

Ele pegou outra ostra, abriu-a e disse:

— Mas é uma toalha de mesa bonita.

— Que bom. Esta toalha de mesa quase estourou o limite do meu cartão de crédito.

— Não ligue pra ele, meu bem — a garçonete disse, pegando duas travessas de hadoque empanado do passa prato. — Ele está enferrujado. Acha que pode se safar com esses olhos. Mas vivo dizendo a ele que as mulheres gostam de um pouco de educação.

Dei risada, o que o fez olhar em minha direção, e senti de novo. Um raio descendo pela minha coluna.

— É disso que as mulheres gostam? Educação? — ele perguntou em tom baixo, e senti o ar roçando minhas clavículas, meus ombros.

Eu conhecia aquele tom. Aquele papinho. Ele era mais sutil do que eu estava acostumada — não recorria a frases prontas, não tinha a arrogância de quem acreditava ser irresistível —, mas eu sabia. Era um convite a brincar. A fala inicial de um jogo de improvisação. Eu podia ficar de papinho também. Naquilo era boa. Meus lábios formigavam; um sorriso se insinuava no canto dos dele.

— Não posso falar em nome de todas as mulheres, mas o que eu gostaria mesmo é do cardápio — repliquei, e me inclinei para mais perto. — Por favor.

— Justo.

Ele não atendeu meu pedido, no entanto. Em vez disso, ralou um pedaço de raiz-forte, o que fez cócegas no meu nariz, e a colocou no meio de um círculo de ostras, junto a duas cunhas de limão. Então, colocou o prato e molho de pimenta-vermelha na minha frente. Havia seis ostras grandes e brilhantes.

— São por minha conta.

— Sério?

Ele se afastou para outro canto do bar. Estava de calça jeans escura, com as barras dobradas, e tênis Vans xadrez em branco e preto. Fiquei olhando para seus bíceps enquanto ele servia uma cerveja. Colocou a caneca congelada à minha frente.

— Aqui está...

As reticências foram audíveis.

— Lucy.

— Aqui está, Lucy.

— Obrigada...

Gesticulei em sua direção.

Ele limpou as mãos no pano de prato, mantendo os olhos fixos em mim, como se precisasse tomar uma decisão antes de me responder.

— Felix — ele completou, após um momento.

— Não costumo beber cerveja, Felix.

— É uma cerveja maltada com mirtilo, feita aqui na ilha. Experimente.

Tomei um gole. Estava gelada e tinha um gostinho azedo.

— Obrigada. — Pousei a caneca no balcão. — E você tinha razão. Não sou daqui. Moro em Toronto — falei, pegando uma ostra.

— Toronto — Felix repetiu, com seu sotaque forte. Então, assentiu uma vez, solene. — Sinto muito por isso.

Abri um sorriso torto.

— Não sinta. É legal. Na maior parte do tempo. Você conhece?

— Fui uma vez — ele respondeu. — Só passei a noite, e foi o suficiente.

Fiz que sim com a cabeça. Era preciso aprender a gostar de Toronto, e mesmo já fazendo sete anos que eu morava na cidade, não tinha certeza de que gostava de verdade de lá. Salpiquei um pouquinho de raiz-forte e espremi o limão sobre a ostra, ergui-a na direção de Felix, em uma espécie de brinde, então a virei na boca, com os olhos fechados. Assim que o gosto fresco de sal marinho tocou minha língua, uma lembrança me ocorreu.

Bridget e eu no nosso apartamento no outono anterior. Tínhamos passado o fim de semana abrindo as caixas da mudança e avaliando o conteúdo. Como nossas coisas se encaixavam? Como *nós* nos encaixávamos? No domingo à noite, havíamos nos dado conta de que tínhamos dois abridores de lata, nenhuma mesa de centro, um futon para colocar sobre um estrado de madeira superdesconfortável e uma quantidade de velas aromáticas que duraria nossa vida inteira.

Estávamos cobertas de pó, deitadas de costas no chão, quando Bridget se levantou de um pulo e correu até a cozinha, derrapando por causa das meias. Ela pegou uma caixa de ostras da geladeira. Era uma das raras jovens de vinte e poucos anos que tinha uma faca específica para ostras. Bridget não a encontrou em meio ao caos de jornal, plástico bolha e papelão, por isso abriu todas com uma chave de fenda que encontrou na caixa de ferramentas. O esforço foi tamanho que deixou seu rosto vermelho.

— Se você conhecer minha família um dia — ela disse, enquanto eu descartava um pedacinho de casca —, não conte sobre esse trabalho porco, por favor.

Fazia um ano que éramos amigas, e, além da minha tia, ela já era a pessoa que eu mais amava no mundo. Ainda assim, passei a amá-la um pouco mais naquela noite.

Bridget deveria estar presente para aquilo. Minha primeira ostra na Ilha do Príncipe Eduardo. Eu a havia visto naquela manhã, porém de repente a saudade me atingiu de tal maneira que um nó se formou na minha garganta.

Quando abri os olhos, Felix me encarava. Eu poderia jurar que via um toque de dor, uma melancolia nadando sob a superfície azul de seus olhos. Porém se esvaiu antes que um canto de sua boca se erguesse.

— Gostou? — ele perguntou.

— Muito.

Eu me ajeitei na banqueta, cruzando as pernas. Senti que começava a corar. Fortes emoções deixavam meu peito vermelho. Começava entre os seios e subia até meu pescoço. Felix baixou os olhos, que pousaram nas três pintas que eu tinha logo abaixo da clavícula.

— E o que traz você à ilha?

— Uma viagem entre amigas.

Fora ideia de Bridget. Eu finalmente contaria aos meus pais que havia largado o trabalho como relações-públicas e depois visitaríamos a família dela na ilha. Duas semanas de ostras, areia e mar. Duas semanas para relaxar, sem precisar se preocupar com nada. Parecia que nossa amizade subiria de nível. Fazia um ano que morávamos juntas, dois anos que éramos amigas, mas só se conhece uma pessoa depois de conhecer a família dela. E eu mal podia esperar para conhecer a família de Bridget. Ela era a pessoa mais confiante e capaz que eu conhecia, e tinha um coração enorme. Eu queria saber de onde tudo isso vinha.

Felix fez questão de olhar para as banquetas vazias do meu lado.

— E você perdeu sua amiga no caminho?

Os pais de Bridget estavam visitando amigos na Nova Escócia e só voltariam na semana seguinte. Seu irmão mais novo não havia respondido às ligações dela ou às mensagens avisando que eu chegaria sozinha. Bridget me disse para ir até a casa deles e ficar à vontade.

— Contorne a casa até chegar ao deque — ela instruiu. — Tem uma chave debaixo do sapo de cerâmica.

Eu odiava ficar sozinha e odiava ficar parada. Não queria passar o restante da tarde à toa na casa dos Clark, com o desgosto dos meus pais reverberando no silêncio. Portanto, peguei o carro alugado no aeroporto de Charlottetown e fui direto para o restaurante.

— Ela vai chegar amanhã — expliquei, olhando nos olhos de Felix.

Ele processou a informação, com a cabeça inclinada de lado e os olhos apertados, então voltou a pegar sua faquinha. Fiquei assistindo enquanto, em questão de minutos, ele abria três dúzias de ostras, suas mãos se movendo a uma velocidade impressionante. Eu estava começando a pensar que havia entendido errado quando seus olhos procuraram os meus por baixo dos cílios e ele falou:

— E já tem o que fazer enquanto sua amiga não chega?

Talvez tenha sido a cerveja ou a empolgação de estar em um lugar novo. Em geral, eu não era tão direta, não me sentia tão segura quanto ao que queria.

— Não — eu disse. — Estou facinha.

Seus olhos se arregalaram, então ele soltou um palavrão. Um fio de sangue escorria por seu braço. Peguei um punhado de guardanapos e contornei o balcão.

— Você está bem?

Ele levantou a mão do corte no pulso esquerdo, e eu o cobri com os guardanapos.

— Acho que vai precisar de ponto.

— Não foi nada.

Cheguei mais perto, segurando seu braço e pressionando o corte.

— Pelo amor de Deus — a garçonete falou. — Limpe o corte e vá embora.

Ainda segurando seu braço, segui Felix até um escritório pequeno. Ele pegou um kit de primeiros socorros da gaveta da escrivaninha.

— Acontece muito? — perguntei, enquanto enrolava uma gaze em seu pulso e sentia o calor de sua respiração na minha pele.

— Não, Lucy. Mulheres bonitas não costumam me dizer que estão facinhas quando estou com um objeto afiado na mão.

Sorri.

— E mulheres diretas?

— Também não.

— Que pena — falei, embora não acreditasse inteiramente nele. Seu rosto era ao mesmo tempo rústico e de tirar o fôlego. Fora o cabelo e os bíceps. E eu também tinha dado uma boa olhada em Felix de costas, e era uma maravilha. Tinha certeza de que ele já tinha ouvido sua cota de cantadas. Eu havia pensado em pelo menos cinco desde que entrara no restaurante.

Terminei o curativo, porém não consegui me convencer a soltá-lo.

— Quer ir pro hospital? — perguntei. — Posso te levar.

— Está tudo bem.

Felix se abaixou e olhou nos meus olhos.

Uma faísca. Uma efervescência. Um estalo.

— Que tal, em vez disso, você me levar pra casa, Lucy?

Mal nos falamos no caminho, porém a antecipação deixava carregado o ar dentro do carro. Eu sentia os olhos de Felix passeando por minhas bochechas e meus ombros. E mais embaixo. Tinha certeza de que conseguia ver uma veia latejando no meu pescoço.

Eu estava nervosa. Meu estômago parecia uma gaivota cortando o céu aberto, subindo e mergulhando. Eu tinha vinte e quatro anos e sabia o que era sexo sem compromisso. Aventuras, casinhos, noites únicas, semanas de diversão — lances casuais eram minha especialidade. Porém aquilo parecia diferente. Mais arriscado. Não tínhamos nem comido alguma coisa, bebido alguma coisa. Eu não tinha procurado Felix no Google. Não sabia seu sobrenome ou quantos anos tinha. Vinte e poucos? Tudo o que sabia era que ele era gato, abria ostras de um jeito muito sedutor e queria fazer sexo comigo.

Peguei o caminho de terra sinuoso, ladeado por grama bem verde, que levava à sua casa. Havia toques de rosa e roxo por todo o caminho. Fiz uma curva, depois outra, e uma construção surgiu no meu campo de visão. Ela se erguia à distância, com seu telhado de madeira acinzentado que se elevava em dois cumes exagerados de cada lado. As paredes eram brancas, a porta da frente fora pintada de um tom alegre de amarelo. O mar se estendia atrás dela, como uma planície azul cintilante.

— É aqui que você mora? — perguntei ao parar. Os canteiros de flores eram incríveis. A época das peônias já havia passado em Toronto, porém ali elas permaneciam floridas. Devia ter pelo menos uma dúzia. E inúmeras rosas. Clematites subiam por uma treliça. Bocas-de-leão. Margaridas. Eu me virei para Felix. — Este jardim é seu?

Ele já estava saindo do carro e não respondeu.

Felix deu a volta pela frente, abriu minha porta e me estendeu a mão. O ar do Atlântico preencheu meus pulmões quando uma brisa forte fez a saia do vestido esvoaçar em torno das minhas pernas. Dei risada, tentando segurá-lo, e Felix me puxou para perto de si. Esqueci as peônias. Ele era poucos centímetros mais alto do que eu, de modo que nos alinhávamos perfeitamente, nariz com nariz, peito com peito, quadril com quadril.

— Não achei que o dia de hoje fosse ser assim — falei.

Notei uma leve covinha em sua bochecha esquerda quando ele sorriu. Não restava qualquer traço da tristeza que eu havia sentido no restaurante.

— Não?

Seus lábios roçaram os meus antes de descerem pelo meu pescoço. Inclinei a cabeça para trás e vi uma garça voando no céu.

— Não mesmo.

Senti cócegas quando sua barba por fazer roçou minha pele, com sua boca a caminho do meu trio de pintas. Ele deu um beijo nelas, depois as provou com a língua. Estremeci.

— Você não deve ter se informado muito — Felix disse, à medida que seus lábios subiam até minha orelha. — É assim que recebemos mulheres maravilhosas aqui. Este é um cumprimento tradicional da ilha.

Isso arrancou uma risada da minha garganta.

— Se eu soubesse, teria vindo antes.

Sua mão encontrou minha nuca.

— Acho que você veio no momento certo.

Restava um fio de ar entre nós; ficamos nos encarando por um momento carregado antes de eliminá-lo. Eu queria ir rápido, mas o começo foi devagar e suave, pelo menos até a língua de Felix entrar pelos meus lábios. Eu me inclinei em sua direção e enfiei-lhe os dedos no cabelo. Soltei um gemido quando Felix chupou meu lábio inferior. De repente, seus dentes estavam ali, roçando meu lábio. Ele não mordeu forte, mas me surpreendeu a ponto de eu abrir os olhos.

Felix recuou uns centímetros, com os olhos mais pesados do que momentos antes.

— Menos?

Levei a mão à boca e balancei a cabeça em um sinal negativo.

— Mais.

Felix me conduziu até a casa. Antes que meu queixo pudesse cair, estávamos nos beijando de novo. Peguei a barra de sua camiseta ao mesmo tempo que ouvi o ruído metálico do meu zíper abrindo, e de repente estávamos tirando nossas roupas e tropeçando nelas, subindo a escada até o quarto em um emaranhado frenético de braços, pernas e risos.

Caímos juntos na cama, nus. O corpo de Felix era todo linhas duras, cordilheiras e sombras, como se projetado para ser aerodinâmico. Seus ombros eram largos, seu peito era sólido, pontuado por pelos escuros. Passei os dedos por sua pele bronzeada e me maravilhei com seu tanquinho definido.

Não reparei muito no quarto além do exemplar surrado de *Vasto mar de sargaços* que se encontrava na mesa de cabeceira, o qual atraiu minha atenção enquanto os beijos de Felix desciam pelo meu corpo. Por um rápido momento, pensei que era uma leitura inusitada para um homem de vinte e poucos anos, então senti sua barba por fazer roçar na parte interna da minha coxa e parei de prestar atenção à decoração.

O sol estava se pondo, com faixas azul-royal e laranja cortando o céu, quando decidimos que precisávamos recuperar as energias. Felix preparou o jantar. Fatias grossas de pão rústico com manteiga. Um prato de fatias suculentas de tomate com sal e azeite. Outro com frango assado frio. Queijo cheddar. Espigas de milho. Montamos sanduíches abertos com o tomate e o queijo e devoramos o frango no deque com vista para a baía, ele de cueca boxer, nós dois com camisetas brancas que ele tirou de uma gaveta cheia delas.

Na próxima, nem chegamos ao quarto. Nem chegamos à parte interna. Felix estava com o gosto dos tomates maduros que havíamos comido — uma explosão de frescor, sol e sal.

Mais, eu repetia. *Mais*.

Acordei de manhã com Felix me abraçando pela cintura, seu corpo envolvendo o meu. Devíamos ter pegado no sono assim, embora eu não me lembrasse direito. Eu me mantive imóvel, porque não queria despertá-lo, não queria confrontar o desconforto inevitável da manhã seguinte. Passáramos a noite em um frenesi. Desconhecidos agindo como amantes que não se viam havia muito. Felix provavelmente precisava extravasar tanto quanto eu. Com certeza ambos ficaríamos constrangidos à luz do dia. Então senti seu maxilar no meu ombro e seus lábios no meu pescoço. E não foi desconfortável. Foi lento, preguiçoso e doce, como calda quente de caramelo escorrendo por uma bola de sorvete.

Quando enfim nos afastamos e eu disse que era melhor ir embora, Felix garantiu que eu não precisava correr.

— Tome um banho, se quiser — ele sugeriu. — Você toma café ou chá?

Então fiquei. Tomei um banho. Felix tomou chá e eu tomei café.

— Quando precisa sair pra ir buscar sua amiga no aeroporto? — ele perguntou. Estávamos no deque, ele na poltrona e eu na ponta do sofá onde havíamos feito a festa na noite anterior.

— Logo, acho. O voo dela chega ao meio-dia.

Felix soprou a caneca de chá, que fumegava.

— Eu me diverti muito ontem à noite — ele disse, olhando nos meus olhos. — Sei que você vai passar duas semanas aqui, mas...

Eu o cortei.

— Felix, ontem à noite foi... — Explosivo. Ardente. Fantástico, até. Definitivamente, a melhor noite de sexo da minha vida. — Foi... bom, você estava lá. Sabe como foi.

Ele baixou os olhos para o rubor que subia pelo meu peito e se concentrou no meu trio de pintas.

— Estava *mesmo*.

Eu queria que ele soubesse que víamos as coisas da mesma maneira. Não precisávamos ter *aquela* conversa.

— O que estou tentando dizer é que concordo. Foi incrível. Cinco estrelas. Mas sei que foi coisa de uma vez só.

— Coisa de quatro vezes, na verdade.

Sua covinha voltou a aparecer.

— Verdade — falei, olhando em seus olhos.

Uma faísca. Uma efervescência. Um estalo.

Felix pigarreou.

— Onde você vai ficar? Se quiser, posso te dar algumas sugestões de lugares a visitar. Tenho uma lista, pra quando alguém pede ajuda no restaurante. Deixei o celular na caminhonete do meu amigo ontem, mas posso te mandar por mensagem depois que ele vier trazer.

— Seria ótimo. — Peguei o celular e abri minha conversa com Bridget. — Minha amiga é daqui, mas já faz uns anos que mora em Toronto.

Li o endereço que Bridget tinha me passado, então olhei para Felix.

Ele me encarava, sem piscar, com o rosto de repente pálido.

— Que foi?

Felix ainda levou alguns segundos para falar.

— Tem certeza?

— Acho que sim. — Reli o endereço. — Por quê? Sabe onde fica?

Seus olhos passaram pelo meu rosto.

— Você é a amiga de Bridget — Felix concluiu. — Achei que só viesse na semana que vem.

Abri a boca para responder, então notei o sapo de cerâmica ao lado da porta de correr. Senti o estômago embrulhar na mesma hora.

— Ah, não.

Bridget tinha estabelecido três regras para a viagem.

Número 1: Coma seu próprio peso em ostras.

— Você é Bee — Felix disse.

Balancei a cabeça em negação, muito embora ele estivesse certo. Eu era Bee.

Número 2: Esqueça a vida urbana.

Tirei os olhos do sapo, debaixo do qual eu sabia que havia uma chave.

— Você é Wolf — murmurei. — Bridget é sua...

A náusea me atingiu com tamanha força que não consegui concluir a frase. Tapei a boca com uma mão trêmula.

Número 3: Não se apaixone pelo meu irmão.

— É — Felix disse. — Bridget é minha irmã.

1
AGORA

Nove dias antes do casamento de Bridget

Com a testa franzida, avalio o desenho na mesa à minha frente. É mais detalhado do que meus esboços típicos. Às vezes, só para me exibir, faço um desenho simples enquanto a cliente observa. Agora que faz mais de cinco anos que trabalho com flores, não preciso mais me preocupar com os arcos e chupás. Desta vez, no entanto, retratei cada folha e cada pétala em tons de verde, azul e branco. Ainda não está bom. Arcos de flores são minha especialidade, e este tem que ficar espetacular. De tirar o fôlego. Perfeito. Porque Bridget vai estar debaixo desse arco quando ela e Miles prometerem se amar e se respeitar por toda a vida, diante dos parentes e amigos. É sob esse arco que os dois vão dar seu primeiro beijo de casados. Quem vai entrar com Bridget é o pai dela, mas sinto como se eu também a estivesse entregando. Minha melhor amiga logo vai se casar.

— Acho que tem algo faltando. Precisa ser mais impactante — digo a Farah. Ela é meu braço direito na In Bloom e trabalha na empresa há quase tanto tempo quanto eu. É poeta, e seu olho impecável e sua alma criativa atraíram a atenção da minha tia. Farah afirma que montar arranjos de flores a ajuda com sua poesia. Ela gosta de usar delineador preto forte esfumado, além de roupas coloridas. Hoje, bermuda de lycra laranja-neon.

Giro o banquinho para encará-la.

— O que acha?

Ela junta as folhas com meus esboços para o casamento — arranjos de mesa, buquês, flores de lapela, coroas e mais — e as alinha.

— Com esse tanto de flor, não vai sobrar lugar para os convidados.

O jeito de Farah oscila entre a indiferença e o desdém. Só depois de meses trabalhando juntas eu a vi sorrir de verdade, a ponto de mostrar a fresta fofa entre seus dentes da frente, e levei mais alguns meses para concluir que sua postura era de fachada. Farah traz sua labrador preta, Sylvia, para o trabalho, e é muito amorosa com ela. Sylvia está dormindo debaixo da mesa com o focinho no meu pé.

— Acha que é demais? — pergunto.

Ela volta seus olhos cor de café para mim.

— Você não costuma empacar assim no projeto.

É verdade. Tia Stacy me ensinou a cuidar de flores, tanto em jardins como em vasos, e ficava encantada em poder me passar todos os seus truques. Minha noção de equilíbrio, cor e forma, no entanto, é inata. E, quando entro no ritmo, é mágico o modo como minhas mãos assumem o lugar do meu cérebro. Meu som preferido é o da tesoura cortando hastes.

Você leva jeito pra coisa, minha tia dizia. *Tem coisas que não se ensina.*

Stacy foi atriz antes de ser florista. Ela teve seus cinco minutos de fama ao interpretar uma parente italiana intrometida no drama adolescente para a TV canadense *Ready or Not* e se apresentou três vezes no Stratford Festival. Ela gostava de fazer declarações de maneira grandiosa.

— Eu sei — digo a Farah. — Mas...

Deixo a frase morrer no ar.

— Mas é Bridget — ela conclui.

— É. É Bridget.

Minha melhor amiga tem a boca suja de um marinheiro, o coração de uma leoa e uma paixão assustadora por listas, rotuladores e planilhas. Ao seu melhor estilo, está supervisionando todo o casamento com precisão cirúrgica. Ela montou um fichário codificado por cor e criou um calendário no Google com uma infinidade de compromissos aos quais tanto eu quanto o noivo, Miles, temos acesso. Fora os contatos dos fornecedores e dos padrinhos, a programação dia a dia e a seleção de músicas para a cerimônia.

As flores são a única coisa que Bridget não está controlando. Ela deu passe livre a Farah e eu, e passamos horas pensando em como transformar o Gardiner Museum em uma magnífica estufa. Peônias e rosas, lírios e ranúnculos, heras, aspargos-samambaia e folhas de magnólia.

Não importa o que eu faça, Bridget vai amar. Ela é minha maior defensora, minha torcedora mais barulhenta. Minha única torcedora, na verdade, agora que minha tia se foi. É a única pessoa na minha vida que me ama e me apoia incondicionalmente. Ela acredita em mim mais do que acredito em mim mesma. Cuidar das flores de seu casamento é um modo de agradecer, de retribuir tudo o que ela fez por mim. Isso superará qualquer coisa que eu já tenha feito. É meu presente para ela. E quero que meu presente a faça chorar.

Bato devagar com a testa na mesa em frustração, o que assusta Sylvia. Coço atrás de sua orelha enquanto ela volta a se deitar.

O sino à porta soa. Endireito o corpo na mesma hora e sorrio para o jovem que acabou de entrar. Está bem-vestido e parece nervoso. Pode estar a caminho de um primeiro encontro. Ou talvez seja um dia importante. Quem sabe vá pedir alguém em casamento. Tenho olho bom para esse tipo de coisa, e Farah e eu competimos em silêncio para ver quem acerta. Talvez ele vá propor à pessoa com quem está saindo para morarem juntos.

— Olá — digo. — Posso ajudar com alguma coisa?

— Sim. Quero comprar flores.

Sei que Farah precisa se segurar para não revirar os olhos.

— Bom, então veio ao lugar certo. É uma ocasião especial? Pra quem são?

— Pra mãe do meu namorado. Não sei do que ela gosta.

— Vai conhecer os pais dele? — Farah pergunta.

— Isso.

Ela olha para mim com cara de convencida. Cheguei perto.

— Temos uma reserva às seis em um restaurante um pouco mais para a frente — ele diz. — Vi a floricultura e me toquei de que provavelmente seria bom levar algo pra ela.

Olho para o relógio. São cinco e quarenta. Que estranho, Bridget já deveria ter chegado. Marcamos para daqui cinco minutos, mas ela sempre chega cedo. Vamos fazer a última prova do vestido hoje à noite em uma loja um quarteirão a oeste daqui. Vamos juntas, e depois pegamos alguma coisa para jantar.

— Eu te ajudo — Farah disse, se levantando. Ela fala com os clientes em um tom que parece ao mesmo tempo resignado e sábio. Eu nunca conseguiria fazer igual. Sou animada demais, com um sorriso cheio de dentes.

Farah o conduz até nossos buquês. Restam apenas três, o que na verdade é uma sorte. Em geral, já esgotaram a esta hora.

Enquanto ela o ajuda a escolher, eu volto a desenhar. Aperto um olho e imagino Bridget em um vestido marfim, Miles de terno. O vestido dela é simples e elegante. É um dos motivos que me faz pensar que o arco de flores deve ser mais impactante. Se o vestido fosse extravagante, eu precisaria fazer com que as flores não competissem com ele. O modelo que Bridget escolheu é deslumbrante, mas sem frufrus. Não tem nem cauda.

Isso me dá uma ideia.

Começo a rascunhar a lápis um arco de flores que cascateia até o chão e se estende por ele. Um rio de flores. Uma cauda de flores.

Só percebo que Farah está olhando por cima do meu ombro quando a ouço dizer:

— Que elaborado.

— É perfeito.

— É perfeito — ela concorda.

O próximo passo é listar aquilo de que preciso, mas tenho tempo. O leilão de flores, onde faço a maior parte das compras toda semana, é na terça logo cedo, de modo que me restam cinco dias para decidir. Agora que o design foi definido, posso concentrar minha atenção no dia de amanhã. Mordo o lábio.

Como se lesse minha mente, Farah pergunta:

— Quer repassar alguma coisa antes da reunião?

Vou tomar café com Lillian, gerente de eventos do Cena, uma das redes de hotéis mais refinadas de Toronto. Ela leu sobre a floricultura no jornal e pediu que cuidássemos das flores de todos os seus restaurantes. São oito, e um deles fica dentro do hotel sofisticado onde vamos nos encontrar. Minha sexta-feira começará com uma omelete de trinta dólares e um contrato que pode mudar minha vida.

— Acho que está tudo certo — digo a Farah.

Tenho certeza de que vou assinar o contrato amanhã, mas não posso negar minha inquietação. Não sei se estou hesitante porque pedidos corporativos não são o que me realiza — dezenas de vasos uniformes, pouco criativos e impessoais. Ou se estou preocupada com a possibilidade de não conseguir lidar com o aumento no volume dos negócios. No momento, tenho Farah e duas pessoas que trabalham em meio período, mas se eu fechar com o Cena vou precisar de duas ou três pessoas em período integral. E, embora eu ame fazer arranjos, não amo gerenciar as coisas. Conversas difíceis são difíceis para mim. No entanto, se o que está me segurando são a dúvida e o medo, esse é mais um motivo para mergulhar de cabeça. Fora que, assinando o contrato, vou poder dar a Farah o aumento considerável que ela merece.

— Estou empolgada — digo a ela. — E cansada. Não durmo bem há semanas.

Meu cérebro fica a mil quando eu deveria estar dormindo.

— Talvez se você tirasse um dia de folga...

— Você sabe que não posso agora.

Estávamos trabalhando a todo vapor.

Farah solta um grunhido.

— Então não vá dormir muito tarde. Você fica péssima quando não descansa bem.

Farah vai até a porta e a tranca. Olho para o relógio, surpresa que já sejam seis da tarde. Bridget está dez minutos atrasada. Bridget nunca está atrasada. Ela é a pessoa mais pontual que conheço.

Somos melhores amigas há sete anos. Em todo esse tempo, ela se atrasou uma única vez. Na nossa primeira viagem. Quando importava.

— Que estranho — comento, na tentativa de não transparecer o medo na minha voz. Bridget está bem. Tem que estar.

— Ela deve ter ficado presa no trânsito — Farah diz, mas noto um toque de incerteza em sua voz.

— Talvez.

Bridget é vice-presidente de relações públicas do Sunnybrook Hospital. Ela ia sair às cinco para garantir que chegaria a tempo mesmo que o trânsito estivesse horrível, como costuma estar.

Mando uma mensagem, mas ela não responde.

Às seis e dez, entro em pânico. Abro a porta principal e saio para a noite quente e úmida de agosto. Olho para um lado e para o outro da Queen Street East, à procura de uma cabeça com cachinhos platinados. Eu me apaixonei pelo cabelo de Bridget só de olhar para as costas dela durante uma reunião com todos os funcionários da empresa, antes mesmo de começarmos a nos falar. Ela o tingiu de um tom mais claro para o casamento, mas prefiro a cor natural, mais suave. Da cor do feno no fim do verão.

Como o restante de Toronto, Leslieville fica mais charmosa nas noites quentes. Vejo três bondes vermelhos seguindo para oeste, em fileira, um basset velhinho sendo empurrado em um carrinho e uma criança pequena segurando um sorvete derretendo, as mãos e o rosto cobertos de menta e chocolate. Mas nada de Bridget.

Quando entro de novo, Farah está contando os arranjos para a entrega de amanhã, por isso pego a vassoura nos fundos e me ponho a varrer as folhas, flores e restos de fita.

Farah aponta um dedo comprido na minha direção, a unha comprida com a ponta pintada de amarelo-neon.

— Pode parar. Não preciso da sua ajuda.

— Sei disso, mas estou aqui...

E preciso de uma distração.

— Sente-se. Relaxe, nem que seja por trinta segundos. Esse seu estresse está me estressando.

Volto a consultar o relógio. 18h18. Meu coração bate acelerado. Bridget não perderia algo tão importante como a última prova do vestido.

— Estava marcado para as seis.

Ligo para a loja. Talvez eu tenha entendido mal e ela esteja me esperando lá. Não, a pessoa do outro lado da linha me informa, impaciente, que Bridget não chegou. Na verdade, ela está vinte minutos atrasada, a loja fecha às sete e é uma época bastante movimentada do ano, caso eu não saiba. Peço desculpa e garanto que minha amiga vai chegar logo.

Termino de varrer e puxo um banquinho. Mando outra mensagem para Bridget, com os dedos já trêmulos, depois entro na internet para saber se houve algum acidente no caminho dela.

— Lucy — Farah me repreende, porém o tom suave dela me preocupa também.

Já perdi minha tia. Não posso perder Bridget também.

Aconteceu alguma coisa.

Eu me levanto. Começo a andar de um lado para o outro. Sylvia fica me olhando por um momento, depois sai de baixo da mesa e vem andar comigo.

Os cinco minutos mais longos da minha vida se passam antes que o celular vibre na palma da minha mão. O som que sai da minha garganta quando deparo com o nome de Bridget na tela é gutural, algo entre um soluço de choro e um suspiro de alívio.

— Cadê você? — pergunto. — Está tudo bem?

A voz dela chega entrecortada até mim. Não consigo entendê-la, de tanto vento que o microfone pega.

— Não estou ouvindo. Você está me ouvindo?

— Bee?

Segue-se um estalo. Ouço o barulho de uma porta de correr, então o vento cessa.

— Bee?

A voz da minha melhor amiga soa nítida do outro lado da linha, mas tem algo errado. Ela sai arrasada. Baixa.

— O que está acontecendo? Cadê você? Estamos meia hora atrasadas pra prova.

— Estou em casa — ela explica. — Na casa dos meus pais.

Preciso de alguns segundos para compreender suas palavras.

— Você... O quê? — Meus batimentos cardíacos são como uma britadeira nos meus ouvidos. — Sua família está bem? Seus pais? E... — Eu me seguro antes de falar o nome errado. — Wolf está bem?

Eu a ouço fungar, e seguro o fôlego.

— Estão bem, sim. Mas achei que fossem estar aqui. Eles não me contaram.

— Não estou entendendo, Bridge. O que eles não contaram?

— Que decidiram ir de carro pro casamento. E aproveitar a viagem — ela falou, com a voz desafinando um pouco. — Sabe como eles são.

Sei mesmo. Os pais de Bridget são espontâneos — o oposto da filha. Isso a deixa louca. Por isso mesmo não é apenas incomum Bridget ter de repente decidido ir visitá-los, mas também bastante preocupante.

— Tá, mas por que *você* está aí? Seu casamento é em menos de duas semanas.

E a prova é esta noite. Marquei de ir ao apartamento dela amanhã. Miles ia fazer um belo jantar para a gente enquanto eu ajudaria Bridget a determinar onde cada convidado se sentaria e a fazer uma lista de fotos imprescindíveis para o pessoal contratado. A despedida de solteira que estou organizando é neste fim de semana.

— Eu sei. Eu sei. Eu sei. Mas eu precisava fugir, Bee. Precisava vir pra casa. — Bridget fala em rompantes, com rapidez o bastante para que eu quase perca o que vem a seguir. — E preciso de você comigo.

— Você precisa de mim *aí*? Na Ilha do Príncipe Eduardo?

Farah ergue tanto as sobrancelhas que elas quase encostam no cabelo.

— Preciso mesmo. Venha, por favor — Bridget diz, e funga de novo. — Tem um voo amanhã que ainda não lotou. Estou no site agora mesmo.

— Você quer que eu vá *amanhã*?

Olho embasbacada para Farah. Sylvia está sentada ao seu lado, com a cabeça inclinada.

— Por favor, Bee. Venha. Preciso de você.

A lista de motivos que tenho para ficar é longa. A reunião de amanhã. O leilão de flores é na terça. Não sei se o pessoal que trabalha em meio período vai poder me cobrir. Fora que preciso preparar o casamento.

Porém Bridget nunca pede ajuda. Nunca precisou pedir. Ela me ama até Netuno e de volta, mas não precisa de mim tanto quanto eu preciso dela. Mas agora precisa. Eu iria aonde quer que fosse para ajudá-la. Recusar não é uma opção.

Olho para Farah.

— Vá — ela sussurra.

— Tá — digo a Bridget, balançando a cabeça. Não consigo acreditar que vou fazer isso.

— Você vai vir?

Engulo em seco.

— Vou — respondo. — Eu vou.

Muito embora tenha um ótimo motivo para nunca mais pôr os pés na Ilha do Príncipe Eduardo.

2
AGORA

Oito dias antes do casamento de Bridget

Pela janela oval, vejo a pista e minha mala cor-de-rosa sendo jogada na esteira rolante. Ela sobe a rampa e entra na barriga do avião enquanto sinto um friozinho na minha própria barriga.

— Partiremos rumo a Charlottetown, na Ilha do Príncipe Eduardo, em alguns minutos — anuncia a voz nos alto-falantes, e retorço os dedos sobre as pernas. Não tinha certeza se voltaria a ouvir essas palavras.

Quando o avião decola, respiro fundo. Inspiro e expiro. Depois de novo. Eu não deveria estar nervosa. Só vou porque Bridget está tendo uma crise. Não tem nada a ver com ele. Provavelmente nem vou encontrá-lo. Ele deve estar viajando com os pais, a caminho de Toronto. Não tive coragem de confirmar com Bridget, mas não importa. Eu nem deveria estar pensando nele. Só me preocupo com Bridget.

Ela estava tão abalada quando falamos que nem explicou por que havia voltado para casa. Tudo o que sei é que chegou ontem à ilha e que me quer ao seu lado.

— Bridget é seu conto de fadas — tia Stacy me disse uma vez, e eu concordei.

Quando fui de St. Catharines para Toronto, para estudar, achei que fosse fazer vários amigos. Dizem que é na universidade que você encontra seu pessoal, mas estudei comunicação ao longo de quatro anos sem nunca achar alguém com quem me encaixava.

Depois que ficamos próximas, Bridget me contou que nunca se sentia tão sozinha quanto em salas cheias de gente, e pensei: *É exatamente isso.* Tive casos e um círculo de amizades, porém além da minha tia, nunca tive alguém que me entendesse de verdade. Isso até conhecer Bridget.

Nosso "era uma vez" começou em uma noite de sábado. Eu tinha vinte e dois anos, e uma executiva da empresa de relações públicas onde eu trabalhava deu uma festa em sua casa. Na verdade, tratava-se de uma mansão de tijolinhos vermelhos, com um torreão e uma escadaria grandiosa. Havia uma tenda branca nos fundos, lanternas de papel e uma piscina com borda infinita. Eu estava com um vestido cheio de babados e uma coroa de flores que pegara do jardim da minha tia. Parecia uma noite mágica.

Na prática, não foi muito diferente da festa regada a cerveja à qual eu havia ido no primeiro ano de faculdade, duas ruas adiante. Uma quantidade impressionante de álcool foi consumida. Ninguém foi de roupa de banho, mas um cara do financeiro pulou na piscina vestido e outros o seguiram. Quando peguei um funcionário antigo olhando para os meus peitos, eu me afastei depressa e acabei torcendo o tornozelo. Fiquei no chão, com o salto quebrado. Era minha deixa para ir embora.

Eu estava descendo a Brunswick com um pé descalço quando ouvi um sino de bicicleta, e então:

— Ei, Cinderela!

Eu me virei e deparei com Bridget em uma bicicleta vermelha sem marcha, usando uma jardineira jeans cortada, capacete branco e nada de maquiagem. Ainda assim, deslumbrante.

Eu a conhecia do trabalho, embora nunca tivéssemos conversado. Assim como eu, ela era uma assistente, porém nas reuniões falava com a autoridade de alguém com o dobro de experiência.

— Bridget, certo?

— Isso. E você é Lucy Ashby, a funcionária que desenha margaridas nas reuniões.

Abri um sorriso.

— Desenho tulipas também.

— A festa estava um horror, né?

— É. Achei que fosse ser um pouco menos...

— Desastrosa pra caralho? — Bridget sugeriu.

Assenti.

Ela apontou para o sapato na minha mão.

— O que aconteceu?

— O salto prendeu entre duas pedras e caí em uma poça de água da piscina. — Eu me virei para lhe mostrar minhas costas molhadas. — Ou pelo menos espero que tenha sido água. O salto quebrou.

— Onde você mora?

— Na Jarvis com a Wellesley.

— Não fica longe de mim. Moro em Cabbagetown. Suba aí.

Foi assim que me vi descendo a Bloor Street no guidão de Bridget, enquanto ouvia histórias sobre sua infância na Ilha do Príncipe Eduardo. Em determinado momento, ri tanto que quase caí. Quando chegamos ao meu prédio, nos sentamos nos degraus da frente e passamos mais de uma hora conversando.

— Guardo uma cadeira pra você na reunião de terça — ela me disse, enquanto afivelava o capacete. — Você sempre chega atrasada.

— Pois é. — Fiquei surpresa que ela tivesse notado. — Obrigada.

Bridget voltou a subir na bicicleta e foi embora, gritando por cima do ombro:

— Até mais, Ashby.

Depois aprendi que aquilo era algo que o pai dela fazia: chamar as pessoas pelo sobrenome.

No fim da semana, já estávamos parando para o café, saindo para almoçar e fofocando juntas, e Bridget havia abreviado Ashby para Bee. Ela disse que combinava comigo, porque eu estava sempre zanzando para lá e para cá. Nem liguei. Nem um pouco. Nos cinco anos seguintes, até o dia em que ela se mudou do nosso apartamento, nunca me senti sozinha.

Não moramos mais juntas. Temos vinte e nove anos, e ela vai se casar. Ambas mergulhamos com tudo em nossas carreiras. Bridget perdeu o voo para a Ilha do Príncipe Eduardo cinco anos atrás por conta da entrevista de emprego no Sunnybrook. Ela encantou o comitê de contratação, claro, e a reunião acabou se estendendo por horas, porque eles já lhe apresentaram o campus, seus futuros colegas de trabalho e a chefia. Parece que foi em outra vida que trocávamos fofocas do escritório durante o cafezinho, agora é cada vez mais difícil termos um tempinho para nós.

Enquanto o avião sobrevoa Quebec, tiro uma soneca que não dura nem de perto o necessário. Sonho com o casamento, com todas as flores morrendo minutos antes da cerimônia. Perto do Maine, pegamos um trecho de turbulência, e eu acordo com o coração disparado e as palmas úmidas.

Em todos esses anos de amizade, Bridget nunca me soou tão perdida quanto ontem ao telefone. É sempre ela que cuida de mim.

Bridget me ajudou a me levantar mais vezes do que fui capaz de contar. É muito difícil que ela tropece.

O lado prático do meu cérebro sabe que eu não deveria estar neste avião. Quando liguei para Lillian, do Cena, ontem à noite para dizer que precisaria remarcar nossa reunião, sua decepção ficou evidente. Eu não soube dizer ao certo quando voltaria. Devo ter parecido pouco confiável. Bridget insistiu em pagar minha passagem e não reservou a volta. Não posso ficar mais que um fim de semana. Tenho muita coisa rolando, inclusive as flores de seu casamento, mas como posso negar o que quer que seja quando ela me proporcionou tanto?

— Atenção, passageiros — a voz soa de novo nos alto-falantes. — Vamos iniciar a descida em Charlottetown.

Esta é minha quinta viagem à ilha — vim sozinha em julho. Olho pela janela e meu estômago revira. Do alto, a ilha parece uma das colchas de retalhos da avó de Bridget, composta de fazendas, árvores e campos. Lá pode ser o lar de Bridget, mas a ilha é preciosa para mim também. Algumas das minhas lembranças mais felizes têm essa verde e maravilhosa como cenário.

E alguns dos meus maiores erros também.

Porém não vou repeti-los. Não desta vez. Este verão vai ser diferente.

Tem que ser.

Porque Bridget é a pessoa que mais estimo no mundo. Minha referência. Minha irmã. Eu faria qualquer coisa que ela me pedisse, inclusive vir para cá de um dia para o outro. Inclusive não me apaixonar.

3
AGORA

Sempre gostei de pousar em Charlottetown. Dá para descer do avião direto para a pista, o que fazia com que eu me sentisse tal qual uma celebridade. E o aeroporto em si é uma gracinha. Tem uma única esteira de bagagens, e quinze minutos depois de pisar na Ilha do Príncipe Eduardo já é possível estar com sua mala em mãos.

Bridget disse que estaria me esperando no estacionamento, por isso sigo sozinha para aguardar minha mala junto à Cows Creamery, onde tem uma estátua de vaca em tamanho real que parece tirada de um desenho animado — branca e preta, com focinho cor-de-rosa. A vaca sempre me faz sorrir, e desde minha primeira viagem tenho uma leve obsessão por ela. Não a encontro na frente da loja. Giro no lugar, horrorizada.

— Posso ajudar com alguma coisa? — uma mulher segurando vassoura e pá pergunta. Os moradores da ilha são os melhores seres humanos que há.

— Não, mas obrigada — respondo. — Não sabia que tinham tirado a vaca.

— É uma pena, não? Reformas. Também sinto falta de Wowie.

— Eu não sabia que ela tinha nome.

A mulher assente.

— Wowie.

Ela me deseja um bom dia. Dou dois passos na direção da esteira e sou atacada por alguém. Bridget é uma cabeça mais baixa do que eu, mas se joga sobre mim com tamanha força que quase me derruba. Seus braços me envolvem e meu rosto é engolfado por uma nuvem de cachos loiros.

Nós nos vimos no fim de semana passado, no chá bar organizado pelo pessoal do trabalho dela, porém Bridget me abraça como se fizesse meses. Ela me pareceu bem no dia, mas posso ter deixado algo passar despercebido. Eu estava distraída, inquieta por ter precisado me afastar do trabalho.

— Que bom que está viva — digo no cabelo de Bridget. — Você me assustou ontem. — Eu a abraço com força, depois seguro seus ombros e me afasto para ver como ela está. Bridget veio de short jeans rasgado e regata, sem nada de maquiagem. Parece quase igual a quando tínhamos vinte e três anos e morávamos juntas, antes que ela se mudasse junto a Miles.

Com seus vastos cachos dourados e a baixa estatura, Bridget parece uma fadinha encantadora, com sardas surgindo no nariz e nos ombros ao menor sinal de sol. Com frequência as pessoas se equivocam a seu respeito, mas ela é durona, e adora evidenciar isso. Logo percebi isso quando trabalhávamos juntas.

Certa vez, durante uma reunião tensa, Bridget se virou para o cara ao seu lado e declarou que ele estava se comportando como um energúmeno. Ainda não éramos amigas, mas gostei tanto do xingamento antiquado quanto da confiança com que ela o proferira, e de seu sotaque. O sotaque da Costa Leste de Bridget ficava mais evidente quando ela bebia ou em discussões acaloradas. Nesses casos, era como se ela fizesse questão de pronunciar o "r" com mais ênfase.

— Estou tão feliz que você chegou — Bridget diz, e quando sorri duas covinhas se formam em suas bochechas.

No entanto, seu rosto está pálido e há semicírculos escuros sob seus olhos castanhos. Bridget é quase religiosa quando se trata de seu regime de sono, e sob hipótese alguma ela dormiu perto de oito horas ontem à noite.

— Você sabe que eu pularia de um penhasco se pedisse.

— Talvez amanhã. — Ela aperta minhas bochechas. É entusiasta do afeto físico, e minhas bochechas são sua maior vítima. — Só quero alguns bons momentos com você, minha melhor amiga que eu amo tanto.

Bridget parece muito mais normal do que ontem, o que só pode ser encenação. Ela não me pediria para viajar para a parte atlântica do Canadá oito dias antes de seu casamento só para passarmos tempo juntas. Não é disso que se trata. Estou em uma missão de resgate.

Quando perguntei quanto tempo ela precisava que eu ficasse, Bridget respondeu:

— Quanto puder.

Com sorte, vou passar duas noites na casa dos pais dela e pegar o avião para Toronto no domingo, levando Bridget comigo.

Ela acena com a cabeça para a esteira, onde minha mala apareceu.

— Olhe a sua ali. — Bridget enlaça meu braço com o seu. — Vamos.

Está úmido do lado de fora, e pelo chão dá para perceber que choveu. O sol brilha forte, porém há nuvens de tempestade a leste. O clima muda rapidamente na ilha.

— Quer falar sobre o que aconteceu ontem? — pergunto, puxando minha mala de rodinha até o estacionamento.

— Fiquei com saudade — ela replica, dando de ombros como se não fosse nada de mais. — Com o casamento, a lua de mel e o trabalho, eu não sabia quando poderia vir, se não agora. Queria fazer uma surpresa pros meus pais. Mas devia ter ligado. Sei como eles são...

Avalio seu rosto, tentando determinar até que ponto está falando a verdade.

— Você pareceu bastante chateada.

— Porque estava mesmo. Eles viajam e nem me avisam? Típico.

— Quando você chegou eles já tinham ido?

— Isso. Ainda não tinham comprado as passagens para Toronto, e decidiram fazer o trajeto turístico. Vão encontrar amigos em Fredericton e passar alguns dias em Montreal.

Dá para ver que ela está irritada. Ken e Christine são ótimos pais e o motivo pelo qual os filhos são tão seguros e autoconfiantes, porém sua indiferença ao planejamento deixa Bridget louca. Ken foi professor de história e Christine foi veterinária especializada em animais de grande porte. Agora que estão ambos aposentados, é quase impossível segurá-los. Fazem o que querem, quando querem, e se veem no direito de mudar de ideia. Acho que a necessidade de ordem que Bridget sente é uma resposta direta à postura mais relaxada dos pais.

Já atravessamos metade do estacionamento e estou prestes a perguntar por que minha amiga precisava de mim com tanta urgência quando o avisto.

Felix Clark está recostado a uma caminhonete preta com os pneus cobertos de terra, lendo um livro. Seu cabelo preto cai sobre a testa de um jeito maravilhosamente bagunçado.

Puxo o ar. Segundos se passam antes que eu o solte. Faz um ano inteiro que não nos vemos. Tudo me volta à mente na mesma hora.

Olhos azuis brilhantes. Mãos fortes. Brisa marinha contra pele bronzeada. Um beijo na praia. Areia nos lençóis. O dia em que tudo mudou.

Eu me diverti muito.

É um milagre que eu não tropece. Minha barriga gela e meu coração parece querer abrir um buraco no meu peito.

Calma, digo a ele. *Comporte-se.*

Meu coração reage batendo ainda mais rápido.

Felix está aqui.

4
VERÃO DE CINCO ANOS ATRÁS

Bridget estava no chuveiro, cantando em um nível de decibéis ensurdecedor, enquanto eu me escondia em seu quarto. Felix se encontrava no andar de baixo, e eu não queria que ficássemos a sós. Ele era o irmão mais novo de Bridget, e eu estava na corda bamba. Tinha sido bem-sucedida em evitá-lo desde que havia buscado Bridget no aeroporto.

Eu podia apostar que o quarto de Bridget não havia mudado nada desde que ela se mudara para Toronto a fim de cursar a faculdade. Na parede, tinha um quebra-cabeça emoldurado da seleção feminina de hóquei de 2010 segurando suas medalhas de ouro, e no puxador do guarda-roupa, uma sacola de lona com os dizeres TIME JACOB. Ela também tinha três troféus de hóquei. A colcha que cobria sua cama era de retalhos em tons de cor-de-rosa e roxo. Aquele lugar pertencia a uma versão diferente da pessoa que eu conhecia.

Eu estava sentada em uma pilha de almofadas de pelo falso, folheando uma revista de moda que havia comprado no aeroporto, quando ouvi uma batida.

Toc-toc. Pausa. *Toc.*

Congelei.

— Lucy? — Felix chamou.

— Estou ocupada.

— Posso entrar? Seria bom conversarmos.

Fechei os olhos e apertei as pálpebras com os dedos. Eu não queria conversar. Queria voltar à tarde anterior, agradecer a Felix pelas ostras e não fazer sexo quatro vezes com ele na casa onde minha melhor amiga tinha passado a infância.

Ele voltou a bater.

Eu também não queria que Bridget pegasse o irmão falando comigo do outro lado da porta, por isso a destranquei e o puxei para dentro.

— Você não deveria estar aqui — sibilei, soltando seu braço. — Bridget poderia ter ouvido.

Um *oooh-oooh-oooooh!* bem alto chegou do banheiro nessa mesma hora.

— Acho que é seguro — ele argumentou, sem emoção na voz. — Na próxima, não me deixe esperando no corredor. Usei nossa batida secreta.

— Não temos uma batida secreta.

Felix ficou olhando nos meus olhos enquanto batia com os nós dos dedos na porta. Duas batidas leves, uma pausa, e uma terceira batida mais forte.

— Bom, não precisamos de uma.

Ele deu um passo na minha direção.

Ficar perto de Felix era uma péssima ideia. Era impossível ignorar seu aroma de ar fresco. Mesmo sem tocá-lo, eu sentia o calor de seu corpo. O cacho rebelde que caía sobre uma sobrancelha incitava meus dedos. Eu queria me jogar em cima dele. Queria tomar seus lábios. Queria passar a língua em sua covinha e cravar os dentes em seu lábio inferior. Por isso, eu me afastei.

— O que está fazendo? — perguntei. — Você não pode ficar aqui. Não podemos fazer isso.

Bem devagar, ele abriu um sorriso.

— Não *podemos*?

— Não! Recebi regras estritas! — Ele piscou para mim, confuso. — De Bridget.

— De Bridget?

— Isso. Ela avisou que tem três regras.

Tecnicamente, eu não havia quebrado nenhuma, mas não tinha dúvida de que ela não ia gostar de saber que eu havia dormido com seu irmão. Para dizer o mínimo.

— E quais são?

— Comer meu peso em ostras. — Eu me interrompi por um momento, porque não queria contar a ele *todas* as regras. — E deixar a vida urbana para trás.

O olhar de Felix era firme. Hipnótico.

— Você tinha mencionado três. Qual é a terceira, Lucy?

Apesar de ter conseguido evitar Felix, pensara nele o dia todo e desenterrara cada detalhe que Bridget havia mencionado a respeito do irmão. Ele tinha vinte e três anos, passara a vida toda na ilha e participava de competições para ver quem abria ostras mais rápido. Entre todos os fatos que minha memória havia recuperado, sua ex-namorada, Joy, era o que mais se destacava.

— Bridget me pediu para não me apaixonar por você. Meio que de piada, meio que não. Ela não quer que aconteça de novo o que aconteceu com... — Faço uma careta. — Bom, você sabe. Estava lá.

Uma sombra passa pelos olhos de Felix, como uma nuvem carregada.

— Entendi.

— Desculpe. Eu não devia ter tocado no assunto. Bridget contou que você passou por maus bocados.

Na verdade, o que ela havia dito era que o irmão andava "bebendo todas" e provavelmente nem o veríamos em nossa visita. Ao que parecia, desde o término, o sofá do melhor amigo dele já havia adquirido a forma do corpo de Felix.

— Bom — prossegui —, não precisamos nos preocupar com isso. Porque não é o que está acontecendo aqui. Não que algo esteja acontecendo, aliás. Não estou nem perto de me apaixonar por você. Não tenho interesse algum em começar um relacionamento. Acabamos de nos conhecer. Você é legal, mas...

O sorriso despreocupado de Felix retornou a seu rosto.

— *Legal?* Nossa. — Ele passou uma das mãos pelo cabelo, rindo. Fiquei olhando para seus dedos, que haviam estado em mim aquela manhã. *Dentro de mim.* — Bom, você vai ficar feliz em saber que não vim aqui pra seduzi-la. Achei que era melhor acabar com o climão pra você não precisar passar duas semanas me evitando.

— Eu não estava te evitando.

Felix me encarou, com uma sobrancelha arqueada.

— Tá, talvez um pouco. A gente fez sexo, Felix!

— Mais de uma vez — ele relembrou, com os olhos brilhando.

— Como isso aconteceu? Bridget devia ter avisado que perdeu o voo. Você devia saber que eu estava chegando.

Felix deu de ombros.

— Dormi na casa do meu amigo e esqueci o celular na caminhonete dele ontem de manhã. Eu sabia que Bridge ia vir, mas acho que confundi a data.

Esfreguei a testa.

— Bridget não pode descobrir. — Ela ia ficar maluca.

— E não vai. A menos que você se jogue em cima de mim na frente da minha irmã, acho que está tranquilo.

— É claro que não vou me jogar.

Felix era tão proibido que poderia muito bem estar usando um cinto de castidade medieval.

Ele sorriu.

— Falar é fácil...

— Você não é tão gato assim — menti.

— Estou brincando. Vou me comportar de maneira exemplar, e você também. Ninguém precisa saber sobre ontem à noite. — Uma lembrança de Felix em cima de mim, segurando meu joelho, me veio à mente. — Ou hoje de manhã.

— Concordo.

— Mas você não pode ficar vermelha assim — Felix acrescentou. Levei uma das mãos ao peito e senti a pele quente sob minha palma. — Vai entregar a gente.

— Não tem "a gente" — falei, fazendo cara feia.

Felix riu. Ele tinha uma risada gostosa. Vinda do fundo da garganta, meio rouca.

— Não tem graça. Bridget é minha melhor amiga no mundo todo. Amo sua irmã como se ela fosse da minha família. Na verdade, até mais do que se fosse da minha família. Ela não pode saber o que aconteceu.

Bridget era superprotetora com as pessoas com quem se importava, e em circunstâncias normais eu estava incluída entre elas. No entanto, quando o irmão estava envolvido, eu não sabia o que esperar. E não queria arriscar o relacionamento mais importante da minha vida.

— Não vou contar a ela — Felix disse. — Pode acreditar em mim, não tenho qualquer interesse em discutir minha vida sexual com minha irmã. Ou em me envolver com uma amiga dela.

— Obrigada.

Ele se inclinou para um pouco mais perto e baixou a voz para dizer:

— Então a regra número um é: não contar a Bridget.

— Precisamos mesmo de regras?

Seus olhos passaram aos meus lábios, e senti o desejo latejando entre minhas coxas.

— Acho que sim — ele disse.

Engoli em seco.

— Então tá. Não vamos contar a Bridget. O que acontece na ilha...

— Fica na ilha. — Felix assentiu. — Regra número dois: não vai acontecer de novo.

— Isso nem precisava ser dito.

— E a regra número três você já sabe.

— Sei?

— Sabe. — A covinha dele se aprofundou. — Regra número três: você não pode se apaixonar por mim.

5
AGORA

Felix ainda não viu a gente. Está entretido com o livro. Quase sempre tem um livro enfiado no bolso de trás de seu jeans. É um leitor voraz.

— Achei que sua família estivesse a caminho de Toronto — digo a Bridget, casualmente, enquanto continuamos avançando.

— Só meus pais — Bridget explica. — O Mustang não deu a partida, por isso liguei pro Wolf.

E Felix é a pessoa mais confiável do mundo.

Eu o devoro, da cabeça aos pés. O bronzeado intenso do auge do verão. Seus ombros largos. Seus braços sólidos. A camiseta branca justa e o jeans escuro. Igualzinho a quando o conheci. As roupas são novas, no entanto, e um pouco mais estilosas. Ele fez a barba — nenhum pelo esconde os ângulos pronunciados de seu rosto ou a covinha em seu queixo. Faz anos que não vejo Felix sem barba, desde que nos conhecemos. Seu cabelo está desgrenhado de um jeito muito sexy. Cresceu desde a última vez que o vi. Daria para agarrar, considerando o comprimento atual.

Felix vira uma página. É um suspense grosso com capa preta e título em neon, bem diferente de suas leituras de costume. Clássicos modernos, clássicos clássicos.

Não sei se ele sente que está sendo observado, mas levanta o rosto e seus olhos encontram os meus em um instante, como se em consequência de uma atração magnética.

É demais. A beleza dele.

Felix continua totalmente focado em mim à medida que nos aproximamos. Imóvel como uma montanha. Do outro lado do estacionamento, sinto o calor que emana dele.

Ergo uma das mãos, sem conseguir impedir que trema. Não esperava vê-lo antes do casamento. Não estou preparada. Mas eu consigo. Claro que sim.

Quando chego, forço um sorriso no rosto.

— Wolf, que bela surpresa.

Seus olhos faíscam à menção de seu apelido, suas sobrancelhas escuras se aproximam.

Wolf.

Nunca me senti confortável usando o apelido porque não parece apropriado ao homem que conheço. Wolf é o irmão mais novo de Bridget, um personagem de suas histórias. Felix é alguém completamente diferente.

Dou um passo em sua direção e o abraço de maneira amistosa, fazendo o meu melhor para não sentir seu cheiro. Mas não adianta. Pinheiro, sal, vento — a brisa do mar passando pela floresta. Felix tem o melhor cheiro que já senti, e passei um ano inteiro sem ele.

— Oi, Lucy.

Sua voz desce por minha coluna como uma mão alisando as costas de um gato.

Eu me afasto e cometo o erro de olhar em seus olhos. Eles sempre me pegam — duas piscinas em um tom improvável de azul, com a manchinha marrom como uma ilha em miniatura logo abaixo da íris. No entanto, sua expressão é cautelosa. Em geral, Felix solta faíscas como fogos de artifício.

Só percebo que o estou encarando quando ele franze a testa e duas linhas paralelas se formam acima do nariz. Nem sempre estiveram ali, mas agora Felix tem vinte e oito anos. Passaram-se cinco anos desde que nos conhecemos. Toda vez que nos vemos, ele mudou. Só um pouco. O bastante para eu me pegar catalogando as diferenças sutis, prestando mais atenção do que deveria. *Gostando* mais dele do que deveria.

— Como andam as coisas? — pergunto.

— Não posso reclamar.

Felix sorri, mas não do modo aberto de sempre. Seu sorriso é uma fortaleza que não deixa transparecer nada. É uma pena, porque estou desesperada para saber em que ele está pensando.

Felix pega minha mala e a coloca na caçamba da caminhonete. Vejo os músculos de seu braço se tencionarem e me esforço para não me lembrar da sensação deles sob minhas palmas.

— Acredita que ele se livrou da barba? — Bridget pergunta, então aperta a bochecha do irmão, embora não haja muito o que apertar ali. — Wolf quer estar bonito no casamento.

Felix a ignora. Parte de mim se empolga com a possibilidade de que isso talvez tenha um pouco a ver comigo.

— Ficou bom — declaro, afinal. E isso é pouco. Felix parece ainda mais perfeito para estrelar minhas fantasias sexuais mais descaradas. — Obrigada por ter vindo me buscar.

Ele assente.

— Relaxa.

Se alguém tentasse arriscar o humor de Felix a partir de seu tom de voz, fracassaria. Ele fala quase tudo sem demonstrar emoção. Seus olhos, no entanto, revelam muito mais que as palavras que saem de seus lábios. Eles sussurram, provocam, riem. Já os vi dançar à luz das estrelas. Porém não há resquícios desse Felix no momento. A preocupação que me acompanha desde o último verão — de que estraguei tudo entre nós — ressurge.

Ele se vira para Bridget.

— Dou uma olhada no Mustang quando for deixar vocês. De repente consigo fazer pegar.

— Vá na frente, Bee — Bridget sugere, mas me recuso.

Às vezes fico enjoada no carro, mas me conheço e sei que é melhor não me sentar ao lado de Felix. Se o passado me ensinou alguma coisa, é que preciso manter o máximo possível de distância física entre meu corpo e o dele. Felix e eu entramos em combustão em espaços restritos. Ou entrávamos.

Enquanto ele sai do estacionamento, Bridget expira, satisfeita.

— Faz um século que não ficamos os três juntos aqui.

Observo Felix pelo retrovisor. Seus olhos encontram os meus, mas dura apenas um momento. É uma gota de líquido turquesa, quando quero todo o oceano. *Não*, digo a mim mesma. *Nem um golinho.*

— Vai ser como nos velhos tempos — Bridget anuncia.

O maxilar de Felix estremece.

Um banheiro tomado pelo vapor. Pele banhada pelo luar. Um quarto pequeno no extremo leste da ilha. Não vai ser como nos velhos tempos. Não pode ser.

São sempre as ruas que fazem com que eu sinta pela primeira vez que estou longe de casa. Os semáforos são diferentes aqui — horizontais, com o vermelho ao lado do amarelo e do verde — e tem rotatórias o tempo todo. Na primeira vez que dirigi na ilha, soltava sempre um gritinho enquanto contornava uma delas.

Campos passam. Fileiras verde-vibrante de plantações de batatas, as flores de canola tão amarelas a ponto de doer os olhos. Igrejas brancas, celeiros marrom-alaranjados, pôneis malhados e gado pastando. Comunidades rurais pitorescas. Hunter River, Hazel Grove, Pleasant Valley, Kensington. Algumas, pouco mais do que placas na estrada.

Eu me concentro no cenário, até começar a sentir tontura. Minha cinetose sempre piora quando durmo pouco, e entre a preocupação com Bridget e a preocupação com a floricultura, não tive uma noite muito revigorante. Devia ter aceitado ir na frente quando ela ofereceu.

— Você comeu alguma coisa?

Noto que Felix está olhando para mim pelo retrovisor.

— Um iogurte, antes de ir pro aeroporto — respondo. Ultimamente, minha alimentação se resume a delivery e Activia de coco, porque tenho entrado mais cedo e saído mais tarde do que de costume da loja. Faz mais de uma semana que não vou ao mercado. Talvez mais de duas. Agora sou como aquelas pessoas que acham que prazos de validade são apenas uma sugestão.

Felix abre o console da caminhonete.

— Aqui — ele diz, me passando uma barrinha composta basicamente de castanhas, como eu gosto.

Olho para seus olhos no espelho.

— Obrigada.

— Você já tinha isso aí? — Bridget pergunta, parecendo estranhar.

— Não — ele diz. — Comprei quando parei pra abastecer. Só pra garantir.

— Só pra garantir — ela repete.

— Lucy fica enjoada quando anda de carro de estômago vazio.

— Eu sei — Bridget diz, desconfiada. — Mas fico surpresa que *você* saiba.

Eu me sinto como uma garota cujos pais voltaram mais cedo e depararam com uma festa não autorizada. Cadeiras derrubadas. Copos de cerveja nos vasos. Adolescentes de dezesseis anos cambaleando e olhando horrorizados para os adultos.

Estamos à beira de ser pegos no pulo.

Então Felix ergue uma sobrancelha para a irmã, com ironia, e diz:

— Ela quase vomitou na caminhonete no verão passado.

Seus olhos azuis brilham à distância, e Bridget abre a janela para que o ar marinho entre no carro. Ela me olha com compaixão quando dou uma mordida na barrinha. Mastigo devagar e melhoro um pouco.

Amasso a embalagem e enfio no bolso do meu vestido listrado, então fecho os olhos e pressiono a testa contra o vidro da janela.

Minutos depois, ouço Bridget dizer baixo:

— Legal vocês dois serem amigos.

Há um longo intervalo antes que Felix responda:

— Amigos. Claro.

6
AGORA

Amigos. Claro.

Ele profere isso em um tom tão baixo que preciso me esforçar para ouvir. No restante do caminho, mantenho os olhos fechados e considero as duas palavras e o que significam. Estávamos nos aproximando de algo que parecia amizade quando estraguei tudo.

Não sei se é o cheiro do mar, se meu corpo conhece as curvas do caminho ou se a casa dos pais de Bridget está gravada em minhas células, mas percebo quando estamos chegando. Abro os olhos quando a caminhonete desacelera. Não quero perder a oportunidade de vê-la. O telhado de madeira, a porta amarela, a estrada de terra vermelha serpenteando em meio à grama, o Golfo de São Lourenço cintilando logo atrás.

A casa continua igual, em sua glória robusta. Só de vê-la sinto que respiro fundo. Estou aqui. O lugar que me chama mais do que qualquer outro.

Felix tira minha mala da caçamba e a leva para dentro. Bridget me abraça pela cintura, fica na ponta dos pés, beija minha bochecha e diz:

— Bem-vinda de volta, Bee.

A casa dos pais dela, batizada de Summer Wind, é tão fascinante por dentro quanto por fora. O hall de entrada é rústico e cheira a madeira e lã úmida. Há sapatos espalhados pelo chão, e uma variedade de casacos, cachecóis e guarda-chuvas ocupa todos os ganchos. Estamos no meio do verão, e as botas e jaquetas de inverno continuam ali. O lugar me lembra o guarda-roupa que leva a Nárnia — como no livro, ele faz com que a vida real pareça estar a um mundo de distância.

Tiro as sandálias e sigo Bridget até a sala de estar, já sentindo areia nos pés. O espaço é amplo e termina na cozinha, com janelas altas com vista para o céu e o mar. O sofá e as poltronas de linho branco são macios e dão a impressão de que vão engolir você quando se jogar neles. Há tapetes de crochê dispostos aleatoriamente, em uma mistura de cores, sobre as tábuas de madeira do piso. Há uma lareira em uma parede de tijolos, pintada de branco e manchada de fumaça devido aos anos de uso. De um lado dela há lenha empilhada; do outro, um baú antigo repleto de mantas. Tem um piano sob a escada e um aparelho de som com espaço para cinco CDs num aparador. O pai de Bridget, Ken, é o DJ da casa, e jura que a moda dos CDs está voltando. Quando ele está em casa, a trilha sonora noturna é de rock canadense. Joel Plaskett, Feist, Tragically Hip, Sloan. Antes havia livros empilhados em todos os cantos, mas eles eram de Felix, que não mora mais aqui.

Summer Wind nunca foi refinada ou mesmo muito arrumada, porém passa a impressão de ser amada em sua plenitude, muito diferente da casa dos meus pais em St. Catharines, com sua mobília colonial e sua sala de estar formal. Nunca me senti à vontade lá.

Quando eu era pequena, o dia a dia da minha família girava em torno da agenda do time de hóquei do meu irmão — Lyle era um jogador promissor, que atraía a atenção de olheiros. Às vezes, quando havia um torneio no fim de semana, meus pais me mandavam para Toronto, a fim de ficar com minha tia. No jardim dela, eu podia me sujar e ser despretensiosa. Stacy me mostrou como plantar sementes e podar petúnias. Deixava que eu escolhesse o que quisesse em seus canteiros para montar um vaso para o parapeito da janela da cozinha. Com sorte, me levava junto para a In Bloom. Com minha tia, encontrei meu lugar.

Grande parte da casa da família Clark permanecia igual desde minha primeira visita, porém Christine reformou a cozinha depois do furacão, dois anos atrás. Circulo pelo ambiente e passo a mão pelos armários. Os novos são de um verde-acinzentado; os talheres, dourados; e há uma ilha grande no meio.

Paro diante da porta de correr e absorvo a vista através do vidro. Um gramado verde-esmeralda vibrante se estende até as dunas que limitam a praia. O golfo se desdobra à distância, em azul-royal. Ainda me surpreende como é lindo, como Toronto me deixa tensa, e só de estar aqui relaxo o bastante para sentir a diferença até na respiração.

— Vou ver se consigo fazer o Mustang pegar — ouço Felix dizer. Ele e Bridget estão ao pé da escada. — Deixei a mala de Lucy no meu antigo quarto.

— Na verdade, eu estava querendo falar com você sobre isso — minha amiga intervém. — Queria que você ficasse aqui. Com a gente.

Meus olhos procuram Felix na mesma hora, que franze a testa para a irmã.

— Bee pode dormir comigo — Bridget prossegue. — E você fica no seu antigo quarto. Podemos ficar os três aqui, como costumava ser.

Felix endireita a postura.

— Não posso — ele responde. — Não moro mais aqui, Bridge.

— Eu sei. Mas queria que a gente passasse um tempo juntos. Preciso da minha melhor amiga e do meu irmão comigo agora.

— O que está acontecendo? — Felix pergunta, e fica evidente que, como eu, ele não faz ideia. Felix é direto, por isso não chega a ser surpresa quando ele simplesmente pergunta: — Rolou alguma coisa com Miles?

Dá para ver que ele não está gostando de ter que perguntar, que não acredita que algo *possa* ter acontecido. Faz três anos que Bridget e Miles estão juntos, e ele é superconfiável. Os dois são.

Bridget pisca três vezes seguidas.

— Não, claro que não.

As duas linhas de expressão sobre o nariz de Felix se aprofundam.

— Então por ele tudo bem você estar aqui?

Bridget dá de ombros como o restante de sua família faz: com um ombro só.

— É claro.

Quero acreditar nela, porém me parece que isso tem a ver, *sim*, com Miles. Bridget tem todo um histórico de remoer seus problemas em silêncio. Às vezes, passa dias em reflexão. Odeia pedir ajuda e sempre rejeita conselhos não solicitados. Se o casamento e o relacionamento deles estiverem correndo risco, há uma grande possibilidade de que ela não me conte antes de decidir o que fazer. Vir para cá foi a atitude certa a tomar. Estarei a seu lado quando Bridget se sentir à vontade para falar.

— Ande, Wolf — Bridget insiste. — Quem vai abrir nossas ostras se você não estiver aqui? Quem vai acender a lareira?

Felix olha sério para a irmã.

— Você é capaz de fazer ambas as coisas.

— Mas por que deveria, quando tenho um irmão caçula maravilhoso que quase nunca vejo e quase nunca faz isso por mim?

Minha amiga abre um sorriso exageradamente doce.

Felix passa uma das mãos pela testa. Ele é bom em estabelecer limites, porém sei que é difícil para ele decepcionar quem quer que seja, e sua irmã ainda mais.

— Tenho coisas a fazer nos chalés.

Felix e seu melhor amigo, Zach, têm um terreno ao sul de Souris. Os dois construíram casas de veraneio ali e deram ao lugar o nome de Salt Cottages, obtendo enorme sucesso. As construções são deslumbrantes, a vista é fenomenal e as avaliações que eles recebem são efusivas. Está tudo lotado até o fim da temporada — eu procurei na internet.

Zach mora em Summerside e continua trabalhando como gerente de projetos da empresa de construção e decoração da família, porém a casa de Felix fica perto dos chalés. Ele cuida de tudo, com exceção da limpeza, por isso sei que, quando afirma que tem coisas a fazer lá, não é mentira. Por outro lado, Felix é seu próprio chefe. Se quisesse ficar aqui com a gente, poderia dar um jeito.

Há uma única explicação para que ele não queira ficar: eu. Sinto imediatamente que estou corando.

— Entendo — Bridget diz, apertando os olhos. — De verdade. — Mas estou com saudade, Wolf.

— Sinto muito. — Felix quase desvia os olhos para mim, mas não chega a tanto. — Mas não posso.

Felix pega a chave do carro no gancho ao lado da porta. Meu estômago se revira. Sei que fui eu que causei esse desconforto entre nós.

Sou cautelosa enquanto o seguimos até o galpão de madeira ao fim da entrada.

Ele abre a porta e tira a cobertura de um carro muito brilhante e muito vermelho. Cinco minutos depois de me conhecer, Ken me trouxe até aqui para me mostrar seu Mustang e contou sobre os meses que passou consertando-o junto com Felix.

Acho que é dos anos 1960, e tenho *certeza* de que não é automático. Bridget tentou me ensinar a dirigi-lo, mas deixei o motor morrer tantas vezes que demoramos dez minutos para sair do terreno de sua família. Bridget e eu morremos de rir, e precisei parar antes mesmo de chegar à rua. Descemos do carro e nos deitamos no campo, com a mão na barriga, gargalhando para as nuvens.

Felix cumprimenta o carro com um tapinha no capô e senta no banco do motorista. O motor se recusa a ligar. Seus dedos tamborilam o volante enquanto ele pensa, e cometo o erro de fitá-los. Essas mãos. Esses dedos compridos. Grossos. Hábeis.

— Deve ser a bateria — Felix pontua, saindo do carro. — Falei pro papai que precisava trocar. Acho que ele até chegou a comprar uma nova.

Ele abre o capô. Inspeciona tudo com segurança, e me sinto obrigada a desviar os olhos. Afinal, o que pode haver de tão fascinante nos nós dos dedos de uma pessoa? Bridget dá uma olhada nas prateleiras da garagem.

— É isto aqui?

Felix olha por cima do ombro.

— É. Vou trocar. Deve funcionar.

Vou lá para fora. É melhor não ficar vendo Felix mexer no carro. Quando ouço o motor roncar, sinto uma pontada de dor. Agora Felix vai embora. Vai retornar ao seu canto da ilha. Mas provavelmente é melhor assim.

— Passo aqui um dia desses. E vou trazer ostras — ele avisa, se despedindo da irmã com um abraço.

Felix se dirige à picape, levantando uma das mãos mais ou menos na minha direção. Seus olhos encontram os meus. Em vez de brilhar, eles ardem. Mais escuros do que nunca, mais profundos do que antes.

— Foi bom ver você, Lucy.

Bridget passa um braço por cima dos meus ombros e assistimos à caminhonete se afastar, deixando uma nuvem de poeira vermelha para trás. E eu.

7
AGORA

Eu me aproximo do antigo quarto de Felix com cautela, temendo os fantasmas que encontrarei lá dentro. Quando abro a porta, fico tão surpresa com o que encontro que preciso me certificar de que entrei no cômodo certo. Bridget me contou que sua mãe fez uma reforma, mas nem dá para acreditar em como ficou diferente.

Quando Felix morava aqui, o quarto parecia apenas um lugar improvisado para dormir, meio abandonado, com marcas de fita adesiva nas paredes marrom-acinzentadas deixadas pelos pôsteres de hóquei havia muito arrancados. Agora, no entanto, há um papel de parede com listras brancas e creme e quadros de vasos de flores. Tem uma colcha rosa e branca na cama, sem dúvida feita pela avó de Bridget. A janela ainda dá para o gramado que termina na areia que vai até o mar, porém a escrivaninha que costumava ficar sob ela sumiu. E os livros também.

Não resta nada do quarto de Felix, a não ser pela linda cama antiga com cabeceira, dossel e estrutura de madeira. Não sei bem como conseguirei dormir nesses lençóis. É fácil nos ver aqui, aquele casal que não sabia de nada naquela noite eterna. Eu o verei em meus sonhos, sem dúvida. Seus dedos soltando minha trança. Seu corpo se movendo sobre o meu.

Felix. Mais.

Atravesso o quarto para olhar pela janela, que agora está coberta por uma persiana romana cor de cereja em vez da cortina branca simples de antes.

— Esquisito, né?

Eu me viro e dou de cara com Bridget na porta, me avaliando.

— É difícil imaginar sua mãe decorando o quarto assim — concordo. — Mas é bem a minha cara.

Bridget abre um sorriso curioso.

— Pensei o mesmo. — Ela estreita os olhos. — Você está meio vermelha.

Em geral, Bridget me entende como se aparecesse uma legenda

com meus pensamentos no meio da minha testa. No entanto, não está em seu melhor estado neste momento, e acho que nem desconfia de que haja algo errado.

— Estou com calor.

Não deixa de ser um pouco verdade. A família dela tem um lance com ar-condicionado — basicamente, eles se recusam a tê-lo. Abro a janela.

— Quer desfazer as malas? — Bridget pergunta. — Ou já vamos?

Nossas férias sempre começam da mesma maneira: com uma longa e lenta caminhada à beira d'água.

— Você topa?

Bridget parece exausta, mas fora isso, se comporta como se a ligação em pânico de ontem nunca tivesse acontecido, como se eu não tivesse acabado de deixar minha vida toda no modo de espera e pegado um avião só para ficar com ela. Mas a conheço e sei que não conseguirei arrancar nada que ela ainda não queira me contar. A menos que esteja disposta a brigar, o que não estou. Quando discutimos, as coisas saem de proporção rapidamente, como se fôssemos irmãs com todo um histórico de combate à disposição.

Nossa última briga foi por causa da alimentação dela. Vi o mesmo várias vezes na In Bloom — noivas que definham entre nossa primeira reunião e o dia do casamento. Não achei que Bridget seria uma delas. Foi uma das raras ocasiões em que ganhei a discussão.

Olho para a cama.

— Depois arrumo minhas coisas.

A mala que fiz é um completo desastre. Sempre adorei pensar nas roupas que usaria nas férias na ilha. Ontem, porém, não fiquei indo e voltando entre "esta saia ou aquela". Não tive tempo. Eu me servi uma taça generosa de vinho, enfiei tudo na mala e fiz o pedido de um sanduíche de presunto cru e rúcula que eu mesma poderia preparar se tivesse alguma coisa na geladeira. Só me lembrei de vestir a camisola quando estava fechando o zíper, hoje de manhã.

— É melhor eu ligar pra Farah antes de sairmos — digo a Bridget. A viagem fez meu estresse com relação ao trabalho chegar ao ponto de fazer minha pálpebra tremer.

— Nem pensar. Farah não vai ter qualquer dificuldade em tocar a floricultura. Ela não precisa de você.

De fato, as palavras exatas de Farah foram: *Mesmo que você fosse e nunca mais voltasse, eu me viraria*. E não era brincadeira.

— Valeu — falo com desânimo.

— Sabe o que quero dizer. Você não tira férias há um século. Sei que já disse isso, mas está fazendo coisa pra caralho, Bee.

Há meses, Bridget me incentiva a contratar mais alguém para a floricultura. Ela estudou finanças, gerencia um orçamento polpudo no trabalho e faz a própria declaração do imposto de renda desde que éramos adolescentes. Quando assumi o negócio, três anos e meio atrás, ela me ajudou a arrumar o escritório da minha tia. O lugar parecia uma banca de jornal tombada, com papéis espalhados por toda parte. Bridget se incomodou com a bagunça e se encantou com a possibilidade de sumir com ela. Desde então, vem me ajudando com a arte administrativa do negócio.

Sei que ela tem razão. Estou fazendo coisa demais, porém o fato de eu trabalhar horas a fio não implica custo financeiro. Morro de medo de gastar demais, de tomar uma decisão ruim e ir à falência, de provar que meus pais estavam certos. O peso de ser proprietária da In Bloom só recaiu de verdade sobre meus ombros quando minha tia morreu, no ano passado.

— Bee — Bridget me chama, em tom baixo. — Estou preocupada com você. Sei que não tem dificuldade nenhuma em trabalhar por três, mas está se esgotando. Vai acabar tendo um burnout.

— Bridget — digo, estreitando os olhos. — Você planejou tudo isso só pra fazer uma intervenção?

Ela seria capaz disso. Por mais descarada que seja, Bridget também tem um lado ardiloso.

— Não. Mas você precisa *mesmo* de uma folga.

Talvez esta viagem seja uma oportunidade para a gente desopilar como costumava fazer. Para se encher de ostras e vinho verde. Para relaxar. *Conversar*. Jogar-se com tudo na regra número dois e deixar a vida urbana para trás.

— Acho que uma folga poderia vir a calhar — admito.

Suas covinhas aparecem.

— Adoro quando você não insiste em discutir.

Mas não adianta. O sorriso forçado e as olheiras escuras a impedem de disfarçar sua preocupação.

Seguimos a mesma tradição para onde quer que viajemos: nos acomodamos e saímos para caminhar. É nossa maneira de deixar o trabalho e a vida em Toronto para trás. A chuva não nos impede. Tampouco a neve. Na Ilha do Príncipe Eduardo, vamos para a praia inspirar o ar marinho. Sempre procuro cacos de vidro polidos naturalmente ao longo dos anos, mas nunca os encontro. Às vezes, vamos à faixa de areia que fica em frente à casa da família de Bridget, porém hoje ela sugere irmos a Thunder Cove. Não estivemos lá desde o furacão, quando a Teacup Rock desapareceu.

Estacionamos ao fim da estrada de terra vermelha, pegamos um caminho por entre as dunas e caímos na praia. Perco o fôlego, como se fosse a primeira vez. As falésias de arenito se erguendo vermelhas sobre a areia. As cavernas e as fendas esculpidas pelo Atlântico e moldadas pelo vento. A grama balançando e as gaivotas voando alto. Ainda não superei a enormidade de tudo. Eu sabia que a Ilha do Príncipe Eduardo tinha praias, porém não praias *assim*.

Costumo trançar meu cabelo de maneiras elaboradas a fim de protegê-lo da umidade e do vento, mas agora desfruto da sensação das mechas batendo no meu rosto, do vestido batendo em minhas pernas. Faz com que eu me sinta pequena, da melhor maneira possível. Minha existência anda baseada em estresse e miojo apimentado, porém essa minha versão parece insignificante quando estou aqui, nos limites da ilha.

As ondas estão calmas hoje, mal quebram. Eu me sinto estranhamente emotiva quando avisto o que restou da Teacup — onde ela antes se erguia, majestosa, agora há apenas uma plataforma de pedra vermelha, na parte rasa do mar. Ouço Bridget fungando.

— Você está chorando?

Ela leva a mão à própria bochecha.

— Parece que sim.

Então ri, mas o som fica preso em sua garganta e se transforma em um soluço de choro.

— Ei. — Toco seu braço. — Vamos parar por um momento.

Desabei inúmeras vezes na frente de Bridget, mas ela nunca foi de chorar. Nós nos sentamos lado a lado na areia, com os joelhos junto ao queixo.

— Desculpe — ela diz.

— Não precisa pedir desculpa. Você nunca precisa pedir desculpa pelo que sente, muito menos para mim. É melhor colocar para fora mesmo.

Seu queixo começa a tremer, seus olhos se enchem de lágrimas. Bridget balança a cabeça, e lágrimas gordas rolam por suas bochechas. Ela balança a cabeça, perplexa, então a enterra entre as pernas.

Faço carinho em suas costas e afirmo que vai ficar tudo bem. Porém quase não consigo me segurar de modo a não desabar junto. Contemplo o céu e pisco algumas vezes por conta dos olhos ardendo. Uma vez na vida, quero ser a amiga forte entre nós duas. Bridget chora até não lhe restarem mais lágrimas, só um nariz escorrendo.

— Quer me contar o motivo?

Por um minuto, ela fica só olhando para as ondas, para o espaço vazio onde uma pedra se equilibrava precariamente até pouco antes.

— Ela sumiu. E a vaca também.

— A vaca da Cows Creamery? Do aeroporto?

— É — Bridget concorda. — Você amava a porra daquela vaca.

— Amava mesmo. Mas as coisas mudam, Bridget. Praias e aeroportos talvez até com mais frequência. Isso não é necessariamente ruim. Só é assim.

Ela se vira para mim.

— Não te incomoda o fato de a pedra ter simplesmente desaparecido?

— Um pouco. Mas nada é permanente. Estava fadado a acontecer. Todo mundo sabia que não duraria pra sempre. Você viu. A parte de cima era pesada demais pra parte de baixo.

Bridget olha para o horizonte.

— Quer me falar sobre o que está de fato incomodando você? — pergunto.

Ela inspira. Depois expira.

— Quero só ficar aqui. Por favor. Não quero falar.

Ficamos encarando a água, e em dado momento Bridget descansa a cabeça no meu ombro. Um emaranhado de cachos loiros e ondas castanhas encobre minha visão.

— Parece que as coisas estão escapando entre meus dedos — ela comenta.

Não revelo que é assim que me sinto também. Belezas naturais. Pontos de referência. Minha tia. E Bridget também. Desde que ela conheceu Miles, é um pouco menos minha.

Penso na caminhonete de Felix desaparecendo em meio a uma nuvem de poeira vermelha hoje à tarde.

— Estarei sempre aqui — asseguro-lhe. — Pode confiar em mim. Pelo menos nisso.

8
AGORA

— Acha que existe alguma chance de seus pais terem vinho na geladeira? — pergunto a Bridget, enquanto vejo-a subir a escada. Ela sempre vai tomar banho depois da nossa caminhada inaugural. Nunca fica tão relaxada e descontraída quanto na ilha, mas até seu ócio segue uma programação.

— De jeito nenhum — ela responde. Ken prefere cerveja ou uísque, e Christine quase não bebe.

— Então uísque e amendoim?

Bridget confirma com a cabeça.

— Uísque e amendoim.

Sei que ela está lavando o cabelo porque posso ouvi-la cantando "Un-Break My Heart" da cozinha. Sinto o impulso de interpretar a escolha de música, mas essa é uma de suas clássicas ao longo do processo produto-enxágue-produto-enxágue.

Eu provavelmente deveria preparar alguma coisa que chegasse mais perto de uma refeição. Embora minha maior realização culinária seja conseguir prever os vencedores do *The Great British Baking Show*, Bridget odeia cozinhar. Miles é o chef do casal, e um muito bom. É o jeito como ele me ganhou: eu amo comida caseira. Dou uma olhada na geladeira quase vazia dos Clark. Vamos ter que ir ao mercado amanhã. Encontro o uísque e um saco de amendoim com casca — dois itens que nunca faltam na despensa de Ken — e me sirvo um dedo da bebida.

Quase não tomo uísque em casa, mas no momento estou precisando. Minha mente tem se desdobrado e realizado façanhas acrobáticas na trave de equilíbrio em uma tentativa de processar o desconforto evidente de Felix na minha presença e Bridget bancando a noiva em fuga. Tomo um gole, e a ardência com gosto de caramelo que desce pela minha garganta me aterra. Estou na ilha. De volta a Summer Wind. E tem algo estranho acontecendo com minha melhor amiga. Nunca vi Bridget desmoronar como aconteceu na praia.

Encontro pão no congelador e molho de queijo no fundo da geladeira nova e chique. Já fiz sanduíches e os coloquei para grelhar quando noto as fotos na lateral da geladeira. Isso também é novo. No meu primeiro verão, procurei fotos da família. Queria saber quão distraída eu havia sido em não notar quem era Felix. Pelo menos pude concluir que não era tanto assim.

O único porta-retrato que Bridget tinha quando morávamos juntas ficava em sua cômoda e exibia uma foto dela e de Felix pequenos. Na minha primeira visita, eu a obriguei a me mostrar os álbuns que Christine guardava na sala de TV, por isso reconheço algumas das fotos na geladeira. São fotografias da escola, de encontros familiares, das crianças construindo castelos de areia. Os dois irmãos em diferentes idades. Bridget tem a mesma cara desde que nasceu, porém Felix mudou. Era um bebê vermelho e enrugado, com um único tufo de cabelo escuro. Sei que ele chorava sem parar — foi isso que lhe rendeu seu apelido, Wolf. O lobo uivante. Era um menino de olhos brilhantes, mais para franzino, e um adolescente confiante, do tipo que pulou a fase estranha e já passou a arrasar corações. Há uma foto dele e de Bridget com roupa de banho, abraçados. Não é de muito tempo atrás — Felix já tinha barba.

É preciso avaliar os dois de perto para ver a semelhança — o nariz inclinado da mãe, o queixo quadrado do pai —, mas ela existe. Os dois compartilham mais que rostos bonitos com os pais, no entanto. Os Clark passam a impressão de pertencer uns aos outros, de um modo que admiro e invejo. Cada um deles, no entanto, é único. Christine é a mais direta. Bridget, a mais certinha. Ken, o apaziguador. Felix, o porto seguro. Mas todos são Clark. Atingem seu potencial máximo. São resilientes. Demonstram afeto fisicamente. São firmes.

É uma família muito diferente da minha. Minha mãe é uma dentista cética e precisa. Meu pai negocia hipotecas, e é prático e severo. Eles não são divertidos como os Clark. Nossa vida seguia uma rotina. Cereal no café da manhã, frango no jantar. O jornal da noite, depois a série de comédia do horário nobre. Ir de uma arena à outra para os jogos de hóquei do meu irmão. Lyle é seis anos mais velho que eu, e, embora sejamos parecidos — olhos bem azuis, nariz reto, cabelo castanho-avermelhado volumoso, maçãs do rosto pronunciadas —, não tínhamos nada em comum quando pequenos. Uma noite inteira podia se passar sem que meu pai dissesse mais que algumas frases. Não foi uma infância terrível, mas foi silenciosa, e com frequência eu me sentia sozinha.

Tia Stacy, *sim*, parecia da família, como se partes minhas viessem dela. Era a antítese da minha mãe — exuberante e fashion, cheia de histórias de seus tempos de atriz. Era uma solteira convicta, mas tinha um grande coração. Bridget tinha vinte e dois anos e morria de saudade de casa quando a apresentei à minha tia, e Stacy a acolheu também, enchendo-a de delivery de comida italiana. Logo, nossa dupla havia se tornado um trio.

Viro os sanduíches, depois volto às fotos, deslumbrada com o peito nu de Felix. Talvez seja por isso que demoro mais um minuto para perceber que também estou na geladeira. Nunca vi essa foto. Bridget e eu estamos na sala de estar com um jogo de tabuleiro — Trivial Pursuit — montado na mesa de centro. Damos risada, sentadas no sofá, usando blusa de frio. É uma foto de quando vim para o Dia de Ação de Graças. Felix está sentado na poltrona, me observando. Minhas pernas se arrepiam, e ouço passos se aproximando.

— Que cheiro é esse? — Bridget pergunta.

Procuro sentir.

É cheiro de queijo queimado.

Depois do jantar que consiste em sanduíches queimados e picles às seis da tarde, Bridget e eu vamos nos sentar no deque e assistimos aos pássaros voarem por entre as árvores. Ela usa uma camiseta do pai, na qual está escrito HISTÓRIA NÃO É CHATA, e uma legging que descreve como amorosamente puída, e que na verdade tem mais buracos do que tecido. Bridget não tem tempo de pensar em roupas, e sua noção de estilo é abominável. Arriscou-se a fazer um arranjo de flores certa vez e, quando perguntei se era daltônica, achou que eu estivesse brincando. De tempos em tempos, Bridget me manda fotos de buquês de que acha que vou gostar. São todos horríveis, e eu adoro.

O sino de vento toca. Não sei desde quando está aqui, mas me incomoda. Tudo o que quero ouvir quando estou nesta casa são a brisa e os pássaros.

Uma lufada forte o deixa um tanto frenético, fazendo Bridget se levantar e tirá-lo do gancho.

— Odeio esse troço — ela comenta.

— É insuportável.

— Já volto — Bridget fala, e entra na casa.

O sapo de cerâmica me observa com seus olhos saltados enquanto espero.

— Não me olhe assim — murmuro.

Minha mente vil se esgueira até o quarto de Felix e à primeira noite que passamos juntos. Parece que faz uma vida, e que somos outras pessoas agora. Às vezes, eu me pergunto se fiz questão de não enxergar. Não vi o sapo, mas havia outras pistas. O fato de que seus pais estavam fora da cidade. Os canteiros de flores impecáveis — eu sabia que Christine era entusiasta da jardinagem. O piano que sempre aparecia nas histórias de Bridget. Havia uma garrafa do meu vinho verde preferido na prateleira de baixo da geladeira, que os pais dela haviam comprado especialmente para nós, e eu nem vi. Se tivesse visto, talvez tivesse me tocado. Talvez não.

Está esfriando depressa, e Bridget volta com uma manta do baú, o saco de amendoins e a garrafa de uísque, que, depois de nos servir, ela coloca na mesinha, entre as velas de citronela. A tolerância a álcool dela é quase zero, e duvido que tenha dormido melhor do que eu ontem à noite. Bridget vai estar na cama antes mesmo de o sol se por.

— Qual é a das fotos na geladeira? — pergunto, à medida que ela se senta na outra ponta do sofá.

Christine costumava ser contrária a pendurar fotos de família. No primeiro verão que vim, ela me disse:

— Sei que meus filhos são lindos. Não preciso anunciar isso para o mundo.

Bridget dá de ombros.

— A aposentadoria amoleceu minha mãe. Sempre achei que ela gostasse mais de cavalos do que de gente. Mas ela sente nossa falta, mesmo com Wolf visitando o tempo todo. — Bridget olha para mim por cima do copo. — Viu a foto de nós duas?

— Vi. — Tomo um gole. — Nem consigo acreditar que faz só dois anos. A gente parecia bem mais jovem.

Minha amiga concorda.

— Notou Wolf de olho em você?

— Quê? Não — rebato, rápido demais.

— O que está rolando entre vocês? — Bridget pergunta, bocejando, de modo a parecer algo casual, o que não impede a tensão de dominar meu corpo todo.

— Como assim?

Mais de uma vez, cheguei perto de contar a Bridget uma versão censurada da minha história com Felix. Alguns anos atrás, tomei a decisão de me confessar imediatamente depois de uma visita à ilha, mas uma semana se passou, e depois outra, porque não parecia algo urgente. As desculpas para manter o que rolava com Felix em segredo se acumulavam. Quando voltei da ilha no ano passado, no entanto, estava determinada a resolver a situação. Reservei uma mesa em um restaurante chique, porque sabia que em público ela não ia pirar. Tomei várias taças de vinho, mas a conta chegou e eu ainda não havia criado coragem de falar. Essa não vai ser a primeira vez que me esquivo.

— Dá pra ver que tem algo rolando — Bridget continua. — Ele mal olhou pra você hoje e...

Ela faz um gesto que abarca o deque.

— E o quê?

— E ele não está aqui. Em geral, fica sempre por perto quando você vem.

— Wolf está ocupado com os chalés.

Em um momento de fraqueza, li as avaliações na internet procurando o nome de Felix em meio a elas. Uma do outono passado, escrita por uma mulher chamada Nova Scarlet, dizia que "o dono gato com suas camisetas brancas agarradas" tinha sido o ponto alto da viagem. Ela colocou um emoji piscando no fim da frase. Passei um tempão me perguntando o que isso significava.

Bridget me encara como se duvidasse, depois vira o restante do uísque, tosse e se serve de mais um pouco. Para ela, isso é muito.

— Bom, tenho uma ideia — anuncia.

— Xi.

— Uma ideia boa pra caralho — ela esclarece.

— Estou morrendo de medo e curiosidade. Conte.

— Acho que a gente deveria ter a experiência completa da Ilha do Príncipe Eduardo.

— E o que isso envolve? Fazer aulas de violino com seu avô? Pular da Covehead Bridge? Comer todos os frutos do mar disponíveis?

— Com certeza. Essa sempre foi a regra número um.

— Comer seu próprio peso em *ostras* é a regra número um.

— Ah, a gente vai fazer isso também. Wolf vai competir em Tyne Valley daqui a dois dias. A gente vai. Você vai amar.

Todo ano, Felix participa do campeonato nacional de abertura de ostra. Nunca estive aqui para ver, mas sei que ele é bom. Ficou em primeiro lugar no juvenil, quando tinha dezessete anos. Não é difícil acreditar. Sei o que ele é capaz de fazer com as mãos.

— E, se não posso forçar Wolf a ficar aqui, pelo menos na noite de domingo ele vai ficar — Bridget continua. — A casa dele é longe demais pra voltar depois do campeonato.

Meu cérebro acessa no mesmo instante uma imagem de Felix logo cedo. Olhos sonolentos. Marcas da fronha no rosto. Calça de pijama. Mel no chá e nos lábios.

— Espere — intervenho, afastando o pensamento. — Você disse "domingo"? Achei que a gente fosse voltar no domingo.

— Wolf vai ficar chateado se a gente não for.

Duvido muito.

— Eu também vou ficar — Bridget acrescenta.

Suspiro. Acho que não tem problema voltar na segunda de manhã. Vai ser corrido, mas sempre é.

— Tá — digo. — Você venceu. A gente vai, e faz a parte de se encher de ostras lá.

— Aí tem a regra número dois — Bridget prossegue. — Deixar a vida urbana pra trás. O restante da semana vai ser intenso. Castelos de areia. Frutos do mar. Faróis. Dirigir pela costa. Sem falar no casamento. Sem falar de trabalho. Vamos fingir que temos vinte e quatro anos outra vez.

Na primeira viagem, Bridget e eu fomos de um lado para o outro da Ilha do Príncipe Eduardo em um sedã alugado, cantando a plenos pulmões. Nunca tínhamos andado de carro juntas — não precisávamos de um na cidade —, e ela me levou aos pontos turísticos mais importantes. Visitamos Green Gables e o farol de West Point, com listras em preto e branco, fizemos trilha no Parque Nacional, comemos no New Glasgow Lobster Suppers. Quando comíamos fora, eu fazia questão de pedir apenas peixe e frutos do mar e me empanturrava de sanduíches de lagosta, ostras, mariscos, sopa de peixe, peixe com batata frita. E eu vivia procurando (sem sucesso) um caco de vidro polido na praia.

Bridget não é do tipo nostálgica, e a proibição a falar sobre o casamento não me passa despercebida, porém ela odeia se sentir encurralada, então, por ora, sigo o fluxo. Imagino que vá conseguir fazer com que ela se abra nessas quarenta e oito horas.

— A gente nunca mergulhou de cabeça na experiência Lucy Maud Montgomery — pontuo. — Podíamos arranjar perucas de Anne e Diana. Usar chapéu de palha. Tomar um refresco de framboesa. Andar de carroça usando avental.

— De jeito nenhum. Mas podemos ir a Green Gables.

— Sério?

Fomos lá na minha primeira visita, mas eu teria voltado várias vezes, se Bridget não tivesse me impedido. Tenho um mapa da Ilha do Príncipe Eduardo em uma caixa de vidro na escrivaninha de casa. Sempre circulo os lugares que visitamos e reflito sobre o que gostaria de ver da próxima vez. Programar minhas visitas à ilha é quase tão gostoso quanto estar aqui.

Às vezes, abro o mapa e passo o dedo pelo lado leste da ilha, a praia onde Salt Cottages fica, a região um pouco mais para dentro onde Felix mora. Uma cabana entre pinheiros e macieiras, um lago sob os galhos.

— Sério. — Bridget abre a manta e cobre nossas pernas com ela. Os Clark têm as melhores mantas. — É nossa última viagem. Tem que ser especial.

Solto uma risada.

— Você vai se casar, não morrer. Temos a vida toda para viajar juntas.

Seu sorriso perde força, e um buraco se abre no meu estômago.

— Bridget. Você não está doente, está?

Foi tudo tão rápido com minha tia. Um dia, estávamos em um brunch em seu jardim. Na terça-feira, ela estava no hospital. Quatro semanas depois, faleceu.

— Não. — O cabelo de Bridget está preso em um coque bagunçado, que sacode quando minha amiga balança a cabeça. — Claro que não. — Ela se senta mais perto de mim no sofá, me abraça e deita a cabeça no meu ombro. — Desculpe, Bee — ela pede, sabendo que meu receio é justificado.

Depois do enterro, no verão passado, Bridget me botou em um avião para a Ilha do Príncipe Eduardo. Culpo meu estado emocional pelo que aconteceu — o modo como meus sentimentos por Felix pareceram explodir do nada. Eu estava de luto. Tinha acabado de levar um fora. Eu me encontrava vulnerável.

Não preciso me preocupar com a saúde de Bridget. Ela não está doente. Sua família está bem. Sei que ela adora seu trabalho, e que o pessoal do hospital a adora. O chá bar que organizaram foi superelaborado. De modo que resta uma única explicação.

— Tem certeza de que está tudo bem entre você e Miles?
— Aham.

Bridget não soa muito convincente.

— Hum...
— Só estava com saudades dos meus pais e da ilha — ela insiste. — E ando estressada com o casamento. Preciso de uma folga. De diversão.

Entrevistar possíveis fornecedores, receber as confirmações de comparecimento, organizar a agenda do dia do evento — isso é o tipo de atividade que Bridget considera divertida. Sei disso porque seu casamento tem sido o único assunto de nossas conversas desde que ela ficou noiva, dez meses atrás.

Bridget apareceu na loja depois do horário de fechar a fim de me mostrar o anel. Miles trabalha no mercado imobiliário, e escolheu um diamante que deixa isso nítido. Fiz "aah" e "nossa", porque a pedra era mesmo deslumbrante, depois peguei a garrafa de vinho verde que guardo na geladeira das flores, para emergências.

— Não vou ter muito tempo para planejar — Bridget me contou, com um sorriso largo no rosto. — Estou empolgada pra caralho.

Ninguém estremece de prazer com as palavras "cronograma apertado" como Bridget. Por isso, não acredito nem um pouco que o problema é estresse ou que ela precisa "se divertir". É como se atuássemos em uma peça, e meu papel e o de Bridget tivessem sido trocados. Ela deveria ser a adulta do nosso relacionamento. Quem está sempre fugindo dos problemas sou eu. Não sei se fico preocupada ou irritada com ela. Esqueça, posso ficar dos dois jeitos.

— Sabe que precisei remarcar uma reunião superimportante pra vir pra cá — eu a lembro. — Tenho certeza de que meu contato no Cena sabe que vai me encarregar de uma oportunidade única e agora me acha pouco confiável. Sem falar que sou a responsável pelas flores do *seu* casamento, daqui a oito dias.

— Desculpe atrapalhar — ela retruca, de repente ríspida.

Odeio brigar com Bridget. Não sou boa nisso, e ela é ótima. Meus pensamentos se embaralham, e eu acabo esquecendo o motivo da discussão. Então, muito embora a viagem *esteja* mesmo atrapalhando, recuo. Bridget precisa de mim, mesmo que eu não saiba o motivo. E, se eu precisasse, poderia contar com ela. Não tenho dúvida alguma disso.

— Não está atrapalhando — reforço. — Você é a pessoa que mais amo no mundo. Sabe disso. Só tem muita coisa rolando no momento.

— Sei que tem.

Ficamos em silêncio por um minuto. Então Bridget anuncia:

— Não podemos esquecer a regra número três.

— Eu nunca esqueceria.

— Posso ter exagerado um pouco quando a criei — Bridget comenta, com uma risada seca.

Sem dúvida.

— De qualquer maneira, acho que é melhor não mudarmos nada.

Regra número três: não me apaixonar pelo irmão dela.

9
AGORA

Eu me sento no deque depois que Bridget vai para a cama e fico observando o céu se tornar rosa sobre o mar, ponderando se é possível que daqui a uma semana não estejamos no casamento dela. Eu estava ansiosa para a data. Sim, parece o fim de uma era, porém sua melhor amiga só se casa uma vez. Se tudo der certo.

O Gardiner Museum tem um salão elegante, e Bridget e Miles especificaram "black tie" nos convites fechados com um selo de cera com B&M estampado, mas não acredito que o evento vá ser tão quadrado quanto os convites.

Já passei tempo o bastante com a família de Miles para saber que Bridget adora os Lam. Eles vieram da Austrália para o Canadá quando Miles era adolescente e, como os Clark, têm um senso de humor sarcástico, falam alto e são despretensiosos. O encontro dos Clark da Ilha do Príncipe Eduardo e dos parentes australianos escandalosos de Miles com certeza promete uma noite divertida.

O evento vai ser open bar, com a presença de um violinista, e uma barraquinha de sanduíches de lagosta vai ser montada na madrugada. O jantar será uma sequência de oito pratos da culinária cantonesa, selecionados cuidadosamente por Miles. Tudo o que sei é que envolve porco assado, então eu topo. Já escrevi meu discurso. Até decorei as primeiras frases para poder encarar Bridget enquanto as digo.

No dia em que conheci Bridget Clark, ela me deu uma carona pra casa em sua bicicleta. De muitas maneiras, sinto que tem me carregado desde aquela noite, sete anos atrás.

A ideia é fazer minha melhor amiga chorar. Isso se o casamento ainda estiver de pé.

Ergo a manta até o nariz e inspiro fundo. O baú é de cedro, o que deixa as mantas dos Clark com um aroma distinto que eu engarrafaria, se fosse possível. O mar, a grama, as velas de citronela, as mantas de lã tiradas do baú de cedro — esse é o perfume de Summer Wind.

Ligo para Farah para saber como estão as coisas. Ela conta que o pessoal adorou poder pegar turnos extras com a minha ausência e me manda deixá-la em paz.

— Faz um século que não tira férias. Estou cansada de você.

Não tirei folgas desde o verão passado, nem parei para respirar. Trabalho. Trabalho. O casamento de Bridget. Trabalho. Trabalho. Trabalho.

— Bom, eu não estou cansada de você.

Farah desdenha:

— Se não vivesse com uma tesoura na mão, talvez arranjasse outra pessoa pra ir com você no casamento.

Farah vive reclamando de casamentos, mas vai comigo. Faz tempo que sei que, apesar da casca-grossa, por dentro ela é mole, mole. Eu a amo, mas Farah tem razão: eu não tinha ninguém mais para me acompanhar. Bridget costumava ser a pessoa de quem eu mais gostava, porém agora se tornou a única pessoa que tenho, além dos meus funcionários. No ano passado, fiquei tão atolada de trabalho que deixei minhas amizades esfriarem. E minha vida sexual também.

— Pra que outra pessoa? Tenho você.

— Não é a mesma coisa, não vou colocar a mão na sua bunda quando estivermos dançando. Vai ser um desperdício do seu vestido sedutor.

Meu vestido é mesmo sedutor. Escolhi algo mais "Bond girl" do que de costume — escuro e colado, frente única com uma fenda na coxa, gola alta e sem mangas. Não sei como reagirei ao deparar com Felix em roupa de festa, nem se ele vai acompanhado, mas eu pelo menos vou chamar a atenção.

— Roupas sempre comunicam alguma coisa — minha tia costumava dizer. — E gosto que as minhas falem alto.

Stacy nunca ficava sem batom vermelho ou sem algum toque de vermelho em seu corpo. Ela tinha um único livro infantil em casa, que sempre lia para mim quando eu ia dormir lá. Chamava-se *Vermelho é melhor*.

Se meu vestido pudesse falar, tenho certeza de que diria: *Vamos encontrar um cantinho onde aprontar.*

— Não coloque rosas nos buquês dos Mendoza — digo a Farah, mudando de assunto. — Eles vão ficar apaixonados.

Farah diz para eu parar de me preocupar e mandar um oi para Bridget, o que, em se tratando dela, aproxima-se de uma confissão de amor.

Depois que desligo, subo na ponta dos pés, pulando o penúltimo degrau, que range — se Bridget estiver mesmo dormindo, não quero acordá-la. Minha mala está uma bagunça, mas logo encontro a camisola. É de algodão branco e vai até os tornozelos, com um babado embaixo e um bordado simples na gola. Combina estranhamente com a atmosfera atual do antigo quarto de Felix.

Pego uma manta, mais um dedo de uísque, vou me sentar no sofá externo e acesso minhas mensagens de texto. Tenho que descer bastante até encontrar a conversa que procuro. Nem sei se dá para chamar de conversa, porque trocamos apenas quatro mensagens. Enviei a primeira a Felix um ano atrás. Ele respondeu dois dias depois.

Eu: Desculpe, mas fiquei com saudade. Obrigada de novo por tudo!

Felix: É sempre divertido.

Eu: De volta à vida real 😟

Felix: 👍

Uma mão amarela fazendo sinal de positivo. O sinal universal de que a conversa foi encerrada.

Eu disse a mim mesma que isso era bom.

Conforme os últimos resquícios de rosa deixam o céu e o horizonte desaparece no azul do crepúsculo, noto pela lateral do barracão onde Ken trabalha o brilho de faróis se aproximando. Meus braços se arrepiam. Minha pele sabe.

Contorno a lateral da casa até a entrada para carros e observo a picape de Felix parando. Ele se vira para pegar algo no banco de trás e sai carregado de compras. Felix Clark, o homem mais atencioso que conheço. Quando me vê, ele para.

Seus olhos passam por mim da cabeça aos pés descalços. Apesar da brisa fresca, sinto meu corpo esquentar. Meu cabelo está preso em duas tranças, como costumo fazer para dormir. É minha versão menos sexy, porém não é novidade para Felix.

— Você parece um fantasma do século passado — Felix observa, olhando para minha camisola, embora ela nunca tenha sido um problema para ele.

— Quer ajuda? — Estendo as mãos, porém Felix segue na direção da casa.

— Tem vinho no banco do passageiro — ele completa, sem olhar para mim.

Vou até a picape enquanto Felix entra. Abro a porta e sinto meu coração pular como um filhote de cachorro mal treinado. Tem um saco de papel com duas garrafas do meu vinho verde preferido e uma mala no banco.

Felix Clark veio para ficar.

10
AGORA

Felix está agachado diante da geladeira, guardando limões na gaveta dos legumes. Deixo a mala e o vinho na mesa, em transe — por causa de seus ombros largos e dos músculos em movimento sob a camiseta. Fico só olhando enquanto ele coloca tudo na geladeira — morangos, pêssegos, alface roxa, vagem, cebola, queijo brie, cream cheese, ovos, bacon e um pacote cor-de-rosa de manteiga da Cows Creamery. Não vende em Toronto, e Felix sabe que eu adoro.

Meu coração é um monstro que cresce ao ver isso. No entanto, sei que é fácil confundir a consideração de Felix por sentimentos verdadeiros.

— Vinho — ele pede, e eu lhe entrego as garrafas. — Não está gelado. Quer que eu ponha no congelador para hoje à noite?

— Não, já pegamos o uísque do seu pai.

— E amendoim?

— Claro.

Felix não se move. Permanece como está, encarando uma caixa de leite. Quase dá para ouvi-lo pensando no que dirá a seguir.

— Bridget foi pra cama já faz um tempo — falo.

Ele se levanta e se vira para mim, enfiando as mãos no bolso.

— É a cara dela.

— Obrigada por ter trazido tudo isto.

— De nada.

Seu olhar recai sobre o laço cor-de-rosa na gola da camisola; seu maxilar se tensiona.

— Você comprou minha manteiga.

Sinto que é significativo, que vale a pena mencionar. Por isso tenho tanta dificuldade de me controlar com Felix. Ele não é só bonito; é *bom*.

— Comprei. Você e Bridget devem ter passado a tarde caminhando.

— Fomos a Thunder Cove. Como sabe?

Seus olhos escuros encontram os meus. Uma tempestade tropical abrindo caminho no meu rosto.

— Faz cinco anos que te conheço, Lucy. Você não abriria mão de aventura e ar fresco para ir ao mercado.

Talvez seja o uísque, talvez seja o cheirinho de vento que ele traz consigo, mas tenho certeza de que Felix está ainda mais devastador do que no ano passado. Eu gostava da barba, porém seu rosto nu e cru exerce uma força implacável. É como se seu maxilar tivesse sido esculpido. Quero deslizar a mão em sua bochecha, traçar os contornos de seu queixo. Quero mapear suas têmporas e seu nariz com a palma, para poder guardar essa visão em uma caixa de vidro no meu apartamento e pegá-la sempre que ficar com saudade.

Não. Não. Esse tipo de pensamento não ajuda em nada.

— Então você vai ficar? — pergunto.

— Vou. Tudo bem por você?

Claro que não.

— Claro que sim.

Um fim de semana com Felix. Eu aguento. Só vou precisar ignorar meu coração batendo mais forte quando estivermos no mesmo cômodo e parar de pensar na marca de nascença em forma de bule na parte interna de sua coxa. Sou capaz de fingir que não quero envolvê-lo com meu corpo como se eu fosse uma trepadeira. Simples.

— A casa é sua, não minha — pontuo. — Vai ser divertido, nós três juntos outra vez.

— Divertido.

Seus olhos se mantêm fixos nos meus, de um modo que faz com que eu me sinta nua.

Fico inquieta, sentindo a vermelhidão subir do pescoço para as bochechas.

— Não divertido nesse sentido. Não foi o que eu quis dizer.

— Não foi?

Felix olha para mim como se me visse por dentro. Pego um pano e começo a enxugar a pia.

— Claro que não.

Sinto que ele me observa, mas continuo trabalhando.

— Lucy.

O modo como ele pronuncia meu nome... Lembra veludo. Chocolate. Sexo frenético no banheiro do andar de cima.

Enxugo com mais vigor.

Felix se posiciona ao meu lado, apoiando os quadris na bancada. Tenho a impressão de que sua temperatura corporal é mais alta do que a dos outros homens. Sinto o calor que irradia dele.

— A pia está sequinha.

Torço o pano e seco as mãos no bate-mão novo de Christine, feito de linho. Quando enfim levanto os olhos para encará-lo, sinto o impacto. É arrebatador e perigoso ao mesmo tempo. Felix é um redemoinho e, se eu não tomar cuidado, vou ser puxada por ele. Estou em desvantagem, porque nunca passei tanto tempo na seca. Antes, eu saía com caras o tempo todo. Gostava dessa época. Da parte de conhecer a outra pessoa, da emoção do primeiro beijo, de ser desejada e descoberta. Mas já faz um ano que nem beijo ninguém. Talvez seja por isso que Felix parece ainda mais atraente.

— Estou aqui por causa de Bridget — informo a Felix, mas na verdade é um lembrete para mim mesma.

— Claro — ele concorda. — Também estou aqui por causa dela.

Sei disso. E tenho certeza de que não provoco em Felix nada parecido com o que a mera visão de suas mãos provoca em mim.

Assinto uma vez e começo a me afastar.

— Ótimo.

Espaço. Banhos gelados. Foco total na minha melhor amiga. Deixar de lado todas as coisas de que gosto em Felix e que não têm nada a ver com sua aparência. Só assim vou sobreviver ao fim de semana.

— Vou subir pra tirar minha mala do seu quarto — aviso. — Posso dormir com Bridget.

Já subi dois degraus quando ele diz:

— Pode ficar lá. Eu durmo no sofá-cama da sala de TV. — Nossos olhos se encontram, e mesmo à distância a eletricidade entre nós é palpável. — Pelo que me lembro, você dorme bem naquela cama.

Escovo os dentes, porém, quando me deito, minha mente repassa a noite em que fui até ele. Felix em cima de mim, com uma das mãos tapando minha boca. Mesmo com a janela aberta, o quarto me parece abafado. Ou talvez seja eu. Essa maldita cama. Dormir bem? Até parece.

Eu me esgueiro até o banheiro e jogo água no rosto sem acender a luz. Encho um copo e tomo um longo gole. Então a porta se abre e um corpanzil entra. Eu me viro na mesma hora.

— Porra, está gelada.

Derramei água em tudo, inclusive em Felix.

— Você me assustou — digo, pegando uma toalha de rosto para secar seu peito, que está à mostra, todo quente e definido. Deixo a toalha com ele. — Pegue, faça você.

— Não sabia que você estava aqui. Por que não acendeu a luz?

Felix aperta o interruptor.

Seu queixo está recolhido junto ao peito enquanto ele se seca, por isso ele não me nota de queixo caído diante de sua visão. Ele está só de cueca. Cueca boxer. Branca. Absorvo os músculos esculpidos, a barriga chapada, os ossos dos quadris, a linha de pelos escuros que entra por baixo do elástico. E mais. Não é a primeira vez que esse banheiro me traz problemas.

O piso está todo molhado. Pego outra toalha e me agacho para secar. Assim, fico frente a frente com as coxas duras de Felix e sua marca de nascença. Não consigo não encarar, o que o leva a dizer:

— Posso ajudar, Lucy?

Levanto os olhos na mesma hora. Felix está olhando para mim com intensidade, tão imóvel a ponto de eu nem ter certeza se respira. Eu me coloco em pé com mais agilidade do que nunca, e escorrego no processo. Ele me segura antes que eu vá ao chão, com uma mãozorra no meu cotovelo e a outra na lombar. Para me estabilizar, Felix me puxa para mais perto, de modo que a metade inferior de nosso corpo está colada. Através da camisola, sinto o calor de sua pele. Seu aroma domina tudo. Ficamos olhando um para o outro, eu cravando as unhas em seus ombros. Meu corpo exige o dele de um modo quase primitivo.

Mais, diz *Felix*.

Estou literalmente ofegante. De jeito nenhum ele não notou. E o próprio Felix não permanece indiferente. Sinto seu pau endurecer contra meu corpo. Meus olhos se arregalam na mesma hora e os dele ficam pretos, com as pupilas aumentadas. Sinto um desejo que vem de um lugar que não reconheço, que não me é acessível quando não estou com Felix. No entanto, não posso ser assim imprudente.

Pigarreio, e Felix pisca. Suas mãos deixam meu corpo, e as minhas soltam seus ombros. Nós nos distanciamos. Ele vira a cabeça para o lado e passa os dedos pelo cabelo.

— Isso foi...

Sua frase morre no ar.

— Eu vou...

Gesticulo na direção do corredor.

— Lucy. — Meu nome sai áspero de sua boca. — Vamos...

Balanço a cabeça em negação, passo por ele e corro de volta para o quarto.

Eu me recosto contra a porta e respiro fundo algumas vezes. Porém preciso de mais do que um pedaço de madeira preso por dobradiças entre mim e Felix.

Preciso de um campo de futebol inteiro.

De províncias.

Da porcaria de um país.

Não sei nem se isso funcionaria. De algum jeito, sempre encontro o caminho de volta para ele.

2

"Tudo o que vale a pena
também traz algum problema."

L. M. Montgomery,
Anne de Avonlea

11
VERÃO DE QUATRO ANOS ATRÁS

Eu tinha vinte e cinco anos, e minha vida era perfeita. Bridget e eu estávamos avançando na carreira. Fazia só um ano que ela entrara no departamento de relações públicas do Sunnybrook Hospital e já havia sido promovida, e eu estava me saindo superbem na floricultura. Minha tia me deixara assumir a consultoria para casamentos e contratara Farah, que era ao mesmo tempo fascinante e aterrorizante. Eu a idolatrava. Os questionamentos dos meus pais com relação a quando eu iria arranjar um trabalho *de verdade* haviam passado de semanais a mensais. Tínhamos dado uma renovada no nosso apartamento graças ao aumento de salário de Bridget, e encontráramos um par de cadeiras de jantar antigas em uma esquina. Três amigas minhas já tinham desistido de usar aplicativos de relacionamento, mas eu continuava surfando nessa onda. Não tinha nada sério, e não queria mesmo nada sério. Eu havia puxado à minha tia — drinques, conversas e um pouco de diversão era tudo o que eu buscava.

Então, certa noite, Stacy me chamou em sua sala e pegou as duas taças de vinho que guardava na gaveta de baixo da escrivaninha e uma garrafa de chianti. Ela ia fechar a floricultura no fim do ano. Os negócios iam bem, porém ela queria ser livre para viajar e talvez se envolver com o teatro comunitário. Em suas palavras: "Vou aproveitar a vida enquanto ainda sou linda e jovem". (Stacy tinha sessenta anos e era *mesmo* linda.) Ela conhecia uma floricultura em Rosedale que ficaria feliz em me contratar, mas eu amava a In Bloom. Não queria ir para nenhum outro lugar.

— Se tenho uma lição para te ensinar, Lucy — ela disse, enquanto eu virava meu vinho — é a de que precisamos viver plenamente, viver para nós mesmas e para ninguém mais. Sei que você adora este lugar, mas preciso fazer o que é certo para mim, assim como você precisa fazer o que é certo para você.

Chorei durante todo o trajeto de bonde até em casa, e depois nos cachos de Bridget.

Ela ligou para a mãe na mesma noite.

— Acho que Bee precisa de ar fresco — eu a ouvi dizer. — Vamos para aí.

Minha tia pagou a passagem.

O fato de que ia rever Felix não me preocupou. Eu ficara com vários outros caras desde então. Sim, às vezes pensava na nossa noite, mas tínhamos regras. Tinha sido um lance de uma noite só, e eu já me sentia culpada por esconder isso de Bridget. Agora que sabia quem ele era, não ia repetir meu erro.

Felix foi buscar a gente no aeroporto. Eu o vi assim que pisamos na pista, antes de seguir para a área de desembarque. Estava recostado à estátua de vaca, com um livro na mão, e um sorriso gigantesco se espalhou por seu rosto como uma onda quando nos avistou.

Ele cumprimentou Bridget com um abraço e a mim com uma piscadela. Mostrou-se animado durante todo o trajeto até Summer Wind, nos contando sobre o terreno que estava planejando comprar com seu melhor amigo, Zach.

Minha intenção era manter distância de Felix, porém ao longo dos dias seguintes o observava quando ele não estava olhando na tentativa de identificar todas as maneiras como havia mudado. Felix parecia mais confiante, até um pouco arrogante, e eu não sabia dizer se era tudo fachada ou não. E tinha deixado crescer uma barba curta. Muito embora Bridget houvesse me avisado, eu não tinha como prever que cairia tão bem nele, que faria seus olhos parecerem mais brilhantes. Minha memória fracassara em gravar quão impressionantes eles eram. Os braços e peitorais de Felix pareciam maiores. No geral, ele passava uma impressão de muito mais leveza. Seu sorriso se abria com um otimismo fácil, tal qual um guarda-sol de restaurante, sem qualquer sinal de tristeza. E toda vez que meus olhos encontravam os seus, o resultado era eletricidade pura.

— Seu irmão parece feliz — comentei com Bridget no terceiro dia de viagem.

Ela riu.

— É porque ele está pegando turistas como se isso fosse um trabalho.

Aquilo explicava a arrogância.

— Sério?

— Ah, sim. Zach me disse que ele tem uma lista de lugares para recomendar: restaurantes, praias, cafés, o Cows... esse tipo de coisa. Aí ele se oferece pra mandá-la pra toda mulher bonita que entra no Shack Malpeque.

Eu sabia da lista, embora Felix não tivesse chegado a me enviar no verão anterior.

— É bem inteligente — comentei. — E útil.

— Meus pais disseram que ele mal passou uma noite em casa desde o Dia do Canadá. Tipo, fico feliz que ele tenha seguido em frente, mas... — Bridget estremeceu.

O Felix de vinte e quatro anos era muito gato, e sabia disso. O Felix de vinte e quatro anos era um perigo que devia ser evitado a qualquer custo.

Aquilo não era fácil, no entanto.

Christine e Ken não programavam tudo o que faziam como era praxe para sua filha, porém havia uma divisão das tarefas domésticas. Nos três dias que eu passaria com a família, Felix e eu ficamos encarregados de fazer as compras de mercado e cuidar do jantar. Pegamos o Mustang e fomos juntos ao mercado. Fiz questão de ignorar sua mãozona engatando as marchas.

Soltei um gritinho quando vi a embalagem rosa-chiclete do tablete de manteiga da Cows Creamery no setor de laticínios. Tinha o desenho de uma vaca e o mapa da Ilha do Príncipe Eduardo. Era ridículo e fofo ao mesmo tempo.

— Não sei o que é manteiga fermentada, mas preciso disso na minha vida.

Felix estendeu a mão, e coloquei o tablete em sua palma.

— Eu posso ajudar com isso.

Estávamos preparando costeletas de porco e salada de batata com vagem quando Christine me viu usando a faca de carne para aparar os legumes. Ela me passou uma faca de chef enorme e pediu a Felix que me ensinasse a usá-la. Ele se posicionou atrás de mim, cobriu minhas mãos e demonstrou como esconder meus dedos para mantê-los protegidos. Isso até que Bridget entrou na cozinha e gritou:

— Solta minha amiga, Wolf.

Felix riu e eu larguei a faca, com o rosto vermelho.

Depois tirei o nome dele de um chapéu e formamos dupla na competição anual de castelos de areia dos Clark. O restante da família ia a Summer Wind só para isso, e a dupla vencedora cuidava da churrasqueira na festa que se seguia (um prêmio que era a cara dos Clark). Quando todos terminavam de comer, uma fogueira era acesa e o avô de Bridget e Felix tocava violino.

Passei duas horas ajoelhada ao lado de Felix na praia, observando-o construir torres e formar fossos na areia. Quando minha ponte levadiça ameaçou ruir, ele pôs as mãos sobre as minhas para que, juntos, conseguíssemos salvá-la. Por segundos, no entanto, nenhum de nós se moveu. Ficamos ali, com a roupa de banho molhada, o sol forte de agosto queimando a pele. Meus braços se arrepiaram, e senti os dedos de Felix se contraírem sobre os meus. Virei a cabeça. Nossos olhos se encontraram, a centímetros de distância. O ar estava carregado.

— Obrigada. Foi quase — falei, com a voz pegando na garganta.

Felix sorriu. Eu não tinha como enxergar sua covinha, mas sabia que ela estava lá, por baixo da barba.

— Pode contar comigo.

Só me dei conta de que me inclinava em sua direção quando notei que Felix olhava para minha boca. Puxei as mãos de volta tão depressa que a ponte levadiça desmoronou, levando a frente do castelo consigo. Ficamos em último lugar, o que pareceu apropriado, considerando que eu também estava fracassando no que havia me determinado a fazer com relação a Felix.

Bridget e eu voltaríamos em dois dias. Eu podia aguentar mais dois dias.

Eu me sentei à mesa da cozinha na manhã seguinte e apoiei a cabeça no tampo.

— Bebeu uísque demais ontem à noite, Lucy? — Christine perguntou, cortando a névoa da ressaca com sua voz.

— A gente falou pra ela comer amendoim — Bridget comentou.

— Ah, você devia ter ouvido, Ashby — Ken disse, de onde quer que estivesse. Ele era um homem atraente, de barba e em forma, com cabelo castanho, olhos escuros inquisidores (Felix puxou os olhos azuis da mãe) e modos gentis. — O amendoim é o segredo.

— Percebi — falei para a mesa. Tínhamos passado a noite anterior ao redor da fogueira, nos enchendo de repelente de insetos e uísque. Antes de Ken e Christine irem para a cama, eu havia feito um discurso apaixonado e pontuado por soluços sobre como sentiria falta da floricultura — do sino da porta, da senhora que passava toda sexta de manhã para comprar um buquê para si mesma, da emoção de ver um espaço ganhar vida só com flores. Eu nunca havia sido tão sincera com meus próprios pais.

Com os Clark, eu me sentia confortável. Eles não se importavam com um pouco de areia na casa. Falavam uns por cima dos outros. Provocavam. Faziam muitas perguntas, e Christine sempre deixava nítido quando achava que as respostas não passavam de bobagem. Literalmente. "Pra mim isso não passa de bobagem" era uma das frases que mais repetia.

— Espero que tenha entendido que não vale a pena ficar mal assim por causa de trabalho — Christine disse.

Levantei a cabeça da mesa.

— Pode ser — murmurei.

Eu ainda não havia contado aos meus pais. Já podia ouvir meu pai dizendo: *É um sinal, gansinha. É hora de arranjar um trabalho de verdade.* Para meus pais, isso significava um salário e uma baia em um escritório, o que eu não queria. Eu queria a In Bloom.

— Ainda é recente — Christine continuou. — Mas problemas podem se revelar oportunidades quando a gente olha pelo ângulo certo.

— Pra mim isso não passa de bobagem — Bridget disse, com um sorriso zombeteiro para a mãe.

— Não é bobagem, não. É a verdade. Oportunidades não caem no nosso colo só porque a gente quer. É preciso trabalhar pra fazer acontecer.

Tomei um gole de café. Ela parecia estar certa, mas minha ressaca me impedia de compreender inteiramente.

Felix, que até então só ouvira sem interferir, se levantou da mesa e voltou com ibuprofeno e um copo de água.

— Você parece estar precisando — ele comentou, colocando tudo à minha frente na mesa. Seus olhos azuis trovejantes encontraram os meus. Senti um friozinho na barriga.

Mais um dia. Eu podia aguentar mais um dia.

12
VERÃO DE QUATRO ANOS ATRÁS

— Bee, se não parar de sacudir a perna, vou amarrá-la. — Bridget arrancou a palha de uma espiga de milho. — Está sacudindo o deque inteiro.

— Desculpe, desculpe. — Minha mente era uma estação de trem no horário de pico. Eu estava criando coragem para dar voz a uma ideia tão absurda que a mera perspectiva já me deixava nervosa. Sabia o que meus pais diriam se eu falasse com eles a respeito: *É arriscado demais*. E sabia o que Bridget diria. No entanto, estar na Ilha do Príncipe Eduardo, longe dos bondes lotados, dos arranha-céus e do miojo que fazia parte do meu dia a dia em Toronto, fazia com que sonhos improváveis parecessem menos distantes.

Bridget e eu estávamos sentadas lado a lado nos degraus, com a travessa de espigas entre nós.

— Estou pensando em perguntar à minha tia se posso assumir a floricultura — confessei, arrancando fios cor de cobre dos grãos bem amarelos.

— Quêêê? — Bridget deixou o milho cair na grama para agarrar meus ombros. — Me conta tudo. Quanto tempo faz que está pensando nisso? Bee! Seria incrível.

Suas bochechas estavam coradas, suas sardas, mais escuras em virtude do sol. Ela parecia parte da ilha — alguém que nasceu da terra, do mar e do vento. Minha melhor amiga era linda.

— Acha mesmo? Tenho vinte e cinco anos. Nunca tive um negócio. Nunca contratei ninguém. Nem demiti. Só a papelada já me deixaria atolada. — Pensei na sala toda bagunçada da minha tia. — Andei pensando em melhorias que posso fazer na loja e em como aumentar nossa presença na internet. Mas e se não funcionar? E os impostos? O que...

Bridget apertou minhas bochechas entre as mãos, fazendo com que eu parasse de falar.

— Respire — ela falou.

Respirei fundo.

— Acha mesmo que consigo? — sussurrei.

— Claro! Claro que sim! Tenho trocentos bilhões por cento de certeza! Você *precisa* fazer isso. — Seus olhos brilhavam de alegria. — Você é capaz de qualquer coisa, Bee. E eu ajudo você com a papelada e os impostos, se quiser.

Argh. A fé de Bridget em mim não tinha limites. Eu precisava parar de ficar olhando para o irmão dela como se quisesse mergulhá-lo em manteiga derretida. Olhei bem para minha amiga.

— Você faria isso por mim?

— Claro, boba. Seria divertido. Amo sua tia, mas contabilidade não deve ser o ponto forte dela. Podemos conversar no próximo jantar. Stacy vai adorar a ideia.

Stacy recebia Bridget e eu para jantar quase toda semana. Ela não cozinhava, porém era versada em cardápios de delivery.

Bridget estremeceu, animada, depois esfregou as palmas das mãos.

— Sempre quis poder dar um jeito no escritório dela.

Fiquei mexendo no elástico da cintura do meu vestido.

— Qual é o problema?

— Meus pais não vão gostar.

— Bee, sua família é meio que péssima — ela pontuou, com delicadeza. — Tudo bem, eles não tratam você de um jeito horrível. Mas talvez esse jeito bem mais ou menos como te tratam seja até pior, porque fica mais difícil reconhecer que estão podando você.

Respirei fundo.

— Eu sei.

— Sabe mesmo? — Bridget perguntou, enquanto alguém abria a porta de correr atrás de nós.

Felix estava ali, de camiseta e jeans, vestido igualzinho ao dia em que nos conhecemos. Olhei para ele, ele olhou para mim e seu sorriso cedeu lugar a uma carranca.

— Tudo bem com você?

Respirei fundo outra vez. Eu *estava* bem, ainda que não gostasse de ser totalmente transparente para Felix. Não precisava da aprovação dos meus pais. Tinha Bridget. E Stacy. Sorri.

— Tudo — falei. — Estou bem.

Seus lábios se curvaram, e minha mente retornou ao passado. Sua boca nas pintas sob minha clavícula. Minha boca na parte interna de sua coxa, provando sua marca de nascença.

— Mamãe comprou umas cinquenta ostras — Bridget anunciou, à guisa de cumprimento. — Bee vai ficar na função de marcar o tempo.

Felix ia competir em questão de semanas, e Christine queria que ele treinasse. Era uma competição anual em Tyne Valley, aparentemente importante.

— Ah, é?

— Sua família não para de se vangloriar de você. Eu disse que não acredito que abra ostras tão rápido assim sem se cortar.

Um canto de sua boca se curvou para cima.

— Eu me saí bem no ano passado.

— Papai já contou tudo em detalhes — Bridget disse. — Mamãe disse que você faz um trabalho limpo, mas não é ágil o bastante. Acho que é tudo desculpa. Só querem que a gente coma duas semanas de comida em um único jantar.

As ostras eram a entrada. Depois teríamos lagosta e duas opções de sobremesa: bolo de morango (meu preferido) e torta de mirtilo e pêssego (favorito de Bridget).

— Certeza. É melhor a gente começar, então. Acha mesmo que dá conta, Lucy? É um trabalho importante. — Ele me encarou, com os olhos brilhando. — Você não vai poder desviar sua atenção de mim nem por um segundo.

Ignorei a onda de calor que se espalhava por meu peito e joguei o cabelo por cima do ombro.

— Acho que consigo fazer *ostras* coisas ao mesmo tempo.

Bridget e Felix soltaram um gemido.

— Que foi? — perguntei. — Achei boa.

— Seus trocadilhos com ostras são péssimos, Bee. Já chega — Bridget comentou, recolhendo as espigas de milho espalhadas e depois atirando uma na cabeça do irmão. — E *você*, pare de dar em cima da minha amiga.

Eu estava ao lado de Felix na cozinha, com o aplicativo de cronômetro aberto. Meus olhos passaram pela pequena cicatriz branca no pulso dele.

— Alguém me distraiu — Felix disse, tocando a marca com a faca. Olhei em seus olhos. — Mas valeu a pena.

— Ela devia ser bonita — Bridget comentou, às minhas costas.

Felix sorriu para mim.

— A mulher mais bonita que já vi.

Perigo. Perigo. Perigo.

Fiquei vendo Felix abrir quarenta e oito ostras. Eu me concentrei em suas mãos bronzeadas, nos tendões de seus antebraços. Ouvi os gemidinhos que ele soltava. Quando acabou, Felix me passou uma ostra e um dedo seu roçou no meu, provocando uma sensação imediata no meu baixo-ventre. Isso me abalou tanto que derrubei uma bandeja de ostras e gelo em cima de mim. Subi correndo para tomar um banho antes do jantar. Precisava me recompor.

Só mais uma noite.

Eu já havia trancado o banheiro e tirado a roupa quando me dei conta de que meu sabonete líquido estava na mala. Enrolei uma toalha no corpo, abri a porta, saí para o corredor e dei direto com uma parede sólida. Uma parede que cheirava a mar, vento e pinheiro. Por um segundo, congelei no lugar.

As mãos de Felix pegaram meus ombros.

— Você está bem?

Meus olhos se mantiveram fixos em seu peitoral.

— Estou. Bem. Obrigada.

Ele riu, e o som foi descendo pelo meu corpo até chegar aos dedos dos pés, me esquentando como o uísque de Ken. As mãos cheias de calos de Felix desceram pelos meus braços, deixando um rastro de chamas em seu encalço. Eu me lembrava de sentir essas mesmas mãos passando pela minha cintura e pelas minhas coxas, abrindo minhas pernas.

Elas pararam nos meus cotovelos, e meus dedos abriram caminho até a barriga dele. Ergui o queixo enquanto Felix baixava o seu. Nossos olhos se encontraram. Fiquei olhando para aquelas piscinas azuis, para a manchinha marrom, em transe. Felix deu um passo na minha direção, ou talvez eu tenha dado um passo na direção dele, e toda a frente do meu corpo ficou colada ao seu. Meus lábios avançaram em sua direção, ou talvez tenha sido o contrário também.

— Quer mesmo isso? — ele perguntou, rouco.

A risada estrondosa de Ken chegou até nós, vinda lá de baixo. Eu me afastei de Felix e voltei para o banheiro enquanto a sirene de abertura de "Money City Maniacs", de Sloan, saía pelos alto-falantes. Felix veio comigo.

Meu queixo caiu.

— Você não pode entrar aqui.

— Não posso?

Felix olhou para meus indicadores, enganchados nos passantes de sua calça. Fui eu que o arrastara. Soltei-o imediatamente. Em vez de ir embora, no entanto, Felix fechou a porta, passou por mim e abriu o chuveiro. Vapor começou a se formar.

— Você não deveria estar aqui — falei, enquanto ele voltava a se aproximar. — Temos regras.

— Sei que temos. — Felix olhou para os meus lábios, depois para as pintas sob minha clavícula. — Ou então as coisas seriam diferentes.

Puxei a toalha mais para cima no corpo. Nem precisava olhar para saber que eu estava mais vermelha do que a terra da ilha.

— Seriam?

— Se não houvesse regra, eu beijaria você agora mesmo. — Seus olhos retornaram à minha boca. — E acho que você me beijaria de volta. Acho que um beijo quase rolou no corredor. E acho que você pensou a respeito ontem também, na praia.

Ergui o queixo.

— E daí se pensei?

O vapor já estava fazendo as pontas do cabelo de Felix encaracolarem, e eu precisava me segurar para não as tocar. Seus olhos foram um pouco mais para baixo.

— Você me beijaria de volta e eu abriria essa toalha, depois viraria você de costas para que pudesse se apoiar na bancada.

Ele olhou para a pia. Uma gota de condensação escorria pelo espelho embaçado logo acima.

Meu coração martelava frenético. Meros centímetros de ar úmido nos separavam, e eu nunca sentira tanto tesão.

— Espero que a essa altura você não estaria mais vestido.

O canto esquerdo da boca de Felix se ergueu.

— Só de meia.

Dei risada, mas ela pareceu nervosa e frívola. Mal sentia minhas pernas. Minha pele estava escorregadia por causa do vapor.

— Quer saber o que aconteceria a seguir?

Ele passava os dentes pelo lábio inferior.

— Quero — soltei.

— Eu puxaria sua bunda, colocaria a mão entre suas coxas e beijaria a pele entre suas omoplatas. Quando você estivesse quase lá, eu te mandaria desembaçar o espelho pra gente poder assistir.

Meus olhos desceram por seu corpo, parando na braguilha da calça jeans.

— Se formos fazer isso, vai ser a única vez. — Os olhos de Felix arderam em chamas. Ele não concordou nem discordou. — Wolf? Temos que tirar isso do nosso organismo. Mas vai ser só dessa vez.

Seu peito se encheu e esvaziou.

— Tudo bem. Com uma condição.

Assenti, de maneira profissional, quando na verdade apertava uma coxa contra a outra.

— Qual?

Ele deu um passo na minha direção. Levou os lábios à minha orelha.

— Quando você gozar, quero que me chame de Felix.

Ele recuou, abriu minha toalha e a deixou cair no chão. Seus olhos passearam por toda a extensão do meu corpo — meu peito corado, as curvas dos meus seios, a protuberância da minha barriga e mais embaixo. Felix engoliu em seco, depois estendeu a mão e acariciou um mamilo rosa e rígido com o polegar.

Ficamos nos olhando por três longos segundos, e de repente a boca de Felix estava na minha enquanto suas mãos seguravam meu rosto. Foi um beijo urgente, exigente, e quando passei a língua sobre o lábio dele ouvi um grunhido vindo de seu peito. Agarrei a bainha de sua camiseta e a puxei, sem jeito. A risada que ele deu tinha gosto de sal e bala de hortelã. Felix tirou a camiseta. Vi o caminho estreito de pelos escuros se estendendo pela planície macia entre seu umbigo e o cós da calça, e de repente seus lábios estavam de volta nos meus, suas palmas varriam meus ombros. Felix me segurou, depois me virou para que eu ficasse de frente para a pia. Ele passou uma das mãos pelo espelho embaçado, e nossos olhos se encontraram ali. Ficamos olhando um para o outro conforme Felix desabotoava a calça. Ouvi o barulho dela indo ao chão. Ouvi Felix abrindo um preservativo.

Ele passou uma das mãos pelas minhas costelas.

— Tem certeza sobre a regra número dois? — Felix perguntou com a voz carregada, os dedos descendo rumo aos meus quadris, minha barriga e mais.

— No momento não faço ideia de que regra seja essa.

Senti um joelho entre minhas pernas, incentivando-as a se abrir.

— Tem certeza de que não quer fazer isso de novo?

Um dedo começou a traçar círculos com um mínimo de pressão. Cada terminação nervosa do meu corpo pareceu estar ligada ao ponto entre minhas coxas. Fechei os olhos. Eu me sentia inchada e pesada. Não tinha certeza. Nem um pouco.

— Tenho — falei.

Senti Felix quente e duro nas minhas costas quando ele levou os lábios à minha orelha.

— Tenho outra condição — ele disse, voltando a fazer o movimento circular, agora com um pouco mais de força.

— Fala — soltei.

— Olhe pra mim. — Seus dedos pararam de se movimentar. Abri os olhos e encontrei os de Felix através do espelho. — E se segure, Lucy.

13
AGORA

Sete dias antes do casamento de Bridget

Quando acordo, Bridget ainda está no quarto dela. Eu a ouço roncando leve do outro lado da porta. Quando morávamos juntas, ela dormia até mais tarde nos fins de semana, e eu tomava meu café ouvindo os barulhinhos que produzia. No começo, eu achava seus roncos hilários, mas depois de alguns meses parei de notá-los. Tornaram-se o ruído branco das minhas manhãs de sábado. Só agora me dou conta de que senti saudade dele. De nossa rotina. Das noites de domingo em que ela passava roupa. Das caminhadas semanais até a casa da minha tia. Da tríade máscara facial, pedir comida tailandesa e assistir a um filme — que fizemos às quartas-feiras por anos. Tenho saudade da torrada com banana amassada que ela me pedia para fazer quando ficava doente, uma gororoba. Saudade de ter para quem voltar.

Preciso de ar fresco nos pulmões e cafeína nas veias, por isso preparo um café e me dirijo para o deque.

Felix está lá fora com uma xícara de chá e um livro, as pernas por cima de um braço da poltrona e os pés descalços. Ele usa calça esportiva e camiseta, e outra versão de Lucy se destaca de mim e se joga em seu colo. A parte do meu cérebro que grita "mais" sempre que estou perto dele não sossegou durante a noite, como eu estava torcendo.

— Desculpe. Não sabia que você estava aqui — digo, então me viro para entrar de novo.

— Fique — Felix convida, tirando os olhos da página. À luz do dia, seu olhar é mortal. Ele observa meu cabelo. Soltei as tranças, e agora ele cai em ondas, indo um pouco além das minhas clavículas. Ao que parece, minha camisola fica transparente ao sol. Felix engole em seco.

— Acho que não tem problema a gente ficar no mesmo cômodo — ele comenta, ainda com voz de sono. — Ou no mesmo deque.

Não sei se concordo, considerando nosso encontro no banheiro ontem à noite. No entanto, é melhor Felix não saber disso. Por isso me sento no lugar de sempre, na ponta do sofá, e procuro iniciar uma conversa adulta normal. Tenho que ser capaz de fazer isso.

— O que está lendo?

Não é o mesmo livro do aeroporto.

Felix mostra a capa para mim. *Orgulho e preconceito*. Só pode ser brincadeira.

— Que foi? — ele pergunta.

Se eu não conhecesse Felix, concluiria que é tudo um truque. No entanto, ele nem deve saber que um cara gato como ele lendo um romance de Jane Austen é praticamente pornografia.

Felix recolhe as pernas e se senta direito, de frente para mim. Parece sempre confortável consigo mesmo. Percebo isso em seus movimentos fáceis. Penso no segundo verão em que visitei a ilha. De sua confiança absoluta e declarada. Eu me perguntei se era encenação. Porém não há como fingir um comportamento seguro assim. Não pode ser fingimento. Ele é simplesmente Felix. Genuíno. Forte. Verdadeiro.

— Você já leu *Orgulho e preconceito*.

— Li mais de uma vez — ele confirma. — Peguei quando estava fazendo a mala ontem.

— Gostou do suspense do aeroporto?

Ele faz tamanha cara de culpado que dou risada antes mesmo que responda:

— Não terminei.

— Eu sabia.

O livro preferido de Felix era *Grandes esperanças*. Ele não gostava de sangue.

— Foi Joy que me deu. Disse que eu tinha que ler.

Nem pisco quando ele menciona sua ex. Excelente.

— E?

Felix se esquiva.

— Não era ruim. Só não é meu tipo de livro.

— Mentiroso. Você odiou.

Adoro o fato de eu conhecer melhor seu gosto para livros do que praticamente qualquer outra pessoa.

— Morria gente demais — ele admite. — E apareciam partes do corpo em armários, gavetas, banheiras...

Felix exala masculinidade — com o queixo quadrado coberto pela barba por fazer, os ombros largos, as pontas ásperas dos dedos. Quando ele estremece, o contraste com sua aparência é tão notável que rio com ainda mais vontade.

— Então agora você está apaziguando sua mente com um pouco de Elizabeth e Darcy.

Felix me oferece um meio sorriso. Sinto o coração quentinho ao ver sua covinha. Eu sabia que ela estava lá, escondida sob a barba o tempo todo, mas esqueci quanto a adoro. Eu poderia me perder nela e nunca mais encontrar a saída; seria uma morte boa.

— Pego no pulo — ele diz.

Pego no pulo, penso. *Por mim*. Um momento de silêncio se segue, e procuro em seus olhos indícios de que o último verão significou mais para ele, de que não fui só eu que perdi o chão, no entanto tudo o que vejo é um brilho brincalhão.

— Sua irmã deve ter conseguido fazer você se sentir culpado — comento. — O que foi que ela falou pra fazer você mudar de ideia sobre ficar aqui?

— Ela não disse nada. Estou aqui porque quero.

— Está preocupado com ela?

Felix me olha demoradamente.

— Bridget nunca precisou que se preocupassem com ela.

— Eu sei, mas por isso mesmo que é esquisito, não acha? — Abarco com um gesto a mim mesma, a ele e ao deque. — Nenhum de nós deveria estar aqui. Ela perdeu a última prova do vestido. Cancelei a despedida de solteira de hoje à noite.

Ia ser simples, seguindo as instruções explícitas de Bridget. Cadeiras na primeira fileira para ver os Jays jogarem, depois jantar na Old Spaghetti Factory com um grupinho de amigas.

— "Nosso casamento vai ser chique pra caralho" — ela me falou. — "Quero beber cerveja e usar short jeans na despedida de solteira."

Fazia meses que Bridget esperava pela noite de hoje.

— Ela está diferente — digo a Felix.

— Está mesmo. — Ele toma um gole de chá. Earl Grey com uma colher de mel e limão espremido. Tanto Felix quanto Bridget preferem chá a café pela manhã. — Tentei conversar com ela quando estávamos indo buscar você no aeroporto, mas não consegui nada. O que Bridget te disse?

— Quase nada. Que estava com saudade de casa. Estressada. E aí surtou totalmente ontem, falou que as coisas estavam escapando por entre seus dedos, nada que faça muito sentido. Você conhece sua irmã. Ela só se abre quanto aos problemas depois que já resolveu tudo.

Felix assente e olha para sua xícara, depois para mim.

— Acha que ele fez alguma coisa?

— Miles?

Respiro fundo à medida que penso na pergunta. Se há uma coisa que sei a respeito de Miles Lam, é que ele está desesperadamente apaixonado por Bridget Clark. Gosto dele. Miles tem sido um bom companheiro. Venera Bridget, apoia sua carreira, mantém a casa em ordem. Organizou uma viagem surpresa rumo à Austrália para o aniversário de namoro deles. Pediu que ela marcasse férias no trabalho, mas não contou aonde iam, poupando Bridget de entrar com força total no modo "planejamento", como ela costuma fazer. Ele ganha uma grana, mas nunca se gaba disso. E teve que tolerar um monte de coisa da minha parte.

Uma vez, depois de duas taças de vinho, eu disse a Miles que ele havia roubado minha amiga e que eu me ressentia do fato de que os dois passavam mais tempo juntos do que nós duas. Era meio que brincadeira, mas não pareceu. Miles disse que aquela era a única reação possível a ter que dividir a melhor mulher do mundo, então serviu outra taça de vinho para mim.

— Deve ter alguma coisa a ver com ele — digo a Felix. — Mas não acho que ele tenha traído.

Felix passa uma das mãos pelo rosto.

— Eu também não.

O relacionamento de Bridget e Miles progrediu em alta velocidade. Aconteceu exatamente como eu previa: Bridget se apaixonou depressa e com tudo. Depois que saíram pela terceira vez, ela voltou para casa anunciando que ele era o cara certo. Miles ficou igualmente apaixonado. Estava na cara que iam se casar, se mudar para uma casa e ter filhos.

Minha tia teve sua cota de romance, porém nunca sossegou. Ela não queria. Acreditava em encontrar o próprio caminho para a felicidade, que podia não incluir um par. No entanto, Stacy ficou feliz quando Bridget conheceu Miles — e encantada com o fato de que o quarto membro da nossa família soubesse se virar na cozinha.

— Se não se casar com ele, eu caso — Stacy disse a Bridget depois que ele fez carré de cordeiro e polenta com ervas finas para nós. E acho que ela estava falando sério.

— Não sei o que mais poderia ser — digo a Felix. — Bridget está obcecada com o casamento desde que ficou noiva, e agora não quer falar a respeito. Quer explorar a ilha e fazer um monte de coisa de turista, como se fosse nossa primeira viagem juntas pra cá.

Há uma assimetria no rosto de Félix que me encanta. O sorriso torto, a única covinha. A manchinha marrom. Agora uma única sobrancelha se ergue.

— É mesmo?

— Haha — respondo. — É claro que ela não quer que *tudo* se repita.

— Claro que não. — Seus olhos faíscam como no passado. — Nem sei se ainda aguento três vezes numa única noite.

Quase cuspo o café. É engraçado, mas não acredito que seja verdade. Felix ri de mim rindo, e por um breve momento a sensação é fantástica.

Então nossos olhos se encontram e o sorriso dele fraqueja.

Sinto a energia se alterando, como o cheiro que anuncia chuva à distância. O corpo de Felix exala calor, porém é o peso de seu olhar que me esquenta por dentro. Sempre houve eletricidade entre nós, mas essa não é a onda de desejo ou a troca de gracinhas de sempre. É algo mais profundo, que funciona como um feitiço. É atordoante.

A verdade me escapa dos lábios.

— Fiquei com saudade de você.

Felix pisca, surpreso.

— É?

— Claro — digo. — Quero...

Ouço a porta de correr, e logo Bridget está no deque, de chinelo, com um sorriso cheio de dentes no rosto e usando um roupão puído que deve estar pendurado em seu quarto desde a adolescência.

— Eu estava mesmo com a sensação de que você não ia aguentar ficar longe, Wolf.

Minha amiga olha para mim e para ele. Felix me observa. Minha boca continua entreaberta, porque fui interrompida em meio ao que seria um pedido de desculpas pela maneira como me comportei no ano passado.

— O que interrompi? — Bridget pergunta. — Por que vocês dois estão assim esquisitos?

— Não estamos — digo.

Ela faz "hum", então olha para Felix, depois para mim e depois para ele outra vez.

— Estão, sim.

Bridget estreita os olhos, furtiva. Antes que prossiga, Felix se levanta.

— Tenho que ir.

— Quê? — Bridget questiona, devidamente distraída. — Pensei que a gente pudesse ir à praia de manhã, comer um sanduíche de lagosta e depois visitar Green Gables.

— Não posso — Felix explica. — Só volto à noite. Peguei um turno no restaurante.

— Você ainda trabalha lá? — pergunto.

— Não muito — ele diz. — Mas avisei que ia estar por aqui, se precisassem de ajuda, até porque preciso treinar.

Com as ostras, claro. A competição é amanhã à noite.

— Então vamos almoçar lá — Bridget sugere.

Felix assente para a irmã, coçando a nuca.

— Tá.

Ele se vira para entrar, então me olha por cima do ombro, em indagação.

Depois que Felix entra, Bridget se vira para mim.

— Vocês estão mesmo esquisitos.

Eu me esquivo.

— *A gente* está esquisito, é?

— Aconteceu alguma coisa no verão passado? — ela pergunta.

A culpa vem como a maré. Odeio mentir para Bridget, mas não é agora que vou confessar tudo.

— Claro que não.

— Hum. — Ela estreita os olhos. — A teoria corrente na família é que ele deu em cima de você e você o rejeitou.

— É mesmo?

— É. Isso explicaria o fato de Wolf não estar se jogando aos seus pés como antes.

Reviro os olhos.

— Sua família precisa se mudar pra uma ilha maior pra ter sobre o que fofocar.

14
AGORA

Bridget decide que não tem paciência para os turistas que vão a Green Gables. Como está morrendo de vontade de tomar um cappuccino com leite de aveia, vamos de Mustang até Summerside. É a maior cidade da ilha depois de Charlottetown, o que significa que ainda é pequena — não chega nem a quinze mil habitantes. Ligo para Farah do carro para ver como estão as coisas, e tanto ela quanto Bridget ficam me pedindo para relaxar. Encerro a conversa depressa e mando por mensagem tudo em que pensei mais cedo no banho.

Quando olho para o verde e vermelho através da janela, sou lembrada da primeira vez em que vim. Eu me apaixonei pela ilha — tanto por sua beleza quanto pela simpatia das pessoas. E me apaixonei ainda mais por Bridget. Havia um monte de detalhes sobre ela que eu não sabia — que adorava fazer *stand up paddle*, tinha alergia de picada de mosquito, sabia ler partituras musicais e até tricotar cachecóis. Seu sotaque ficava ainda mais forte quando ela estava na cidade em que crescera.

Agora, Bridget parece mais animada do que ontem, e suas olheiras quase desapareceram. Talvez eu esteja preocupada sem motivo. Talvez seja apenas saudade de casa mesmo. Quando nos conhecemos, ela estava desesperada para rever a família e a ilha. Pensava até em voltar de vez. Talvez só precise de mar e descanso neste momento.

Depois que passamos num café no centro da cidade, tem início o que só pode ser chamado de Tour Nostálgico de Bridget Clark. Passamos por sua antiga escola e o hospital onde trabalhou como voluntária durante a adolescência. Bridget queria ser médica, porém sua tendência a desmaiar quando via sangue a levou a repensar sua estratégia. Visitamos a construção colonial de dois andares onde os Clark moravam antes de comprarem Summer Wind e a casa onde os pais do primeiro namorado dela ainda moram. Bridget estaciona do outro lado da rua e nos abaixamos nos bancos enquanto ela aponta para a casa na árvore onde os dois se pegaram pela primeira vez.

— Onde ele mora agora? — pergunto, enquanto espiamos a casa dos MacDonald. Quero descobrir se nosso passeio vai terminar comigo tentando convencê-la a não mandar uma mensagem para o ex depois que Bridget tiver enchido a cara de uísque. Ela costuma ser superprevisível, porém agora não faço ideia de onde seu comportamento estranho vai nos levar.

— Ele ainda mora aqui, perto de Miscouche.

— E é bonito? Solteiro?

— Hum... Acho que é divorciado. Grandão. Tem barba.

— Um terço dos homens desta ilha é assim. — Olho de soslaio para ela. — Está pensando em procurar o cara?

— Nossa, não — Bridget garante. — Não temos nada em comum. E duvido que Miles fosse gostar de eu entrar em contato com meu namorado da época da escola poucos dias antes do dia em que deveríamos nos casar.

— *Deveríamos?*

— Só escolhi mal as palavras.

Bridget se endireita no banco e dá a partida. O motor barulhento do Mustang encerra nossa conversa.

Eu queria poder segurá-la e forçá-la a falar, porém conheço Bridget e, se eu insistir, ela vai contra-atacar.

Brigamos pela última vez não faz muito tempo. Foi em uma das poucas noites recentes em que estávamos só as duas, sem ter que planejar ou produzir nada relacionado ao casamento. Cheguei ao apartamento dela com cebola caramelizada e um molhinho de queijo brie feitos em casa, uma baguete e vinho. Bridget se recusou a comer e a beber o que eu tinha levado, ainda que eu considerasse o molhinho um sucesso pessoal. Ela preparou um drinque com vodca, água com gás e limão para si e disse que era porque queria "se sentir confiante" nas fotos. Não consegui evitar bufar. Bridget não precisava de ajuda para se sentir confiante. Então me lancei em um discurso inflamado sobre padrões corporais distantes da realidade. Enquanto eu a repreendia, seu rosto ficava cada vez mais vermelho. Quando Bridget está brava, parece um anjinho puto da vida, e às vezes só isso já faz a *minha* raiva sumir. Não foi o caso naquela noite, entretanto.

— Se toda noiva precisa ficar um palito, então nunca vou me casar — anunciei, com as mãos na cintura. Não que estivesse planejando me casar. A independência da minha tia me atraía muito mais do que a coexistência enfadonha dos meus pais.

Minha amiga apontou um dedo para mim.

— Você nunca vai se casar porque aí teria que se importar com alguém mais do que com seu trabalho.

Fiquei só olhando para ela, em um silêncio perplexo, com a frase simplesmente ali entre nós, como uma granada. Apesar da minha preferência por relacionamentos casuais, eu havia tido um relacionamento longo. Carter. Que tinha me largado um ano antes por causa do meu trabalho.

Bridget pediu desculpa logo em seguida.

— Não foi isso que eu quis dizer — ela falou, me abraçando. — Desculpe. Carter era um idiota. E você tem razão: dietas são idiotice, sinto falta de carboidrato. Vou experimentar um pouco desse molhinho.

O que ela disse, no entanto, ficou comigo. Seria bom acreditar que Carter terminou comigo porque não era seguro o bastante para ficar com alguém com a mente voltada para a carreira, porém algumas das coisas de que ele me acusou pareciam verdade. Eu estava sempre atrasada. Estava sempre ao telefone, verificando as redes sociais da In Bloom. Cancelava nossos planos se um arranjo de mesa havia quebrado sem querer ou se buquês murchassem.

Depois da nossa briga, Bridget voltou a comer pão e queijo, no entanto, essa foi uma das poucas vezes em que consegui fazer com que mudasse de ideia. Em geral, nossas discussões acabavam comigo frustrada e dizendo uma variação de "nem sei mais por que estamos bravas".

Não quero ter outra briga com Bridget, mas não posso ignorar o fato de que há algo errado. Tenho medo de que o fim de semana passe sem que eu obtenha qualquer resposta.

— Se tem alguma coisa acontecendo, botar pra fora pode ajudar — digo a Bridget. — Não vou julgar você. Não vou dizer o que precisa fazer. Espero que saiba que pode falar comigo sobre o que for.

Sei que minha amiga não gosta de receber conselhos em geral, mas às vezes fico com a impressão de que é algo especificamente direcionado a mim.

Bridget parece estar totalmente concentrada na direção, por isso fico surpresa quando ela diz:

— Eu sei, Bee. Confio em você. Mais do que em qualquer outra pessoa.

Ela não diz mais nada, no entanto.

O silêncio que se segue é tomado por minha culpa. Sou tão hipócrita. Também tenho segredos que não contei a Bridget.

A caminho de Shack Malpeque, escrevo uma mensagem para Lillian, meu contato no grupo Cena. Então Bridget tira o celular das minhas mãos.

— Você não soltou esse negócio a manhã inteira. Desconecte-se um pouco, pode ser?

Quero remarcar para a próxima semana a reunião sobre o contrato. É uma oportunidade importante, e fico preocupada por ter começado mal nosso relacionamento. Fora que Bridget não tem muito o que falar. Passou o dia todo trocando mensagens no celular. Com Miles, imagino.

Ela estaciona na última vaga do Shack Malpeque. O restaurante dá para uma baía azul-cintilante, da qual me lembro por causa do dia em que conheci Felix. Tem um barco junto às boias que delimitam a criação de mexilhões, e duas pessoas verificam as cordas suspensas. O estacionamento está lotado, assim como o pátio com vista para a água. Diferentemente da baía e dos barcos, ele não estava aqui cinco anos atrás, e a construção como um todo agora mal lembra uma cabana. Foi pintada de um tom azul-esverdeado recentemente e há floreiras nas janelas com não-me-toques vermelhas.

Quando entro, no entanto, é como se atravessasse um túnel do tempo. De repente, tenho vinte e quatro anos, Bridget perdeu seu voo e acabei de discutir com meus pais por ter largado um emprego na área de relações públicas a fim de trabalhar para minha tia.

Bridget pega meu cotovelo e me traz de volta à realidade.

— Ah, que bom. Tem lugar no balcão.

Ela aponta para uma fileira de banquetas diante das quais Felix está trabalhando.

A cabeça dele está inclinada para baixo, fazendo seu cabelo cair na testa. A cada movimento da faca, os músculos de seus antebraços se flexionam. Simples assim, sou levada de volta ao passado. Quando Felix ergue a cabeça, seus olhos encontram os meus. Por um breve momento, ele me olha quase como me olhou daquela vez, de maneira ardente, e meu coração martela alegre no peito. Então Bridget puxa uma banqueta e a chama se apaga.

Ela pede mariscos e eu peço tacos de lagosta e camarão com batatas fritas. Nós três papeamos sobre viagens passadas conforme Felix abre uma ostra após a outra. Campeonatos de Trivial Pursuit vencidos e perdidos. O ano em que Zach chegou ao torneio de castelos de areia com um diagrama para replicar o farol da ilha Panmure em escala. Felix não dá em cima de mim como costuma fazer. Não me provoca, seus olhos não brilham. Quando nossos olhos se encontram, no entanto, sinto uma espécie de choque — desejo, ardor e algo mais traiçoeiro.

Bridget está imitando a tentativa fracassada da avó de me ensinar a dançar a quadrilha — "Você não tem dois pés esquerdos, Lucy, mas três!" — e Felix está gargalhando. Eu me dou conta de que os dois têm uma ligação que nunca terei com meu irmão. Talvez porque Lyle é seis anos mais velho, talvez porque não temos muitos interesses em comum. Ele é dentista, assim como minha mãe, e gosta de esportes. Amo meu irmão, mas também o acho meio chato. Seu marido, Nathan — um corretor de imóveis que fala pelos cotovelos e é obcecado por Harry Styles —, é o que ele tem de mais interessante. À diferença de nossos pais, entretanto, Lyle apoia o que eu faço.

Stacy acreditava que havia um motivo para meus pais não aprovarem meu trabalho na floricultura — tinha a ver com sua relação instável com minha mãe mais do que com segurança financeira, como eles alegavam. Na minha opinião, era um pouco de cada. Com o tempo, aceitaram minha nova carreira a contragosto, mas não chegavam a se mostrar entusiasmados e não escondiam sua ansiedade com relação à minha vida. Tento ignorar suas preocupações, porém nunca consegui fazer isso por inteiro. É a Bridget que eu me volto quando preciso ser reassegurada.

Quando terminamos de comer e o pessoal do restaurante insiste que Felix faça um intervalo, Bridget e eu passamos ao pátio enquanto ele prepara algo de comer para si mesmo. Mando outra mensagem a Lillian sobre a reunião.

Segunda no fim de tarde funciona?

Se voltarmos na segunda, posso encontrá-la mais tarde, no mesmo dia. Senão, vou precisar adiar para a outra semana, para ter tempo de preparar as flores do casamento de Bridget, que é no sábado. *Se* houver casamento. A tensão forma um nó no meu pescoço, e eu massageio o ombro.

Fecho os olhos e me esforço para desfrutar do ar salgado, conforme ouço o motor dos barcos e curto o barato da cerveja que tomei. Bridget também se estende ao sol. Ficamos assim até que seu celular toca. Ela franze o nariz para o nome na tela, depois olha para mim.

— Atenda — digo. — Posso ficar aqui sozinha um pouquinho.

Bridget sai do pátio e segue na direção da praia até que eu não consiga mais ouvi-la. Como fica de frente para o mar, não vejo sua expressão. Estou tentando interpretar sua linguagem corporal quando Felix coloca na mesa uma dúzia de ostras e um cestinho de anéis de cebola empanados.

— Pra você não ficar só me vendo comer — ele explica, mordendo um sanduíche de queijo com tomate. Adoro ver Felix comer. Até o jeito como ele mastiga é sexy. Aff. Sou péssima. — Ela está falando com Miles? — Felix pergunta, virando-se para olhar para Bridget.

— Não sei — digo, e ficamos de olho nela por um minuto.

Quando volto a encarar Felix, o silêncio se torna desconfortável.

— Quero pedir desculpas — digo a ele, afinal.

Felix deixa o sanduíche de lado para se concentrar totalmente em mim. Não há sensação igual à de ter toda a sua atenção.

— Era isso que eu ia dizer hoje de manhã, no deque. — Felix permanece imóvel, porém seus olhos passam pelo meu rosto enquanto ele espera que eu prossiga. — Sinto muito por como fui embora no ano passado. Você foi superlegal comigo, e não tive a chance de agradecer direito. Ou de me despedir. — Ergo as mãos. — Então estou agradecendo agora.

Ele me avalia por um momento, com olhos mais brandos.

— De nada, Lucy.

A sensação de esclarecer as coisas é boa.

— Te devo uma.

— Deve mesmo. — Um sorriso se insinua devagar em seus lábios. — Um café da manhã, se não me engano.

Por cima de seu ombro, noto Bridget se aproximando.

Felix acompanha meu olhar e termina:

— Você pode me pagar depois.

15
AGORA

Estou sentada em uma cadeira de madeira próxima ao local em que costumam fazer a fogueira em Summer Wind. Em vez de ver o sol poente deixar as falésias com um tom de vermelho ainda mais espetacular, escrevo para Lillian em busca de remarcar a reunião, afastada do julgamento de Bridget. Nosso café da manhã multimilionário deu lugar a drinques multimilionários na segunda.

Estou muito animada, Lucy, ela escreve. Vamos fazer acontecer!

É uma boa notícia. Uma ótima notícia. O negócio dobraria de tamanho em um ano. Porém uma vozinha me questiona. Será que dou conta? E eu quero isso? Para quem meu sucesso importa?

Olho para o horizonte. O sol está se pondo depressa. Quando desaparecer, vai levar o calor consigo.

"Viva para si mesma, e para mais ninguém" era uma das pérolas de sabedoria da minha tia. Mas e quando a gente não tem certeza do que quer? Ou de como seria uma vida plena? Eu bem que gostaria de poder perguntar a ela.

Volto para dentro, melancólica. Bridget entra correndo na cozinha para me dizer que Felix logo vai chegar com mais ostras. Ele precisa treinar para a competição de amanhã e convidou Zach para ajudar a comer. Minha amiga está de short de moletom e regata. Tem uma mancha de mostarda em seu seio esquerdo.

— Tem uma mancha de mostarda no seu peito esquerdo — aviso.

Bridget confere com os olhos e dá de ombros.

— São só Wolf e Zach.

Conheci Zach na minha primeira visita à ilha. Ele se apresentou como futuro marido de Bridget e, quando ela não estava olhando, movimentou as sobrancelhas para mim de um jeito que evidenciava que sabia muito bem o que havia rolado com Felix. Os dois eram inseparáveis desde bebês, e haviam se tornado sócios. Zach é como um irmão para Felix, que lhe conta tudo.

Bridget pega o uísque no armário.

— Vai ser divertido — ela fala. — Faz anos que nós quatro não ficamos todos juntos. É uma ocasião especial.

— Verdade — concordo, ao passo que Bridget serve dois copos generosos.

Por um segundo, eu me permito imaginar como seria passar todas as minhas noites assim, aqui, com essas pessoas. Bebendo com minha melhor amiga. Com a geladeira abastecida. Aguardando Felix voltar para casa trazendo ostras. Seria uma boa vida.

Enquanto Bridget brinda com seu copo no meu, a porta se abre. Felix entra com caixas de ostras nos braços. Seus olhos encontram os meus e meu coração tamborila feliz.

Felix chegou.

Balanço a cabeça a fim de afastar tais pensamentos, porque minhas noites não podem ser todas assim. Não pode haver nada mais profundo entre mim e Felix. Não *quero* que haja. Ele é irmão da minha melhor amiga. Mora na Ilha do Príncipe Eduardo. Minha vida está em Toronto. Felix tem um histórico de dormir com turistas, e sou apenas uma delas. Vim para apoiar Bridget e só. Eu deveria decorar isso, repetir a cada hora e tatuar na testa para não esquecer.

— O que está acontecendo aqui? — Felix pergunta, olhando para as bebidas e para nós duas. — Lucy parece prestes a vomitar e você parece prestes a aprontar — ele diz à irmã.

Minha amiga inclina a cabeça para mim, com as sobrancelhas erguidas. Como se perguntasse em silêncio: *Tudo bem?*

Faço que sim com a cabeça.

— Estamos comemorando — Bridget diz, voltando sua atenção para Felix. Ela pega outro copo, enche de uísque até a metade e o passa ao irmão.

— Comemorando o quê? — ele indaga, avaliando sua dose generosa de bebida com ceticismo. Sua barba por fazer está mais escura do que ontem. Eu me pergunto como seria vê-lo todo dia, como seria acompanhar o crescimento de sua barba. Preciso parar com isso.

Tomo um longo gole de uísque. Talvez assim as fantasias cessem.

— Você, eu, Bee e Zach — Bridget diz. — Os quatro juntos de novo.

Felix e eu nos entreolhamos.

Bridget brinda conosco.

— Saúde!

Ela recebe uma notificação no celular e franze a testa para a tela. Então digita furiosamente, murmurando para si mesma, e larga o aparelho na bancada com tamanha força que vou ver se a tela não rachou. Não rachou, porém vejo o nome de Miles e uma troca de mensagens que termina com:

Isso é maluquice. A gente precisa conversar pessoalmente.

Olho para Bridget.

— Está tudo bem — ela garante.

— Hum...

— Não quero discutir isso no momento.

Felix se aproxima a fim de olhar para a tela.

— Chega de bisbilhotar meu telefone — Bridget anuncia, e o pega de volta.

— Não gosto quando a família Clark faz festa sem mim — Zach diz, da porta.

— Chegou bem na hora — Felix comenta baixo enquanto seu amigo atravessa a sala de estar.

Zach é negro, alto e tem cabelo curto, e está vestindo polo e bermuda cáqui. É tão deslumbrante que me parece injusta a ideia desses dois homens solteiros perambulando juntos pela ilha. Ele passa a Felix um saco de amendoim e uma garrafa de uísque "pro estoque", depois abre os braços para Bridget.

— Faz tempo demais — ela diz.

— A culpa é sua — ele retruca. — Lucy — Zach me cumprimenta em seguida.

— É legal ver você de novo — digo.

Ele fica olhando para mim, sem piscar.

— Você também. — Então Zach pergunta a Bridget, enquanto nos reunimos em volta da ilha da cozinha: — Quando foi a última vez que veio?

— No Natal. Passei uma semana.

— Verdade — Zach diz, como se tivesse acabado de recordar. Felix revira os olhos. Zach é louco por Bridget desde antes de seu estirão de crescimento, no sétimo ano, e nunca foi sutil. — Wolf e eu acabamos com você e Miles no *Trivial Pursuit*.

Bridget olha pela janela, e Zach faz uma careta. Felix deve tê-lo atualizado do pouco que sabemos sobre a situação dela.

— Eu me caso com você, Bridge — ele anuncia depois de um minuto.

— Claro que sim — eu e Felix dizemos ao mesmo tempo.

Ficamos todos em silêncio por um momento, depois rimos, até mesmo Bridget.

— Mas estou falando sério — Zach insiste, depois que sossegamos.

— Claro que sim — eu e Felix dizemos ao mesmo tempo outra vez. Olho para ele, que está sorrindo não exatamente para mim, mas na minha direção geral.

— Acho que Lana não se importaria, Bridge — Zach prossegue. — Ela é bem liberal.

— Quem é Lana? — pergunto.

— A nova namorada — Felix explica.

— Nem tão nova — Zach o corrige. — E com certeza muita areia pro meu caminhãozinho.

— Lana sabe da sua paixonite? — pergunto, apontando entre ele e Bridget.

— Claro que sabe. — Zach bate palmas uma vez. — Mas não é uma paixonite. Amar Bridget Clark é um estilo de vida.

— Mal posso esperar pra conhecer Lana — Bridget se pronuncia. — Wolf falou que ela é enfermeira.

— A melhor de Montreal — Zach diz. — Mas ela vai vir em setembro. Vamos fazer um teste e ver se ela ainda me ama depois de passar um mês morando comigo.

— Claro que ela ainda vai amar — Bridget diz. — Fora o apelo da ilha. Acho que as pessoas de fora não fazem ideia de como é aqui depois do Dia do Trabalho.

A Ilha do Príncipe Eduardo fica lotada de turistas no verão, mas as pessoas "de fora" vão embora junto com o calor, assim como vários negócios, que nem abrem fora de temporada.

— É ainda melhor depois do Dia do Trabalho — Zach declara, e Felix confirma com a cabeça.

Sirvo uísque para Zach enquanto ele mostra fotos da namorada para Bridget e Felix começa a abrir as ostras na bancada.

— Posso ajudar com alguma coisa? — pergunto a Felix em seguida. Estou determinada a fazer o meu melhor para ser a minha versão mais normal e menos sedenta quando estiver em sua companhia.

Felix me observa.

— Quer cortar os limões? E pegar o molho de pimenta na despensa? — Começo pelos limões, o que logo o faz dizer: — Você é um caos com uma faca.

— Ei — digo, apontando-a na direção dele. — Eu melhorei. Pelo menos não estou usando a faca de carne.

— Você vai cortar seus dedos fora. Lembra como eu ensinei? — Felix pergunta, baixo, e as palavras recém-saídas de sua boca provocam um efeito entre minhas coxas.

Confirmo com a cabeça.

— Não consigo fazer que nem você.

— Assim, ó. — Seus dedos se fecham sobre os meus, e eu torço para que ele não perceba que estão tremendo. — Você precisa se proteger.

Felix ajeita minha pegada e recua um passo, satisfeito.

— Nada de segredinhos, vocês dois — Bridget intervém. — Vamos lá, Wolf? Estou com fome.

Ele olha para mim.

— Sua vez.

Segundo a tradição dos Clark, como convidada cabe a mim operar o cronômetro. É uma forma bastante específica de agonia o fato de ter que ficar do outro lado da ilha da cozinha em relação a Felix, olhando para suas mãos ágeis, tentando não pensar em suas outras habilidades. A noite está fresca, contudo, depois da primeira rodada, sinto tanto calor que preciso tirar o casaquinho cor-de-rosa que coloquei sobre o vestido branco.

— Você perdeu o jeito — Zach fala para Felix. — Dois minutos e quarenta e cinco? Que patético.

— Eu não devia ter tomado uísque — Felix pontua. — Vamos de novo.

Zach o perturba tanto na segunda leva que nem entendo como Felix consegue melhorar seu tempo.

— Dois minutos e vinte e nove segundos — digo.

Bridget faz uma careta.

— Você está mesmo fora de forma.

— Parece que sim.

— E ainda tomou uma penalidade — ela completa.

— Uma penalidade? — pergunto.

— Os juízes acrescentam segundos ao seu total no caso de erros — Felix explica. — Tipo se sobrarem pedaços de concha ou areia.

Bridget sacode os dedos na direção de Felix, que lhe entrega a faca. Ela se debruça sobre a travessa e estreita os olhos a fim de avaliar as ostras. Cutuca cada uma com a faca e franze o nariz.

— Essa daqui não está totalmente solta — Bridget aponta, olhando para Felix. — E tem areia nessas duas, um pedaço de concha em outra... São doze segundos a mais, o que dá...

Ela aponta para Zach, como se eles já tivessem brincado disso inúmeras vezes.

— Dois minutos e quarenta e um segundos — Zach soma.

Felix passa a mão pelo cabelo.

— Preciso melhorar.

— Qual é a meta? — pergunto, percebendo quão pouco sei sobre essa parte da vida de Felix.

— Um minuto e trinta segundos. Um minuto e quarenta no máximo.

— Se Wolf fizer um trabalho limpo, deve ficar entre os cinco primeiros com isso — Zach explica.

Felix olha para mim.

— Sou superlimpo.

Não sei o que isso diz a meu respeito, mas essas palavras me soam intensamente sexuais.

Comemos as ostras, então Felix tira outra caixa da geladeira, separa dezoito e as ajeita na superfície de madeira. Quando está satisfeito com o arranjo, olha nos meus olhos. Fica tão concentrado em mim que é como se Bridget e Zach nem estivessem na cozinha. Então assente, e eu conto: *Três, dois, um*.

Percebo que Zach está me observando enquanto observo seu melhor amigo. Felix termina a leva e segue-se outra rodada de ostras e bebida. Quando Bridget sai para usar o celular e Felix vai ao banheiro, Zach se vira para mim e pergunta:

— O que está rolando com vocês?

— Como assim?

Ele me lança um olhar penetrante. Sabe que estou enrolando.

— Não tem nada rolando com a gente, Zach.

— É o que Wolf me diz, mas não acho que seja verdade. Você está solteira. Ele está solteiro.

Tenho que controlar minha expressão ante a informação.

— Como sabe que não estou saindo com ninguém?

— Tenho minhas fontes. — Zach dá de ombros quando ergo as sobrancelhas, depois diz: — Bridget. — Antes que eu possa perguntar a respeito, ele diz: — E o jeito como ficam se olhando... Vocês dão muito na cara.

Não consigo nem imaginar o que ele acha que a gente dá muito na cara.

— Não tem nada rolando entre a gente — insisto. — As coisas continuam iguais.

Ele ri.

— Não sei se você está mentindo pra mim ou pra si mesma.

Distraio Zach ao fazer uma pergunta sobre paredes vivas em ambientes externos. Ele tem mais hobbies e interesses do que qualquer outra pessoa que eu conheça. Zach está falando sobre biodiversidade em ambientes urbanos quando Felix volta para a cozinha e nossos olhos se encontram, mesmo de cantos opostos do cômodo.

— Viu? — Zach sibila para mim. — Até eu fico precisando de um banho gelado.

Começamos a jogar Trivial Pursuit em algum momento entre Bridget segurar as bochechas de Zach entre as mãos e dizer, enrolado, "Senti tanta saudade sua" e o quarto copo de uísque dela.

Zach está acabando com a gente. É o melhor jogador entre nós e sente um prazer doentio em fazer todos os outros parecerem bobos. Quando vence e começa a correr pela sala com os braços erguidos acima da cabeça, Bridget joga uma almofada nele.

— Você é uma enciclopédia.

— Tenho que fazer algo pra impressionar você — ele replica, e se joga no sofá entre nós, passando um braço por cima de seus ombros. — Agora me conta: vai ter casamento ou não? Sem pressão, porque já reservei um hotel onde ficar com Lana e preciso que ela me veja de terno.

Os ombros de Bridget quase encostam nas orelhas de tão tensos e seu rosto fica ainda mais vermelho. Ela encara o tabuleiro.

Felix e eu nos entreolhamos. Suas sobrancelhas franzidas e seu olhar firme deixam nítido que ele se cansou de dar espaço à irmã.

— O que Zach está querendo dizer — ele começa — é que os convidados vão começar a chegar da Austrália daqui a pouco, e se você for voltar atrás seria legal avisar todo mundo o mais cedo possível.

Bridget lhe lança um olhar cortante.

— Não quero falar sobre o casamento.

Felix se inclina para a frente na cadeira, com as mãos entrelaçadas entre os joelhos. Seus olhos se mantêm fixos em Bridget.

— Você fez Lucy largar tudo e vir pra cá. Estou aqui porque me pediu. O mínimo que pode fazer é explicar por que precisa da gente.

Felix não levanta a voz, porém a mantém firme. Nunca o ouvi falar assim com Bridget. Ou com quem quer que seja.

Os irmãos ficam se olhando, sem falar.

— Só estamos preocupados com você — arrisco. — O casamento é daqui a uma semana. Aconteceu alguma coisa entre você e Miles?

— Não posso, uma vez na vida, relaxar? — Bridget pergunta, com a voz trêmula. — Não posso fazer nada espontâneo?

— Claro que pode — respondo. — Mas, Bridget, está óbvio que não se trata de espontaneidade. Se tem algo errado, talvez a gente possa ajudá-la. Você não precisa resolver todos os seus problemas sozinha.

Lágrimas começam a se acumular nos seus olhos. Faço sinal para Zach sair do sofá.

— Fale com a gente, Bridge — eu a incentivo, dando um abraço nela. — Ou posso mandar esses manés embora pra você falar comigo. Estou preocupada.

Bridget me encara. Seus olhos castanhos brilham. Ela balança a cabeça em uma negativa.
— Não dá — ela diz. — Não estou pronta pra contar.

16
AGORA

Pisco para Bridget. A rejeição dói. Tanto que fico sem fala.

— Não é porque não confio em você — ela se explica.

Engulo em seco.

— Claro.

Bridget suspira, depois beija minha bochecha.

— Vou pra cama.

Fico olhando para suas costas, atordoada, enquanto ela sobe a escada. Depois que some do meu campo de visão, eu me levanto.

— Vou limpar a cozinha — digo, com a intenção de esfregar até esquecer.

Felix se levanta também.

— Vou falar com ela — avisa.

Zach se junta a mim na pia. Dá para ouvir as vozes de Bridget e Felix lá em cima, mas nos chegam tão abafadas que só distinguimos uma palavra aqui e outra ali.

Felix:

— Você está brincando.

Bridget:

— Bem que eu queria estar.

Não demora muito para que não ouçamos mais a conversa, porém nenhum dos dois desce. Acabo de lavar a louça e olho pela janela para o luar prateado refletido na água.

— O silêncio é um tanto incômodo — Zach diz. — Acha que Bridget está limpando a cena do crime?

— Nunca ouvi os dois brigarem. Felix é tão controlado. Nada parece incomodar o cara.

Zach olha para mim.

— Que foi?

— Você disse Felix. Ninguém chama Wolf assim. — Não digo nada. — Hum... — Zach aperta o lábio inferior entre o polegar e o indicador. — Ele não é tão despreocupado quanto você imagina, Lucy. O cara também tem sentimentos.

Franzo a testa.

— Eu sei.

Zach olha para mim por um longo momento, porém tudo o que diz é:

— Que bom.

A voz brusca de Felix nos interrompe.

— Vou dar uma volta.

Quando me viro, ele já está saiu pela porta.

— Acho que Wolf levou a garrafa de uísque — Zach avisa.

Pela janela, vejo Felix abrir caminho rumo à água até desaparecer.

Vinte minutos depois, ainda não voltou. Zach está arrumando a sala para dormir. Visto meu casaquinho, pego uma manta do baú e saio para a noite.

A praia está vazia e o céu, cheio de estrelas, como uma capa cravejada de diamantes sobre o mar preto e cintilante. Ando pela praia. O ar está denso e mais frio do que eu pensava, o que me faz cruzar os braços.

Estou pensando em dar meia-volta quando vejo, à distância, sua camiseta branca brilhando ao luar. Quando me aproximo, Felix bebe um gole de uísque, enxuga a boca com o dorso das mãos e, sem olhar para mim, diz com a voz entrecortada:

— Oi.

— Você ainda tem todos os braços e pernas — brinco.

Ele solta uma risada irônica.

— Por pouco.

Chego mais perto e noto seu maxilar rígido. Felix toma outro gole.

— Aqui. — Entrego-lhe a manta. — Está frio.

Felix aceita a coberta, porém, em vez de jogá-la sobre os ombros, me passa a garrafa de uísque. Ele estende a manta na areia e a alisa até ficar satisfeito.

Ajoelho-me em um canto, ele olha para mim. Nós nos encaramos, sem piscar, até que Felix me estende uma das mãos. O tempo parece suspenso enquanto fico ali, diante dele, contemplando sua palma. Minha pulsação acelera mais e mais.

— Sente-se, Lucy.

A voz sai áspera, cansada da discussão com Bridget. Sei como é desgastante brigar com ela.

Hesitante, pego sua mão. Quando seus dedos tocam meu pulso, não tenho dúvida de que ele consegue sentir meus batimentos cardíacos. Um *tum-tum-tum* pesado e incessante.

Felix me puxa para mais perto.

— Acho que conseguimos dividir uma manta — ele comenta.

Então me sento ao seu lado, com os joelhos junto ao corpo.

Ficamos admirando o golfo escuro, em silêncio, com a garrafa entre nós. Sinto o calor de Felix ao meu lado, que faz com que o ar frio não pareça mais tão frio. A brisa lembra palavras doces sussurradas contra minha bochecha.

Depois de um tempo, Felix me oferece o uísque. Olho de lado para ele, aceito a garrafa e tomo um gole. Quando a devolvo, Felix faz o mesmo. Parece algo estranhamente íntimo.

— Conseguiu algum progresso com Bridget? — pergunto depois de passarmos o uísque mais algumas vezes.

Felix não responde por um período tão longo que pondero se cheguei a fazer a pergunta em voz alta.

— Ela estava mesmo com saudade de casa — ele diz, afinal.

— Vocês devem ter passado quase uma hora conversando. E quanto à mensagem de Miles? Ela não disse mais nada?

Há luz o bastante para eu perceber seus olhos vasculhando meu rosto, notando meu nariz, meus lábios.

— Bridget está preocupada com você.

— Ela está sempre preocupada comigo.

Felix balança a cabeça em um gesto negativo.

— Não. Acho que ela nunca se preocupou muito, até o momento.

— Bom, e eu estou preocupada com ela — respondo.

Felix toma outro gole, então pergunta:

— E *eu*? Devo me preocupar com você?

Sou pega de guarda baixa. Ele *quer* se preocupar comigo? Preciso que se preocupem comigo?

— Depois da briga com Bridget, pergunto o mesmo a você — retruco. — Por que discutiram?

Felix me encara por um momento antes de responder.

— Por causa dos segredos dela.

Pego a garrafa e tomo outro gole, embora já sinta os braços e pernas formigando por causa do uísque.

— Como você está? — Felix pergunta.

Olho para ele.

— Bem.

— Lucy. — Ele passa os olhos pelo meu rosto, e sinto que o está absorvendo. — De verdade. Conte para mim o que está acontecendo na floricultura. Sobre Farah e o que ela anda escrevendo. Fale sobre as flores.

Felix parece um pouco desesperado, e suas palavras se atropelam.

— Felix Clark, você está bêbado?

Nunca o vi nem alegrinho. Ele sabe se segurar.

— Talvez um pouco — Felix admite, com um meio sorriso que me assegura de sua embriaguez. — Mas também quero saber, Lucy. Fale comigo.

Observo as lindas planícies de sua face, o modo como suas maçãs do rosto refletem a lua escondendo as depressões logo abaixo. Muito embora eu saiba que falar com Felix pode me meter em muito mais encrenca do que pressionar meus lábios contra os dele, digo:

— Farah está escrevendo elegias.

A covinha ressurge.

— Poemas sobre os mortos.

— É, mas acho que de um jeito meio sexy. Já a ouvi recitando trechos sobre a carne rija e o néctar semelhante a mel.

Felix se deita de costas na manta com as mãos atrás da cabeça, os bíceps se destacando.

— Que mais?

— Hum... — Eu me deito ao seu lado e ficamos olhando para as estrelas. — Acho que ela está cansada de mim. Passo a maior parte do tempo na floricultura ou nos eventos.

— A maior parte quanto?

— O tempo todo.

Felix inclina a cabeça para mim.

— Você ainda ama isso?

Observo a galáxia e sinto um nó na garganta. Tanto pela pergunta quanto pelo momento — por estar aqui, no meu lugar preferido, com uma das pessoas de quem mais gosto. Eu preferiria não gostar tanto de Felix.

— Não sei — confesso. — Gosto de bastante coisa. Da parte criativa. De trabalhar com flores. Mas não sei se amo o que vem junto. Gerenciar pessoas, pensar estrategicamente, mandar mais e-mails do que seria de imaginar. Virei florista porque odiava trabalho administrativo, e atualmente me pego fazendo cada vez mais isso.

Vejo um satélite piscar acima, próximo ao Carro de Davi.

— Às vezes me preocupa que, quanto mais velha fico, mais meu mundo encolhe em vez de crescer — admito. — Escolher flores, fazer coroas, cuidar do jardim da minha tia... essas coisas eram um hobby, mas, agora que Stacy se foi, meu hobby virou trabalho, e o trabalho virou minha vida.

Sinto seus dedos se entrelaçarem aos meus, e por um momento meu coração fica contido em nossas palmas. Felix aperta uma vez, depois solta. Na mesma hora, quero sua mão de volta.

Mais, meu coração diz. *Felix*.

— Conte para mim sobre sua fazenda.

Sua fazenda. Felix é a única pessoa que sabe a respeito, e gosto de como ele faz parecer que é real.

— Não tenho uma fazenda — respondo, inclinando a cabeça para ele. Faz muito tempo que não fantasio com isso. Não adianta sonhar com coisas que nunca vão acontecer; a realidade já é o bastante com que lidar.

— Ainda não tem. Fale dela pra mim, Lucy.

Felix é capaz de pronunciar meu nome de mil maneiras diferentes. Um *Lucy* que vibra no fundo da garganta, rouco de desejo. Um *Lucy* que parece sol com chuva. Um *Lucy* divertido e presunçoso. Um *Lucy* que é mais um suspiro de alívio do que um nome. Um *Lucy* que é pura reverência e admiração. Esse *Lucy* é uma ordem gentil.

Respiro, e tudo volta à minha mente. Aquilo que há tanto tempo desejo em segredo — uma fazenda de flores de corte.

— Quase nem penso mais a respeito — revelo a Felix. — Mas sempre imaginei que fosse ter uma estufa lá.

— E o que mais?

A princípio, pensei em ter um jardim pequeno, porém ele crescia a cada vez que eu o visualizava. Tornou-se um terreno retangular com solo rico em nutrientes em algum lugar fora da cidade, com flores o bastante para manter uma barraquinha na feira ao longo de todo o verão. Depois uma fazenda, com botões até onde a vista alcançasse. Girassóis voltados para a luz. Rios de sálvia-azul. Amores-de-moça delicados balançando em cor-de-rosa à brisa.

Viro de novo o rosto para as estrelas, sorrindo para elas.

— Um terreno com solo fértil. Girassóis. Sálvias-azuis. Amores-de-moça.

— Dálias — Felix diz. Não é uma pergunta. Ele sabe.

— Dálias — repito.

— Conte mais, Lucy — ele insiste. — Conte tudo.

17
AÇÃO DE GRAÇAS
DE TRÊS ANOS ATRÁS

Eu me tornei proprietária da In Bloom no primeiro minuto do primeiro dia de janeiro. Stacy e eu demos uma festa na floricultura na noite de ano-novo, que contou com a presença de amigos e clientes. À meia-noite, ela fez um discurso, depois uma reverência, me passou as chaves e disse:

— O que era meu agora é seu.

Eu pretendia voltar à Ilha do Príncipe Eduardo no verão, mas ainda não me sentia segura em deixar a loja. Bridget e Miles já estavam namorando, então ela foi com ele, em vez de comigo. Porém Bridget queria que fizéssemos uma viagem só as garotas naquele ano, e me convenceu a passar o feriado de Ação de Graças lá, no começo de outubro.

Eu nunca havia visitado a ilha no outono, e Bridget me aconselhou a levar óculos escuros, um chapéu e blusas quentinhas. O outono era ensolarado lá, mas às vezes fazia frio. Enquanto arrumava a mala, eu não conseguia evitar pensar em como seria reencontrar Felix. Fazia um ano e meio que a gente não se via, e eu queria estar bonita, mas de um jeito que parecesse relaxado e sem esforço. Não que repetiríamos o que havia acontecido na última visita. Eu evitaria corredores estreitos, o ato de olhar para suas mãos e banheiros tomados pelo vapor. Não tiraria a roupa — ou a toalha — independentemente da maneira sugestiva como seus olhos brilhassem ou das palavras que saíssem da sua boca quente.

Fora que eu tinha acabado de terminar um casinho de quatro meses com um bombeiro, e Felix podia muito bem estar saindo com alguém. Bridget falava do irmão para mim, mas nunca sobre sua vida amorosa. Ele havia conseguido uma passagem barata até Lisboa e feito um mochilão. Era a primeira vez que saía do país, uma espécie de viagem de férias antes que começasse a trabalhar a sério com Zach no planejamento de Salt Cottages. Nosso voo chegava na sexta de manhã e o de Felix, na sexta à noite.

Cinco minutos antes de Bridget e eu sairmos rumo ao aeroporto, tirei minha melhor calcinha de renda da mala, só para recolocá-la em seguida. Não custava nada levar mais uma. Não tinha nada a ver com Felix. Eu estava comprometida com a regra número dois — Felix e eu não dormiríamos mais juntos. Aquela viagem não terminaria como a anterior.

Assim que pisamos na pista, Bridget correu para a fila do banheiro. Sua bexiga era minúscula, e ela se recusava a usar o do avião. Fui direto para a vaca da Cows Creamery e acariciei seu focinho cor-de-rosa.

Ken veio nos buscar. Era um dia de outono digno de cartão-postal. Abóboras ladeavam as ruas, e as folhas amarelas e laranja ainda agarradas aos galhos brilhavam em contraste com o céu. A maioria dos turistas visitava a Ilha do Príncipe Eduardo no verão. Visitavam Green Gables, se empanturravam de lagosta, pisavam na areia da Cavendish Beach, compravam ingressos para ver *Anne de Green Gables: O musical*, jogavam golfe. O começo de outubro, no entanto, era tão deslumbrante que eu não conseguia pensar em nada mais bonito, fosse uma época ou um lugar. As cores da ilha sempre me impressionaram — como a grama era verde, como os campos de canola eram quase neon, como a terra e a areia tinham um tom profundo de ferrugem, como as flores dos tremoceiros eram roxas. No entanto, sob o céu azul do outono, tudo parecia mais vívido. Parecia que, depois do alvoroço da alta temporada, a ilha decidia começar a se exibir de verdade.

"Fico muito feliz de viver em um mundo onde o mês de outubro existe", Anne Shirley havia dito, e agora eu sabia por quê.

Christine me recebeu com o mesmo abraço apertado que deu em Bridget, e fui instruída a deixar minha mala no quarto de Felix. Ele havia comprado uma casa na porção leste da ilha e a estante com seus livros havia sido retirada, porém de resto o quarto parecia igual. A cama antiga com dossel e uma colcha de retalhos vermelha e azul dobrada no pé. A escrivaninha debaixo da janela. A ausência de quadros. Enquanto desfazia a mala, fui tomada por uma lembrança de minha última noite na casa — as investidas firmes dos quadris de Felix, seus olhos em chamas fixos nos meus através do espelho, as pontas de seu cabelo encaracolando por conta do vapor. Seus beijos com gosto de bala de hortelã.

Quero que me chame de Felix.

Afastei a lembrança e fui ao banheiro molhar o rosto com água fria. Precisava me recompor antes que ele chegasse.

Quando Bridget e eu voltamos de nossa caminhada na praia, Christine anunciou:

— Más notícias. O voo de Wolf foi cancelado por um problema mecânico. Ele só conseguiu outro pra quarta de manhã.

Senti a decepção no estômago. Bridget e eu iríamos embora na terça. Tentei esquecer. Eu devia estar comemorando — sem Felix, eu passaria ilesa pelo feriado. Aquilo era bom. Aquilo era ótimo.

— Seu irmão está namorando? — perguntei a Bridget enquanto passava delineador, em uma noite de sábado Zach ia dar uma festa e tinha nos convidado. Agora que eu não ia mesmo ver Felix, estava louca para saber os detalhes.

Bridget prendia o cabelo em um coque um pouco menos bagunçado. Ela estreitou os olhos e demorou um momento para responder.

— Por quê?

Estreitei os olhos também.

— Porque estou querendo me apaixonar loucamente por ele, mas antes preciso me certificar de que ele está livre — brinquei, com o rosto queimando. — Perguntei só por curiosidade.

Ela olhou feio para mim, como adorava fazer. Então revirou os olhos.

— Wolf não me disse nada. Se estivesse saindo com alguém, contaria a Zach, e Zach ia vir me contar. Então, a menos que esteja conseguindo manter em segredo, ele não namora sério desde...

— Joy — concluí por ela. Bridget evitava dizer aquele nome. Antes de terminar com Felix, Joy era a melhor amiga de Bridget; depois, virou um tema sensível. Elas haviam sido inseparáveis desde a pré-escola. Foram escoteiras, fizeram patinação artística e jogaram hóquei juntas. Felix sempre fora o irmão mais novo irritante até não ser mais irritante. Então se tornou a paixão secreta de Joy, depois seu namorado não mais secreto.

— Pois é — ela disse, e o P soou explosivo. — A filha da mãe.

Zach morava em um bangalô pintado de azul em Summerside, que pertencera à sua avó antes que ela fosse para uma casa de repouso. Ao chegar, demos de cara com um armário para casacos lotado, uma pilha de botas, sapatilhas e tênis, e seu rosto sorridente.

— Minha Clark preferida — Zach disse, abraçando Bridget antes de se virar para mim. — E Lucy! Bem-vindas, bem-vindas!

Zach nos incentivou para que fôssemos conhecer a casa por conta própria. Reprimi um sorriso diante da mobília incongruente — algumas peças de madeira escura envernizada que ele devia ter herdado da avó e outras, como sua televisão desproporcional, que tinham tudo a ver com um *cara* de vinte e cinco anos.

Os outros convidados estavam na cozinha. Havia cerca de vinte pessoas apertadas ali. Zach se encontrava perto da geladeira, conversando com uma mulher de cabelo loiro-avermelhado.

Senti Bridget ficar tensa ao meu lado.

— É ela? — perguntei.

— É. Essa é...

Ela engoliu em seco.

— Joy.

Se eu tivesse olhado melhor para Joy, teria notado que suas feições eram delicadas e angulosas, ao passo que sua boca era redonda e doce. Teria notado que passara brilho labial cor de cereja e que sua franja caía de maneira impecável até a altura dos cílios superiores. Teria invejado o modo como ela fazia blusa de lã e calça jeans ficarem atraentes. Só que não olhei direito para ela. Minha atenção se concentrou na minha melhor amiga, que estava pálida.

Conforme Joy e Felix ficavam mais velhos e o relacionamento ficava mais sério, Bridget e Joy haviam passado de amigas a integrantes da mesma família. Falara-se em casamento, filhos, uma tia Bridget. Um anel foi dado, e houvera uma festa com um pedido surpresa. *Planos* tinham sido feitos.

Bridget inspirou fundo.

— Quer ir embora? — perguntei. — Não me importo.

Ela olhou para Zach e Joy, negando com a cabeça.

— Não. Eu consigo fazer isso.

Seguimos na direção deles.

— Oi, Joy — Bridget a cumprimentou, com a voz um tanto trêmula.

Quando ela se virou para nós, quase precisei recuar com um sibilo. Seus olhos eram de um tom de âmbar deslumbrante, como o outono engarrafado. Lembravam o drinque old fashioned, especiarias e pés esmagando folhas secas.

— Joy, esta é Lucy, melhor amiga de Bridget. As duas dividem um apartamento em Toronto — Zach disse, quando não fui apresentada.

Uma mágoa evidente perpassou rapidamente os olhos de Joy, mas depois ela sorriu. Joy era ainda mais bonita quando sorria.

— Muito prazer — ela me disse, estendendo a mão.

— Esse Zach é esperto — um convidado disse por cima do meu ombro. — Sempre acompanhado das mulheres mais bonitas da festa.

Eu me virei e deparei com um ruivo corpulento. Um gorro cobria sua testa, mas cachos vermelhos escapavam por baixo.

Ele cumprimentou Zach com um aperto de mão e Joy com um beijo na bochecha.

— Oi, Colin — ela o saudou.

— Estudamos todos juntos — Zach explicou, enquanto Colin cumprimentava Bridget.

Colin apontou para Joy com a lata de cerveja que tinha na mão.

— Soube que você e Wolf voltaram. Ele veio?

As bochechas de Joy ficaram vermelhas na mesma hora. Ela balançou a cabeça em um sinal negativo.

— Não voltamos.

Colin coçou a barba e deu a impressão de ficar aliviado.

— Desculpe — ele pediu. — Ouvi dizer que tinham voltado a se falar, e meu irmão viu vocês juntos na Upstreet Brewing.

— Somos só amigos — Joy pontuou, então se virou para mim. — Sigo a In Bloom no Instagram. Amei o buquê de noiva que vocês publicaram na semana passada. O de repolho.

Fiquei a encarando, de queixo caído. A noiva queria algo "único" e "pouco feminino". Respondi com folhas de salsão verde e roxo, suculentas, caruru, sálvia e alecrim. Até Farah ficou impressionada.

— Era salsão — eu disse a Joy.

— Isso, salsão — ela concordou. — E as ervas... genial. Você tem muito talento. Sua floricultura parece incrível. Quero dar uma passada lá na próxima vez que for a Toronto.

Fiquei surpresa. Depois de tudo o que Bridget havia me contado, Joy não estava se revelando como eu esperava.

Felix estava com vinte e dois anos quando a pedira em casamento. Fazia sete anos que ele e Joy namoravam. Ela rompera o noivado depois de uma semana. Bridget e eu morávamos juntas fazia pouco tempo. Ela ficara chocada com o término repentino, porém acreditava que a amizade entre as duas sobreviveria. Afinal, sobrevivera quando Joy largou o hóquei para se concentrar nos estudos. Sobrevivera ao fato de Bridget se mudar para Toronto e Joy para a Nova Escócia a fim de cursar faculdade. Acabara não sobrevivendo a Felix, no entanto, o que deixara Bridget devastada.

Os dois términos — de Joy com Felix e com Bridget — aproximaram Bridget e eu. Uma boa história de origem sempre envolve um vilão. E o nosso era Joy.

"Preciso me encontrar" e "Não sei quem sou" eram duas coisas que Joy disse a Felix quando rompeu o noivado, e logo se tornaram frases recorrentes em nossas conversas. Tipo:

— Você leva o lixo reciclável?

— Bem que gostaria, mas *preciso me encontrar.*

Olhei para Bridget, perplexa. Joy era uma fofa.

— Obrigada — falei. — Conto com bastante ajuda, especialmente desta daqui. — Bati de leve no quadril de Bridget com o meu. — É por causa dela que o pessoal da contabilidade me ama.

— Sorte sua. Ninguém ama uma planilha mais do que você, não é, Bridge? — Joy comentou, fitando-a com um sorriso tímido no rosto.

Bridget não respondeu. Só piscou para Joy com cara de sofrimento, como se tentasse segurar as lágrimas. Então pegou meu braço e disse:

— Temos que ir.

Minha amiga me puxou até o outro lado da cozinha para pegar sidra em um balde de gelo sobre a mesa de jantar de mogno.

— Você está bem?

— Estou — foi a resposta, embora ela obviamente não estivesse. — Não consigo acreditar que ela e Wolf voltaram a ser amigos. *Nós duas* éramos amigas primeiro, e Joy me abandonou como se eu não fosse nada. Está na cara que meu irmão sempre foi mais importante para ela.

— Isso não é verdade. Tenho certeza de que ela sente sua falta. Você é a melhor. Mas faz bastante tempo. Talvez Joy ache que você não quer saber de retomar a amizade.

— Não quero mesmo.

— Sério? Ela parece legal.

Bridget ficou olhando para trás de mim enquanto tomava um longo gole de sua sidra.

— Não posso passar por isso de novo.

Olhei para onde ela olhava. Zach e Joy prosseguiam com a conversa.

— Traidor — Bridget resmungou.

Terminei minha bebida com quase a mesma velocidade que Bridget, mas não peguei outra, enquanto ela virava sidra com um entusiasmo irresponsável. Eu nunca tinha visto alguém desestabilizá-la tanto.

— Joy partiu o coração do meu irmão e o meu — ela havia me dito na época. No entanto, só naquele momento eu me dava conta de que Bridget se importava com um único término em sua vida: o dela com Joy. A pessoa com quem compartilhava lembranças de infância. A pessoa que a acompanhou durante a época do aparelho ortodôntico e dos primeiros namorados, que estava presente quando ela quebrou o braço no gelo, que a ajudou a se levantar, que foi com os pais de Bridget para o hospital. Sua amiga mais antiga.

Uma hora e duas sidras depois, Bridget rejeitou minha sugestão de começar a beber água. Outra hora e outra sidra depois, ela dormiu sobre o amontoado de casacos na cama de Zach.

Depois que o restante dos convidados foi embora, Zach, Joy e eu colocamos Bridget sentada, fizemos com que bebesse um copo d'água e a conduzimos até o banco do passageiro do carro dos pais dela.

— Quer que eu vá seguindo você? — Joy perguntou. — Posso te ajudar a levar Bridge até o quarto.

Cara. Que santa.

— Quero. Seria ótimo.

18
AÇÃO DE GRAÇAS DE TRÊS ANOS ATRÁS

Os preparativos para o Dia de Ação de Graças da família Clark tiveram início logo depois do café da manhã. Bridget e eu começamos a fazer o purê de batata, ainda de pijama. Ela usava uma camisa de hóquei e uma legging esburacada, e eu usava uma camisola de flanela de manga comprida coberta de florzinhas, à qual o bombeiro com quem eu havia saído se referia como "mata tesão".

Bridget descascava as batatas e eu as cortava em pedaços grandes com a faca de chef que Christine me obrigara a usar.

— Não sei qual é o problema de usar uma faquinha — eu disse a Bridget quando sua mãe estava ocupada com o recheio do peru.

— Bem-vinda à família Clark — foi a resposta dela.

Sorri.

— Gosto da família Clark. Só não gosto da faca.

Estávamos na metade das batatas quando ouvi a porta da frente se abrir. Foi quase como se os átomos da casa tivessem se rearranjado. Eu sabia que Felix havia chegado antes mesmo de ouvi-lo dizer:

— Feliz Dia de Ação de Graças.

Eu me virei devagar, com o coração martelando no peito.

Felix atravessava a sala com uma mochila enorme no ombro. Seu cabelo estava mais comprido do que da última vez que eu o vira. A barba continuava ali, só um pouco mais desgrenhada, e ele usava uma blusa de lã creme que eu podia apostar que fora a avó quem tricotara. Bridget tinha uma igualzinha. A barra da calça jeans estava dobrada, e ele usava botas de camurça cinza arranhadas. Parecia confortável e um pouco amarrotado. Felix em sua versão de outono.

— Wolf! — Christine e Bridget gritaram em uníssono, já indo a seu encontro.

Felix largou a mochila e abraçou a mãe e depois a irmã. Meus olhos se mantinham fixos nele.

— Oi, Lucy — ele falou, depois que soltou Bridget.

De algum modo, Felix pronunciou meu nome como se fosse um convite ao sexo. Minha respiração tremulou.

— Oi, Wolf.

Ele arqueou as sobrancelhas, mas sorria. Cara, como era maravilhoso.

— Como conseguiu chegar? — Bridget perguntou.

— Consegui um voo mais cedo. Achei que seria legal fazer uma surpresa.

Voltei às batatas, porém minhas mãos se puseram a trabalhar com menos firmeza. Senti seu calor antes mesmo que ele falasse.

— Você não andou treinando.

— Estou treinando agora. Sua mãe é uma tirana — falei, olhando por cima do ombro. Nossos olhos se encontraram. Houve um estalo no ar.

Ele riu.

— Ela é mesmo. Posso? — Felix apontou para a faca. Eu a ofereci a ele, que balançou a cabeça em um sinal negativo. — Tente de novo.

Felix ajeitou minha mão, e senti a eletricidade correndo de seus dedos até a base da minha espinha dorsal.

— Isso.

Ele se afastou, recostou o quadril na bancada e ficou me observando. E isso não ajudou em nada meus dedos trêmulos.

— Vai ficar só aí, assomando sobre mim?

— Não sou muito mais alto do que você. Não tenho como assomar sobre você.

Eu me virei em sua direção.

— Você deve ter, tipo, um metro e oitenta de um ombro a outro. Está assomando, sim.

— É verdade — Bridget disse, pegando o descascador de legumes. — Você está assomando.

Felix riu.

— Então vou tomar um banho.

Eu devia ter mantido os olhos na faca, porém procurei os de Felix, que dançavam. Não exatamente inflamados, mas com certeza estavam provocando.

— Não vai acontecer — fiz com a boca para ele, que riu. Porque não ia mesmo acontecer. Daquela vez, *ia ser* diferente. Não importava que Felix houvesse chegado exalando sexo.

— Como quiser — Felix sussurrou, me deixando com as batatas e a imagem dele no chuveiro.

Ele passou a maior parte do dia por perto, me ajudando com o molho de cranberry, pondo a mesa com Bridget, contando sobre o albergue onde ficou em Lisboa, os castelos que visitou em Sintra, as ginjinhas e os vinhos verdes que tomou. Quando Bridget perguntou sobre os planos para os chalés, o irmão os descreveu em detalhes tão vívidos que eu podia até me imaginar perambulando pelos cômodos, saindo para o deque. Felix levava jeito para pintar quadros com as palavras, o que eu nunca havia notado. Também soava diferente da última vez, mais maduro.

No jantar, comemos ostras ao forno com bacon e molho inglês (uma receita australiana que Miles apresentara aos Clark em sua primeira visita, no verão), depois peru recheado, abóbora assada, purê de batata, vagem, purê de nabo e couve-de-bruxelas — uma quantidade absurda de comida. Repeti tudo.

Mais pessoas, além das costumeiras, se reuniram em volta da mesa — avós maternos e paternos, dois primos e uma tia —, de modo que o espaço ficou um pouco apertado. Eu estava plenamente consciente de Felix sentado ao meu lado. De nossos cotovelos se roçando enquanto comíamos. De nossos dedos se tocando quando ele me passou o peru, da faísca que saiu entre seu mindinho e o meu. Eu não conseguia pensar em muita coisa além de seu cheiro bom, do calor de seu corpo ao lado do meu, da maneira como esse corpo se encaixava ao meu. Quando seu joelho bateu no meu por acidente, quase dei um pulo na cadeira. Felix riu baixo.

O volume das reuniões da família Clark, com tantas vozes competindo para serem ouvidas, se sobrepondo em discussões animadas e disparando piadas internas, era tamanho que só eu ouvi quando Felix perguntou no meu ouvido:

— Deixo você nervosa, Lucy?

— Nem um pouco — respondi, mantendo a atenção na comida.

— Hum — ele fez, então pegou um pouco do recheio do peru.

— Hum — retruquei, garfando uma vagem.

Não trocamos mais que algumas frases aqui e ali ("Passa o molho?", "Me vê o sal?") durante o restante da noite, porém eu sabia que ele estava me olhando conforme tirávamos a mesa e nos preparávamos para jogar Trivial Pursuit. Quando Bridget se sentou ao piano, por volta de meia-noite, e todos se reuniram à sua volta com copos de uísque na mão para cantar "Let It Be", eu me peguei encarando Felix abertamente, e ele a mim. Felix tinha uma voz bonita, grave e nítida, e nossos olhos não se desviaram durante a música toda.

Eu tinha me oferecido para lhe devolver seu antigo quarto, no entanto Felix garantiu que não via problema em dormir no sofá-cama da sala de TV. Lavei o rosto, vesti a camisola e trancei o cabelo com os dedos trêmulos. Então me deitei, mas não conseguia sossegar. Felix não dormia mais naquela cama, e eu já vinha dormindo ali fazia alguns dias, porém eu podia jurar que sentia seu cheiro no lençol. Devo ter me revirado na cama por uma hora. Era como se eu fosse a última faísca, crepitando e brilhando no escuro, sem querer me extinguir. Não sentia tamanha frustração sexual desde... acho que nunca. Nunca havia sentido tanto tesão por alguém quanto sentia por Felix. A casa estava em silêncio, já fazia tempo que todos dormiam. Afastei o lençol para me levantar e fiquei andando de um lado para o outro do quarto.

Seria mesmo tão errado se eu me esgueirasse até lá embaixo e fosse para o sofá-cama de Felix? Não é como se Bridget tivesse me dito para não dormir com ele. A regra com que concordei foi *não me apaixonar* por ele. Eu não tinha interesse algum em me apaixonar por Felix. De ter sua boca e suas mãos em mim, no entanto, eu era totalmente a favor.

Fui até a porta e hesitei, ponderando se deveria voltar.

— Merda — sussurrei para mim mesma. Eu bem que merecia um orgasmo, ou sete.

Abri a porta com tudo e desci na ponta dos pés, rápida e silenciosa. Bati como ele havia me ensinado dois anos antes. *Toc-toc*, pausa, *toc*.

Felix estava de calça de pijama e começava a tirar a camiseta quando abriu a porta e uma expressão surpresa dominou seu rosto. Por um segundo, permanecemos em silêncio.

Posto que eu estava ali, não sabia bem o que devia fazer.

— Usei nossa batida — sussurrei.

Felix sorriu.

— Eu tinha esquecido a batida. Tem algo atrapalhando seu sono, Lucy?

— Tem. — Pigarreei. — Você.

Ficamos encarando um ao outro por uma fração de segundo antes de Felix enlaçar minha cintura e levar a boca à minha, com urgência. Era exatamente o que eu queria, porém o beijo repentino me surpreendeu de tal maneira que meus joelhos fraquejaram. Ele firmou o braço à minha volta, me segurando com firmeza. Gemi.

Felix recuou um pouco, com a respiração pesada e um sorriso se insinuando nos lábios.

— Quer entrar?

Só então me dei conta de que continuávamos à porta. Espiei por cima do ombro dele para a sala de TV.

— Nunca fui capaz de recusar um sofá-cama.

Felix riu e me puxou para dentro do cômodo; depois de fechar a porta, me puxou para si. Derreti contra seu peito quando nos beijamos de novo, sentindo suas omoplatas nas mãos. As mãos dele encontraram minha nuca, confiantes, e posicionaram minha cabeça. Senti sua língua quente na minha. Não havia mais espaço entre nós, só camadas de tecido e ele, já duro. O modo como me devorava já parecia sexo, o modo como eu me apertava contra seu corpo, buscando atrito, à procura de *Felix*. Ele já tinha me beijado, mas nunca *assim*.

Seus dedos desceram pelas minhas tranças, depois as jogaram para trás dos meus ombros. Felix começou a desamarrar o laço no meu pescoço, de cetim, com movimentos muito mais lentos do que segundos antes; então levou a boca à minha clavícula.

— Somos péssimos. Dissemos que não íamos fazer isso — falei, estremecendo ao sentir o roçar de seus dentes e depois seus lábios macios no meu pescoço. Ele devia estar sentindo minha pulsação acelerada.

— Podemos parar — Felix ponderou, voltando a aproximar os lábios dos meus, mas sem me beijar, aguardando minha resposta.

— Não — determinei. — Quero mais.

Felix passou o polegar no meu lábio inferior e o chupei para dentro da boca. Ele gemeu.

— Não consigo parar de pensar em você. Em você pelada. No som que faz quando goza. Estou de pau duro desde que entrei pela porta, como a porra de um adolescente. — Ele passou seu nariz no meu. — Você é maravilhosa.

Suas palavras foram como o encontro entre gás inflamável e uma chama. Felix abriu a boca para voltar a falar, mas colei meus lábios no dele, sufocando a frase. As horas em que fingi que não queria cada centímetro de seu corpo pressionado contra o meu desapareceram. O beijo foi frenético. Foi todo bocas vorazes e línguas desesperadas. Mãos na bunda. Quadris se roçando.

Apressei-me a tirar sua camiseta, deslizando as unhas em sua pele. Depois passei os dedos nos pelos macios de seu peito e em seus ombros fortes e pressionei a boca contra seu pescoço. Estremeci ao sentir sua palma áspera nas minhas costelas, nos meus quadris, no alto da minha coxa.

— Pode fazer um favor para mim? — Felix perguntou.

— Tenho certeza de que não há nada com que eu não concordaria agora.

Ele subiu um pouco minha camisola, depois levou meus dedos à bainha.

— Segura isso pra mim?

— Posso tirar.

— Eu gosto — Felix disse, se ajoelhando. — Gosto de imaginar tudo o que tem escondido embaixo.

Dei risada, então ele levou a boca à parte interna da minha coxa e todos os meus músculos se contraíram. Felix me mordiscou, e sua barba fez cócegas e arranhou. Ele me manteve aberta, puxou minha calcinha rendada para o lado e ficou batendo a língua até eu começar a perder a firmeza.

— Se acha que sou forte o bastante pra me manter de pé assim, superestimou meu preparo físico — sussurrei, e senti quando ele riu dentro de mim. — Estou falando sério — insisti, puxando seus cotovelos. — Eu me exercito tanto quanto uma estrela-do-mar.

Ele se levantou, sorrindo.

— *Shhh.*

Desajeitado, Felix beijou minha têmpora, minhas bochechas, o canto da minha boca, enquanto tirávamos minha camisola e trombávamos com o sofá-cama. Caímos nele juntos, e ouvimos o *eeeeerrrrrch* alto das molas. Congelamos, Felix em cima de mim, nossos sorrisos colados.

Ele se manteve imóvel por outros segundos, com a mão na minha coxa. Como se pudesse sentir minha tensão, Felix disse:

— A porta está trancada, Lucy. O pior que pode acontecer é alguém bater.

— Isso seria bem ruim.

Os dedos de Felix se deslocaram por entre minhas pernas até o ponto onde todas as minhas terminações nervosas gritavam para rebentar, depois sua boca os seguiu. Quando ele tirou minha calcinha, apoiou minha perna no ombro e disse que adorava meu sabor, esqueci onde estávamos. Levei a mão à boca ao gozar, porém Felix permaneceu no mesmo lugar, chupando e beijando, até que o puxei. Ele se levantou com um sorriso satisfeito e tirou uma camisinha da mochila. Eu me perguntei quantas não teria usado na viagem.

— Gosto de estar sempre preparado — Felix anunciou ao notar minha expressão. Ele abaixou a calça, deixando que caísse no chão. Então ficou nu à minha frente, com a pele brilhando prateada ao luar.

Minha garganta ficou seca só de vê-lo. Seu corpo totalmente nu era tão extravagante que eu talvez até risse, se não fosse pelo desejo de tocar cada centímetro dele. Seus ombros eram ridículos — esculpidos com dedicação, ou pelo menos eu era levada a pensar assim. Parecia impossível ter o corpo de Felix sem passar horas na academia. No entanto, ele também era musculoso em lugares menos óbvios. O ponto logo abaixo das axilas, dos dois lados do corpo, era tão volumoso que um par de asas sexy podia estar escondido ali. Fora as linhas gêmeas que corriam em diagonal acima da pélvis.

Peguei sua mão e Felix subiu em mim, se curvando na direção de meus seios e parecendo se perder ali. Eu me remexi embaixo dele, desejando-o ali, naquele instante. E sussurrei isso para ele. Felix ficou de joelhos entre minhas pernas e colocou o preservativo, sem tirar os olhos de mim.

— Levante-se um pouquinho — Felix pediu, e eu obedeci, me apoiando nos cotovelos enquanto ele soltava minhas tranças e passava os dedos por entre os fios.

Voltei a me deitar com o cabelo espalhando pelo travesseiro, sem desviar os olhos dos dele. Envolto pela meia-noite, Felix me observava. Engoliu em seco, e senti que algo mudou. A eletricidade continuava no ar, mas em vez de faiscar e chiar, parecia mais pesada. Felix desceu uma das mãos pela lateral do meu corpo. Puxou meus quadris para mais perto, até se posicionar, e se apoiou nos antebraços, de modo que nossos narizes quase se tocavam.

— Tinha esquecido como era bom — comentei.

Felix pressionou os lábios contra os meus uma única vez.

— Eu, não.

Ficamos olhando um para o outro. O tempo pareceu parar.

— Não se apaixone por mim, Felix Clark — sussurrei. — É a regra número três.

— Eu nem sonharia com isso.

Felix começou a se mover dentro de mim, devagar, provocando em mim um gemido gutural. Ele parou por um momento e prendeu uma mecha de cabelo atrás da minha orelha.

— *Shh*, Lucy.

Sem pressa, Felix foi entrando cada vez mais, até seus quadris estarem colados no meu. Não se movia, porém eu o sentia latejar dentro de mim.

— Tudo bem?

Abracei seus ombros.

— Mais.

Ele tirou quase tudo, depois, mantendo o ritmo impassível, voltou a entrar. Era o melhor tipo de tortura que havia. Quando ficou de joelhos e me esfregou com dois dedos, soltei um suspiro surpreso e trêmulo — em geral, meu corpo não voltava a ficar pronto com tanta rapidez assim. Apenas com Felix. Ele tapou minha boca com a mão e projetei os quadris diante da emoção inesperada. O sofá-cama rangeu.

— Acha que consegue ficar parada e quietinha? — ele perguntou.

Murmurei que sim, porém, quando seus dedos se moveram entre nós, gemi em sua palma. Felix abriu um sorriso arrogante em apenas um dos lados da boca. Eu nunca havia sentido nada tão bom quanto sua mão na minha boca, seus dedos entre nós, o ritmo estabelecido. Eu me sentia como a areia sobre a qual as ondas quebravam. Quando ele abriu mais minhas pernas e foi ainda mais fundo, sussurrei "Felix" na palma de sua mão.

— Adoro ouvir você falar meu nome. — Ele traçava círculos com os quadris. A sensação me fez fechar os olhos, e a mão de Felix foi da minha boca para meu seio. Ele pegou o mamilo entre o polegar e o indicador. Mordi o lábio inferior. — Fale de novo, Lucy.

— Felix — sussurrei. — Mais.

Continuamos emaranhados depois, recuperando o fôlego, Felix beijando meus lábios e minhas bochechas. Deitou-se ao meu lado no sofá-cama e me puxou para seu peito. Não demorou muito para que ambos pegássemos no sono.

Acordamos com o bater suave de sinos. Era um som bonito, baixo, como o de estrelas ganhando vida. Senti um movimento, e a mão de Felix deixou minha cintura e sua perna se afastou das minhas. Ele desligou o alarme e se sentou na beirada do sofá-cama, com as suas costas maravilhosas voltadas para mim.

— Que horas são?

— Quatro e meia. Achei que você fosse querer subir antes de alguém acordar.

Mais, meu corpo gritava. *Felix.*

Ele olhou por cima do ombro e me sentei, de modo que ficamos cara a cara.

— Tá.

Felix levou a mão à minha bochecha. Seu polegar passou pelo meu lábio, sua boca se aproximou da minha.

— É bom ver você de novo. A gente sempre se diverte.

Soltei uma risada que ficava entre uma resfolegada e uma gargalhada.

— E muito.

Felix sorriu.

— É a primeira vez no ano que me divirto tanto assim.

— Você acabou de voltar de Portugal. O ponto alto do seu ano sem dúvida foi a viagem.

Seus olhos dançavam, lindos.

— Lucy... Lisboa... É difícil definir qual é a experiência mais memorável.

— Nesse caso, acho que você precisa fazer roteiros melhores.

Ele roçou o nariz no meu.

— Este roteiro está ótimo pra mim.

Voltamos a nos beijar, perdendo a noção da hora, do perigo e de tudo o que não fossem nossos lábios, mãos e línguas. Quando por fim nos separamos, nossos olhos não se desviaram. Felix levou uma palma à minha bochecha, com os dedos emaranhados no meu cabelo. Era algo novo e carinhoso, que me deixava nervosa.

— Estamos bem, né? — sussurrei. — Vamos agir normalmente?

Felix tirou a mão do meu rosto e sorriu.

— Claro — ele concordou. — Vamos agir normalmente.

19
AGORA

Seis dias antes do casamento de Bridget

Quando acordo com o sol entrando no antigo quarto de Felix e o relógio marcando dez e meia, minha primeira reação é entrar em pânico.

Ligo para Farah imediatamente.

— É melhor que seja importante, Lucy — ela diz ao atender. — Estamos preparando as entregas de hoje.

— Dormi demais. Só queria confirmar que não perdi nada.

Eu a ouço resmungando do outro lado.

— Conseguiu marcar outra reunião com Lillian sobre o contrato dos restaurantes?

— Consegui. Vai ser amanhã à noite. Vou chegar a tempo.

— Ótimo. Até lá, preciso que você se comporte como se estivesse de férias. Curta o último dia. Esqueça a gente e, pelo bem da minha saúde mental e da sua, pare de me encher o saco, porra.

Ela desliga, e eu fico olhando para a tela. Acho que Farah nunca tinha falado "porra" para mim. Demonstrações declaradas de frustração não estão entre a estreita gama de emoções que ela permite que outras pessoas testemunhem.

Encontro Bridget e Felix na cozinha, sentados frente a frente à mesa. Os irmãos conversam baixo enquanto tomam a primeira xícara de chá do dia. Felix me vê primeiro.

Ficamos conversando até tarde na praia ontem. Se Felix não tivesse reparado que eu estava trêmula, por mim teríamos passado a noite lá. Eu teria permanecido a seu lado até que meus dentes batessem e meus dedos congelassem. Eram quase duas da manhã quando nos despedimos na cozinha, aos sussurros.

— O que aconteceu? — Felix pergunta, e Bridget se vira na cadeira.

— Você está bem, Bee?

— Dormi demais. Pirei achando que a In Bloom tivesse pegado fogo, ou que o entregador tivesse furado, ou que o site tivesse ficado fora do ar, ou que a geladeira tivesse quebrado, ou que Farah tivesse pegado uma virose, ou que qualquer um dos muitos desastres possíveis tivesse acontecido antes das dez da manhã.

Felix e Bridget ficam me encarando com preocupação, mais parecidos do que nunca.

— Mas está tudo bem? — Bridget pergunta.

— Está.

Respiro fundo e me esforço para sorrir, mas acho que não consigo enganar Bridget, porque ela se levanta e me abraça.

— Coitadinha. — Bridget me guia até a mesa. — Vamos comer alguma coisa. Wolf se ofereceu pra fazer o café da manhã.

— Ele se ofereceu ou você se recusou a fazer? — pergunto, olhando para Felix, que também já está se colocando em pé.

— Um pouco de cada — Bridget responde.

Ninguém trocou de roupa ainda. Felix usa uma calça de pijama que se revela obscena olhando de perto, Bridget usa short e outra camiseta do pai, com PROFESSOR DE HISTÓRIA. SUBSTANTIVO. UM PROFESSOR NORMAL, SÓ QUE MAIS LEGAL escrito nela.

— Não ligo de fazer o café — Felix comenta diante da cafeteira.

— Posso preparar — ofereço, pegando a caixa de filtros de papel amarelos da mão dele. Nossos dedos se tocam, e por um segundo ficamos ali, ambos segurando a caixa. O mínimo de pele sua toca o mínimo de pele minha. É inocente. Um toque de nada. Só que faz meu coração e minha respiração acelerarem. Felix move o indicador, traçando uma linha sobre o meu, depois solta a caixa. Acontece com tanta rapidez que acho que posso ter imaginado o toque, mas também é possível que ele nem tenha notado o seu feito. É possível que seu dedo tenha se movido por vontade própria. Talvez seu corpo o traia assim como o meu me trai. Agora, no entanto, meus nervos estão em frangalhos. Visualizo Felix debruçado nu sobre mim na sala de TV, e acabo derrubando café na bancada e no chão.

Já estou enchendo minha caneca, depois de ter limpado a sujeira, quando minha mão livre massageia sem perceber o nó entre meu pescoço e o ombro, e sinto seus olhos em mim. Quando me viro, Felix está mais próximo do que eu imaginava. Eu poderia estender a mão e tocá-lo. No automático, procuro ver se Bridget notou, mas ela não está mais à mesa.

— Bridget foi ao banheiro. — Felix acena com a cabeça na direção do meu ombro. — Qual é o problema aí?

— Jornada de trabalho de setenta horas semanais.

— Quer uma massagem?

Passo de um tom normal de pele a um tom de vermelho que lembra a flor do hibisco no segundo que levo para dizer:

— Hum...

— Não vou morder.

Seus olhos brilham. Raios de sol sobre ondas do mar. Esse é o Felix com que estou acostumada. Ele é bom no papinho. Vem naturalmente a ele. É fácil se deixar levar.

— Mas às vezes morde — eu me pego dizendo.

Ele joga a cabeça para trás e gargalha.

— Fica pra outro dia — digo. Ter as mãos de Felix no meu corpo é uma das coisas que mais quero e de que menos preciso no momento.

Enquanto comemos os ovos mexidos e o bacon que Felix preparou, Bridget informa a programação do dia. Vamos visitar Green Gables, em Cavendish, e almoçar no Blue Mussel Café, em North Rustico. Vou pedir mariscos com limão e cerveja e batata frita com molho de frutos do mar. Bridget já está sonhando acordada com o ensopado de frutos do mar. Depois vamos voltar para Summer Wind a fim de descansar antes de ir com Zach para Tyne Valley, onde o campeonato nacional vai acontecer.

Tomamos banho e nos aprontamos para sair, mas Bridget não sai do telefone.

— Vou ter que ficar — ela avisa.

Felix e eu nos entreolhamos.

— Tem certeza? — pergunto.

— Você deveria sair um pouco de casa — Felix pontua.

— Estou bem — ela garante, o que não chega a ser óbvio.

— Quero fazer isso com você — arrisco dizer. — Pelos velhos tempos.

Ela me encara.

— Não posso agora. Vão sem mim.

— Sério? — Felix diz. — Não sei se vou me envolver tanto quanto você com a argumentação de Lucy de que Jonathan Crombie foi o melhor Gilbert Blythe de todos.

— Jonathan Crombie foi mesmo mágico — Bridget concorda.

— Vamos, Bridget — insisto. — Vai ser divertido. Podemos reproduzir nossas falas preferidas de Anne e Diana. Eu deixo você ser Anne.

Li *Anne de Green Gables* tantas vezes quando pequena que sei as melhores frases de cor.

Bridget ri, e por um momento penso que a convenci, mas então ela balança a cabeça.

— A gente vê o filme depois — Bridget diz. — Tenho o DVD perdido em algum lugar.

— Depois temos a competição — lembro.

— Bom, outro dia então. — Minha amiga recebe uma mensagem no celular e baixa os olhos para a tela. — Agora preciso cuidar disso. Vão vocês.

E nós vamos.

20
AGORA

Felix passa o caminho todo em silêncio, a não ser pelo tamborilar de seus dedos no volante. Em geral, não fica assim inquieto.

— Bridget está esquisita, né? — comento. Olho para ele, que não parece ter me ouvido. — Felix?

Ele vira a cabeça para mim.

— Desculpe, não ouvi.

— Eu disse que Bridget está esquisita.

— Por causa das mensagens?

— Sim, por causa disso. Mas ela não parece chateada. Acha que está se resolvendo com Miles?

Felix dá de ombros e volta a tamborilar.

— Está tudo bem? — pergunto quando já estamos estacionando.

Ele franze a testa.

— Por que não estaria? — E tamborila mais.

— Você parece nervoso.

Em segundos, as pontas de suas orelhas ficam vermelhas.

— Espero que não seja por minha causa.

Felix desliga o motor e se vira para me encarar. Seus olhos se fixam nos meus.

— Você não me deixa nervoso, Lucy.

— Então tá.

Sei que ele vai dizer mais alguma coisa. Quero desviar os olhos, mas é impossível. Noto que a manchinha marrom não é simplesmente marrom. Tem um pouco de verde nela. É avelã.

Ele se inclina na minha direção.

— Você me deixa muitas coisas, mas nervoso não é uma delas.

Fico boquiaberta. Felix se afasta com um sorriso torto e diz:

— Mas fico um pouco ansioso quando tem competição.

— Então — começo a dizer, me recuperando —, eu não deixo você nervoso, mas ostras deixam.

Ele ri e abre a porta.

— Exatamente. Nunca subestime um animal bivalve.

Green Gables é uma fazenda com uma casa branca de telhado e venezianas verdes, situada no alto de uma colina gramada. Tem um celeiro e uma trilha que passa entre as árvores, e os quartos da casa são decorados de maneira semelhante a como seriam caso estivéssemos em fins do século XIX, com floreios inspirados nos livros de Lucy Maud Montgomery. A casa era dos primos dela. Quando escreveu *Anne de Green Gables*, em 1905, Lucy tinha só trinta e um anos, apenas dois a mais do que eu. Ela recorreu a suas lembranças de visitas durante a infância para descrever o cenário.

Há um centro de visitantes na entrada da propriedade, e Felix e eu passeamos sem demora, lendo as placas que contam sobre os anos iniciais da vida da autora. A mãe morreu de tuberculose antes que Lucy completasse dois anos, e ela foi basicamente criada pelos avós.

— Eu tinha esquecido como a história dela é triste — digo a Felix quando saímos da construção para o sol. A melhor amiga de Lucy, sua prima Frederica, morreu de pneumonia aos trinta e cinco, e o casamento de Lucy com um pastor presbiteriano foi desafiador: ambos enfrentavam problemas de saúde mental e vício em remédios. Acredita-se que Lucy tenha tirado a própria vida.

— Mas olha só pra isso — Felix diz, e nós olhamos para a casa. Tem gente em toda parte: famílias fazem piquenique nas mesas, um casal se alterna para sair em fotos diante do lugar e uma fila de gente espera sua vez para dar uma volta lá dentro. Felix acena com a cabeça na direção de uma adolescente alta e magra. Ela chora segurando um exemplar lilás em capa dura de *Anne de Green Gables* junto ao peito. — Olha só quantas vidas ela tocou. Este é o final feliz.

Está tão claro, que preciso proteger os olhos com a mão para enxergar Felix direito.

— Você tem razão — concordo. — Prefiro o seu jeito de enxergar a coisa.

Ele abre um sorriso. Um sorriso largo. Com uma única covinha perfeita.

— Vamos explorar.

Mesmo assim, fico um pouco para baixo. Vi o filme da CBC dos anos 1980 e sua sequência umas vinte vezes, metade delas com

Bridget. Teria sido legal virmos juntas. Sinto sua falta. Tenho sentido desde que ela se mudou do nosso apartamento. À medida que passeamos pela casa, Felix sussurra no meu ouvido:

— "Amanhã é um novo dia, ainda sem erros cometidos."

Olho para ele, surpresa.

— Eu li. E quando a gente era pequeno, Bridget me obrigou a ver os filmes umas mil vezes.

É impressionante como os cômodos da casa são pequenos, como o papel de parede me é estranho. Mesmo ciente de que os filmes não foram produzidos aqui, visualizo Megan Follows como Anne e Colleen Dewhurst como Marilla batendo a manteiga no alpendre.

— "Estou nas profundezas do desespero" — recito, quando entramos na cozinha.

— "Minha vida é um cemitério perfeito de esperanças enterradas" — Felix retruca.

Logo minhas bochechas começam a doer de tanto que sorrio.

— Você preferiria ser "divinamente belo, deslumbrantemente sábio ou angelicamente bom"? — pergunto a Felix enquanto subimos a escada.

Ele ri, então replica baixinho:

— "Almas afins não são tão raras quanto eu costumava pensar."

Os quartos foram decorados para fazer os visitantes se sentirem como se estivessem bisbilhotando a casa dos Cuthbert — tem um colete e um chapéu de homem em um quarto, e um vestido com mangas bufantes pendurado no armário de outro.

Do lado de fora, Felix e eu descemos a trilha até o Caminho dos Apaixonados e atravessamos a ponte de madeira do Bosque Assombrado. Não falamos, porém o silêncio é confortável. A trilha é estreita o bastante para, de tempos em tempos, nossos ombros se roçarem, mas o contato não faz nem Felix nem eu pular.

O desejo de segurar sua mão parece surgir do nada. Fico surpresa com sua intensidade. Quase não consigo pensar em mais nada enquanto enveredamos pela floresta. É como se eu voltasse ao acampamento no verão dos meus doze anos, quando fiquei louca por um monitor de dezesseis anos. Ele se sentou ao meu lado no ônibus que nos levou até o rio para nadar. Ele não segurou minha mão, e quando descemos disse:

— Valeu pela companhia, Lisa.

Dezessete anos depois, sinto atração por outro cara por quem não deveria sentir, e me pergunto quão desastroso seria se eu pegasse sua mão. Felix segurou a minha por um momento tão breve ontem à noite, e quero entrelaçar nossos dedos, sentir sua palma grande na minha pequena. Nunca vai acontecer, no entanto. Andar de mãos dadas seria mais significativo do que qualquer outra coisa que já tenhamos feito. Andar de mãos dadas é o que fazem namorados, e não pessoas que dormiram juntas no passado.

Quando estamos subindo de volta à casa, meu pé esquerdo não para de reclamar. E o direito não está muito melhor. Em um momento de rebelião, decidi não colocar tênis na mala, porque uso tênis todo dia para trabalhar.

— Tudo bem se a gente descansar um pouco? — pergunto, apontando para um trecho de grama sob uma árvore.

Nós nos sentamos com as pernas esticadas à frente. Felix está de calça jeans, como sempre, e eu uso um vestido amarelo de alcinha com botões na frente e bolsos gloriosamente generosos.

— Está cansada? — Felix pergunta.

— Meus pés estão. — Ergo um pé e aponto para minha sandália prateada de tira. — Amo essa sandália, mas ela não me ama de volta. É linda e terrível.

Felix inclina a cabeça para avaliá-la.

— É bonita mesmo — ele conclui. — Gostei da fivela cor-de-rosa, combina com seu vestido. Mas não vale a pena perder um pé por isso.

Tem algo muito engraçado no modo como Felix avalia minha escolha de calçado. Quando dou risada, ele pergunta, com um sorriso perplexo no rosto:

— Que foi?

— Felix Clark, crítico de moda. Eu nem desconfiava...

— Sou cheio de surpresas. — Ele aponta para meu pé. — Me deixe ver.

— Quer verificar a qualidade do produto? — pergunto, me ajeitando para ficar de frente para ele, com os joelhos erguidos e os pés apoiados perto de sua coxa.

— Tipo isso.

Suas mãos envolvem meu tornozelo e ele apoia meu pé esquerdo sobre suas pernas. Quando desafivela a sandália, seus dedos roçam minha pele. Estremeço, e os olhos de Felix encontram os meus.

— Foi uma reação involuntária — digo a ele, que sorri.

Felix tira a sandália e a deixa na grama. Quando suas mãos se fecham em torno do meu pé e seus polegares começam a massageá-lo, aviso que está nojento, sujo de terra por causa da caminhada.

— Relaxe — ele fala.

Então relaxo. Eu me apoio nos cotovelos e deixo que Felix faça o que quiser com meus dedos. Fecho os olhos e inclino o rosto para o sol, porque meus pés parecem prestes a ter um orgasmo só com essa massagem, e não tenho coragem de olhar para Felix ou para o que suas mãos estão fazendo.

— O outro — Felix pede após um tempo, pegando meu tornozelo esquerdo e desafivelando a sandália. Agora meus dois pés estão sobre suas pernas, e muito embora eu precise me esforçar ao máximo para não estremecer, não me sinto assim relaxada há um longo tempo. E não me divirto tanto desde... desde que passei o dia na praia com Felix, um ano atrás. Meus ossos parecem ter se desfeito. A tensão no meu peito se foi. Não pode ser apenas o ar marítimo. Ou a massagem.

— É uma delícia — comento, abrindo um olho para Felix. Muito embora eu saiba que não deveria, visualizo outra realidade, um mundo impossível no qual Felix e eu ficamos juntos. Suas mãos valiosas. Ostras no gelo. Noites em seus braços sólidos.

Ele olha para mim, curioso.

— Está falando da ilha?

Hum...

— Estou falando da ilha — repito. Ah, tá. — E de descansar um pouco. Acho que estou trabalhando demais.

— Então por que não descansa um pouco?

Aperto os olhos para o céu.

— Não posso. Não é o momento certo. Sinto que estou correndo uma maratona a toda velocidade, e que a linha de chegada não existe. — Não tem quase nenhuma nuvem no céu. Só alguns tufos brancos à distância. — Surgiu uma oportunidade incrível no trabalho, de um contrato que talvez leve os negócios a outro nível. Fazer tudo o que preciso pra que dê certo vai... exigir muito.

— Você consegue.

Encaro os olhos de Felix. São firmes. Seguros. Nesse sentido, ele é igual à irmã.

— Eu consigo.

— Mas não tem certeza de que quer.

— Como sabe?

Felix dá de ombros.

— Eu conheço você, Lucy. Conheço sua voz de quando está excitada com algo.

— Você conhece minha voz de quando estou excitada.

Ele dá risada.

— As duas coisas. E mais que isso. — Felix fica só mirando meus olhos por um momento. — Como seria recusar essa oportunidade?

— Horrível — respondo. — Impossível. Eu sentiria que fracassei com a floricultura, que fracassei com Farah, que está toda empolgada. Sempre quis me provar com a In Bloom. Sempre quis que fosse um sucesso, mas isso me pareceu ainda mais importante depois que minha tia morreu. Tipo, se eu perder a loja, vou sentir que a perdi de vez. — Sinto a vontade de chorar vindo, então me forço a sorrir. Às vezes, isso basta para me animar. — Mas não vou perder a floricultura. Tenho Bridget ao meu lado, e ela nunca vai deixar que isso aconteça.

Uma centelha de algo passa pelos olhos de Felix.

— *Você* nunca vai deixar que isso aconteça. Tenho certeza de que Bridget ajuda bastante, mas você não precisa dela.

Estou prestes a retrucar quando ele volta a pegar meu pé esquerdo.

— Eu não fazia ideia de que você era tão bom nisso — digo, fechando os olhos outra vez.

— Tem muita coisa que você não sabe a meu respeito, Lucy — eu o ouço dizer.

Quando estamos indo embora, passamos por um expositor repleto de cartõezinhos brancos com mensagens de visitantes. Inglês. Francês. Japonês. Alemão. Garranchos infantis. Paro quando noto um dizendo: *Estou aqui agora, e tudo está bem.*

Parece que foi escrito só para mim.

De canto de olho, percebo que Felix pega uma caneta e escreve em um cartão em branco, depois o coloca no expositor.
Este é o final feliz de Lucy.
Olho para ele, depois para as dezenas e dezenas de mensagens.
Estou aqui agora, e tudo está bem.

21
OUTONO DE
DOIS ANOS ATRÁS

Bridget se mudou para o apartamento de Miles, e a transição foi mais difícil do que eu esperava. Morando juntas, passávamos inúmeras noites dançando de meia na cozinha, conversando até ficarmos roucas e as pálpebras pesarem. Eu preparava uma bebida quente e torrada com banana amassada para Bridget quando ela ficava doente. Bridget segurava minha mão quando eu chorava. Agora, no entanto, ela tinha um trabalho importante e um namorado sério. O futuro se estendia à nossa frente, e um tentáculo de medo agarrava minha cintura. Estávamos envelhecendo. Estávamos crescendo. O dia em que não dançaríamos mais de meia na cozinha chegara.

Decidi pedir menos comida, tomar menos cafés chiques fora e ir menos à manicure para conseguir manter o apartamento sozinha. Ficaria apertado, mas eu daria um jeito. Eu me convenci de que ia gostar de morar sozinha. Poderia transformar o outro quarto em escritório. No entanto, quando Bridget e Miles foram embora com a van da mudança, eu me deitei no chão do antigo quarto dela, que estava vazio, e chorei de soluçar.

Sem Bridget, fiquei me sentindo muito sozinha. Queria que alguém preenchesse o vazio que ela havia deixado. Até aquele ponto, minha vida amorosa era como um bufê de self-service: eu nunca me comprometia com prato algum, nunca sossegava com uma pessoa. Carter era amigo de Miles, e tínhamos saído algumas vezes ao longo do ano, porém, depois que Bridget se mudou, começamos a nos ver com mais frequência.

Ele era alguns anos mais velho do que eu e trabalhava no departamento de vendas de uma empresa de tecnologia. Não gostava muito, mas seu salário era bom o bastante para impedi-lo de reclamar. Carter tinha bons modos, um relógio bonito e um consultor financeiro. Também era bonito, do jeito alto, magro e vivaz dos bem-sucedidos. Minha mãe o aprovou, o que me deixou mais satisfeita do que deveria.

Já Stacy ficava confusa quanto ao motivo de passarmos tanto tempo juntos, e me disse isso enquanto comíamos macarrão com almôndega. Nós duas e Bridget estávamos sentadas nos lugares de sempre, à mesa de jantar, quando ela disse, do nada, que nunca havia pensado que eu ficaria com alguém tão sem graça.

— Ele não é sem graça — falei. — É legal.

— Ele é meio sem graça — Bridget concordou, com a boca cheia de macarrão. — Meio que me lembra o seu pai.

— Você não está ajudando — eu disse. — E credo.

— Lucy, você merece alguém mais do que *legal* — Stacy prosseguiu. — Deveria estar com alguém que te deixa louca.

Visualizei Felix no mesmo instante.

— Não preciso que me deixem louca no momento. Preciso de companhia.

— É pra isso que existem os vibradores — Bridget comentou.

— Rá. Não foi isso que eu quis dizer.

Stacy beijou minha testa.

— Eu sei.

Pelo restante da noite, não consegui tirar Felix da cabeça. Peguei no sono pensando no modo como ele havia me beijado no feriado de Ação de Graças, ouvindo-o sussurrar "você é maravilhosa".

Então a tempestade veio.

Enquanto o furacão Fiona se preparava para devastar a Ilha do Príncipe Eduardo, eu o acompanhava pelo celular, e meu medo aumentava a cada artigo que previa que seria o pior que as províncias atlânticas do Canadá já haviam enfrentado. Quedas de energia. Alertas de tempestade. Alertas de vendaval. Alertas de ressaca. Possível erosão costeira.

Como Summer Wind ficava perto da praia, Ken e Christine iam ficar com os avós de Bridget e Felix. No entanto, a previsão era de que a porção leste da ilha, onde Felix morava, sofreria mais, e até mesmo Bridget parecia aflita. Carter e eu tínhamos ingressos para um concerto na noite em que o Fiona chegou. A sala do Roy Thomson Hall era grande, porém eu me sentia encurralada. A música soava agourenta; a roupa preta dos musicistas, fúnebre.

Por meio de Bridget, fiquei sabendo que Felix havia sentido a casa tremer naquela noite. Passou semanas sem energia elétrica. Mas ficou bem. Sua casa ficou bem. Salt Cottages ainda estava em construção, e também escapou ileso. Havia árvores caídas por toda parte. Uma por pouco não atingiu a caminhonete de Felix. O telhado dos vizinhos havia sido arrancado. Felix tivera sorte.

Summer Wind nem tanto. As janelas da face norte se estilhaçaram; os cômodos com vista para o mar foram invadidos pela água. Painéis de madeira foram arrancados.

Depois que a energia elétrica foi restabelecida, Bridget mandou Felix pegar um avião e ir visitá-la.

Era uma noite de quarta-feira de outubro e, embora não envolvesse aplicar máscara facial e pedir comida tailandesa, Bridget e eu estávamos juntas. Nós duas, Miles e Carter nos sentamos no lindo pátio dos fundos de um bar no lado oeste da cidade, em uma das poucas ocasiões em que todos tinham espaço na agenda. O lugar era cercado por vidro, uma estrutura pensada para os meses mais frios, e repleto de plantas. Parecia uma estufa onde serviam burrata. Havia uma quinta cadeira em nossa mesa, ainda vazia. Felix chegaria a qualquer minuto.

Era sua segunda visita a Toronto. Ele e Ken acompanharam Bridget quando ela se mudara para a cidade para fazer faculdade. Haviam deixado as coisas dela no dormitório, ido comer asinhas de frango em um bar perto do campus e passado a noite em um hotel situado na direção norte, depois voltaram correndo para casa. Com o trânsito do horário de pico, todos os sacos de lixo nas ruas — era um dia de coleta em pleno fim de verão — e o desastre que é a semana de recepção aos calouros, Toronto não havia passado uma boa primeira impressão.

De acordo com Bridget, Felix estava saindo com uma paramédica chamada Chloe. Eu tinha sido pega de surpresa pela notícia. Felix não tinha um relacionamento sério desde o término com Joy, quatro anos antes.

— Bee — Bridget disse. — Sossegue a perna.

Pedi desculpa. Nem havia percebido que a estava sacudindo. Eu não deveria ficar ansiosa por rever Felix. Pela primeira vez desde que havíamos nos conhecido, estávamos ambos com alguém. E, embora a noite que Felix e eu tínhamos passado juntos no feriado de Ação de Graças houvesse parecido *mais* importante do que tudo antes, no dia seguinte voltamos ao normal e nos despedimos com um abraço amigável no aeroporto. Daquela vez, seria diferente. Diferente no bom sentido, eu dizia a mim mesma.

— Wolf! Você chegou — Bridget exclamou, olhando por cima do meu ombro. Ela se levantou e apertou as bochechas do irmão. Felix deixou sua mala no chão. Fazia doze meses que eu não o via, e ele estava com uma aparência ótima. Mais madura. A barba continuava curta, porém agora seu cabelo estava cortado rente, principalmente nas laterais. As ondas que caíam sobre a testa eram coisa do passado. Ele usava uma jaqueta de couro que parecia nova, uma camiseta branca com botões na gola, calça jeans com a barra dobrada e botas de camurça. Estava vestido de maneira casual, em comparação com o restante de nós — Miles continuava com o terno do trabalho e Carter usava blusa de caxemira e camisa —, mas em alguém tão atraente quanto ele, aquilo parecia mais uma demonstração de poder. Nós nos cumprimentamos com um abraço educado. Apresentei Carter em seguida, e Felix se sentou na cadeira ao meu lado.

— Quanto tempo vai ficar? — perguntei, fazendo o meu melhor para não o encarar. Parecia um truque de mágica. Felix aqui. Na cidade. Naquele pátio.

— Só alguns dias — ele replicou. — Vão entregar no sábado os azulejos do banheiro dos chalés, finalmente. Quero instalar tudo logo e chamar alguém para fotografar. Precisamos que o site esteja pronto quando as pessoas começarem a programar suas viagens de férias.

Eu não precisava ter ficado nervosa. O jantar foi tranquilo. Divertido. Natural. Não houve momento algum de desconforto, nenhum olhar sedutor. Felix falou sobre a chegada do avião a Toronto, sobre as luzes brancas e laranja no céu noturno, depois os fogos de artifício explodindo em toda a região metropolitana. A mulher ao seu lado explicara que era por causa da festa indiana do Diwali, porém a ele pareceu uma recepção especial. Apenas uma vez, notei Felix observando os dedos de Carter enrolando as pontas do meu cabelo conforme me abraçava.

Carter tinha uma apresentação para um cliente logo cedo na manhã seguinte e foi embora enquanto pedíamos a última rodada.

— Dê uma passada na In Bloom, se tiver tempo — convidei Felix quando nos despedimos, na frente do restaurante. — Fico lá todos os dias até a hora de fechar, às seis da tarde.

— Talvez eu passe mesmo — ele disse. Quando nos abraçamos, Felix me abraçou um pouco mais forte do que na chegada.

O dia seguinte se passou sem sinal dele — o que não me surpreendeu. Eu havia feito o convite sem muito entusiasmo, e ele respondera sem se comprometer. Farah saiu mais cedo a fim de se preparar para uma recitação em uma loja refinada de óleos essenciais no Eaton Centre.

— Paga bem — ela explicou.

Tranquei a porta às seis, fechei o caixa, guardei o dinheiro no cofre e estava prestes a começar a varrer quando ouvi a batida à porta.

Toc-toc. Pausa. *Toc.*

Minhas mãos congelaram, mas só levantei a cabeça quando o som se repetiu.

Felix estava do outro lado da porta, com um gorro cobrindo as orelhas. Sua expiração saía condensada.

Antes de conhecer Carter, eu tinha fantasias que começavam exatamente assim, com Felix aparecendo na loja depois do expediente. Eu me imaginava deixando-o entrar e sendo beijada antes mesmo de ter a chance de dizer "oi". Depois, levando-o até o escritório, baixando o zíper de sua calça jeans e mostrando com minha boca o quanto o desejava.

Ergui a mão em cumprimento. Felix me imitou, mas não me movi. Por incontáveis segundos, tudo o que fizemos foi ficar nos entreolhando. Eu não achava que ele fosse vir.

— Está frio aqui fora, Lucy — eu o ouvi dizer através do vidro.

Balancei a cabeça.

Caminhei em sua direção sem romper o contato visual. Não sei nem se pisquei. Destranquei a porta e deixei que ele entrasse.

— Você veio — eu disse.

— Tudo bem?

Aja normalmente, eu disse a mim mesma. *Aja normalmente.*

— Claro que sim. Entre — falei, acenando para ele.

Depois de assumir a In Bloom, eu a havia redecorado por completo. Queria algo meio urbano, meio casa de campo, e apostei em paredes ripadas pintadas de branco, lustres pretos foscos e uma mesa de carvalho bem grande nos fundos. As flores ficavam expostas em baldes de aço galvanizado, separadas por cor na parede oposta à porta da frente, para que os clientes fossem recebidos por um arco-íris assim que entrassem. Nos dias ensolarados, com a luz entrando pelas janelas, eu ficava com a impressão de que aquele era o lugar mais bonito de toda Toronto. E parecia ainda mais incrível quando o céu estava cinza e a cidade, sem graça.

— Então, é isso. — Felix avaliava o espaço, girando lentamente. — Que lindo, Lucy. É como um reduto da primavera.

Era um dos elogios mais encantadores que eu já havia recebido, porém tudo o que consegui pensar em resposta foi:

— Obrigada.

— Você que fez estes?

Ele estava ao lado do balde de buquês. Restavam apenas dois. Também dei uma mudada nas flores quando a In Bloom se tornou minha. Stacy preferia arranjos densos e dramáticos. Sempre que encontrava um copo-de-leite, ela se apressava em colocar num vaso. Minha tia era impactante como o Butchart Gardens, enquanto eu era um canteiro de flores despretensioso e romântico.

— Fiz este — falei, apontando para o maço de rosas e ranúnculos amarelos e cor de pêssego.

— Quanto está?

— Ah. — Corei na hora. — Já fechei o caixa, mas pode ficar com ele. Fica como um presente de boas-vindas.

— Ótimo — ele concorda. — Então eu pago o jantar.

— Jantar?

— É. A menos que tenha outros planos.

Eu tinha. E ela já estava olhando para nós, do outro lado da vitrine, com as sobrancelhas erguidas. Acenei para Stacy e fiz sinal para que entrasse. Ela ainda tinha a chave. Fiquei observando enquanto Felix olhava para minha tia. Seu cabelo grisalho estava cortado curto, seu batom era bem vermelho. Ela era cinco anos mais velha do que minha mãe e suas maçãs do rosto eram iguais às nossas. Estava vestida de vermelho da cabeça aos pés — a calça, a blusa de gola rolê e o casaco de lã tinham o mesmíssimo tom de escarlate. Stacy era deslumbrante, e pela expressão de Felix eu sabia que ele concordava comigo.

— Querida — minha tia chamou, me cumprimentando com um beijo em cada bochecha, mas mantendo os olhos cor de avelã fixos em Felix. — Estou interrompendo?

— Stacy, este é Felix, irmão de Bridget. Felix, esta é minha tia — falei.

— Ah, que divertido. — Ela beijou o ar próximo ao rosto dele. — Sua irmã é minha sobrinha adotiva. Adoro aquela menina. Tem uma boca suja, mas é cheia de energia!

— Muito prazer — ele disse. — Lucy estava me mostrando a floricultura. É incrível.

Os olhos dela o avaliavam.

— É mesmo — Stacy concordou. — Mas não posso levar o crédito. Foi tudo obra de Lucy.

Felix assentiu.

— Parece mesmo com ela.

Os olhos da minha tia se estreitaram, e um sorriso furtivo se insinuou em seus lábios.

— Hum...

Senti um pronunciamento vindo, talvez até perigoso.

— Felix, minha tia e eu combinamos de jantar, mas você está mais do que convidado para vir conosco.

Olhei para Stacy de um jeito esperando que transmitisse a mensagem de que eu precisava que ela se comportasse como nunca.

Minha tia olhou de mim para Felix.

— Divirtam-se vocês dois tranquilos.

— Imagine — intervim. — Felix não se importa, não é?

— Nem um pouco — ele respondeu. — Lucy fala da senhora o tempo todo.

Inclinei a cabeça. Ele havia notado?

— Hum... — Os lábios de tia Stacy se retorceram com malícia. — É tentador, mas hoje não. Vejo você e Bridget no jantar de domingo, Lucy. Encomendei uma lasanha.

Assenti.

— Combinado.

— Adorei conhecer você — ela disse a Felix, depois se virou para mim. — Me acompanhe até a porta, querida.

Assim que saímos para a rua, minha tia comentou:

— Ele é apetitoso.

Se Felix não estivesse nos observando através do vidro, acho que ela esfregaria as mãos e lamberia os lábios.

— É, sim.

Aquilo era um fato inegável.

— Vocês dormiram juntos.

Fiquei vermelha na mesma hora. Não se tratava de uma pergunta. Minha tia sabia.

— Não contei a Bridget.

O sorriso dela se desfez.

— Então precisa contar.

— Não foi nada sério, e acabou. Não quero que ela fique chateada à toa.

— Duvido muito que tenha acabado, Lucy. Dava para cortar a tensão no ar com uma faca. Essa criatura maravilhosa está louca por você, e, a julgar por sua vermelhidão, eu diria que a recíproca também é verdadeira.

— Acabou *mesmo*. Foi só um *caso*, como você diria. Nada mais. Não sei por que está levando assim a sério. Com Carter você não me apoia...

Stacy suspirou.

— Fico preocupada de tê-la influenciado de tal maneira que você não consiga mais enxergar o que de fato quer. Vivi apenas por mim. Amo minha independência. Não acredito em um único amor verdadeiro. *Pra mim*. Temos muito em comum, mas não acho que somos iguais nesse quesito. Você gosta de gente, gosta de cuidar dos outros, gosta que cuidem de você.

— Isso não significa que preciso de um homem.

— Claro que não. — Stacy pensou por um momento antes de voltar a falar: — Acho que você gostaria de ter alguém. Mas escolheu sair com uma pessoa por quem nunca vai se apaixonar. Carter é perda de tempo.

— Você não tem como saber — rebati, mesmo percebendo que ela estava certa.

— Mas eu sei. — Stacy me deu dois beijos, depois olhou bem nos meus olhos. — O que quer que aconteça, não guarde segredo de Bridget. Confie em mim pelo menos quanto a isso.

Minha tia foi embora e voltei para dentro, abalada.

— Tenho que terminar de fechar — falei, indo direto para os fundos pegar a vassoura. — Se não se importar de esperar, podemos ir em seguida.

Felix me seguiu, perguntando se eu não precisava de ajuda. Deixei-o encarregado da vassoura e comecei a transferir as flores para a geladeira. Antes de irmos, embrulhei o buquê dele em papel pardo e fiz um laço com uma fita larga com listras em preto e branco.

Entreguei-lhe as flores, fitando seus olhos pela primeira vez desde a conversa com minha tia. Fiquei aliviada com a ausência de eletricidade. Stacy estava errada sobre Felix. Ele tinha Chloe e eu tinha Carter. Talvez aquele pudesse ser o começo de algo novo. Algo mais seguro. Algo mais parecido com o que sempre deveria ter sido.

— Tudo bem? — ele perguntou.

— Tudo. Tudo bem.

Senti que pisávamos em terra firme de novo.

Peguei o casaco e seguimos pela Queen Street East em direção ao aconchegante bar de vinhos a que Farah e eu gostávamos de ir depois do trabalho. Quando passávamos pela vitrine de uma livraria independente, Felix retardou o passo.

— Vamos entrar — falei.

Passeamos separados pela livraria. Fui direto para a seção de casa e jardim, imaginando que Felix iria para a seção de livros publicados antes da invenção do automóvel. Eu estava folheando um livro sobre flores de corte, chamado *Floret Farm's Cut Flower Garden*, quando ele me encontrou. Além de seu buquê, carregava uma sacola de lona com o logo da livraria.

— Que rápido — comentei, fechando meu livro. Felix analisou a capa. Tinha a foto de uma mulher de galochas atravessando um jardim, com um maço de dálias cor de laranja sobre o ombro.

Ele leu o subtítulo em voz alta:

— *Plante, colha e faça arranjos com flores sazonais deslumbrantes.* — Felix olhou para mim. — Posso?

Entreguei o livro a Felix, que passou os olhos pelas lindas páginas.

— A autora cultiva flores em Washington — expliquei. — Começou com um jardim nos fundos de casa, e agora ela e o marido têm uma fazenda enorme e produzem sementes em larga escala.

Eu a seguia no Instagram e acompanhava as publicações com inveja e admiração.

Felix voltou ao início do livro. Seus olhos se moviam com agilidade pela página onde dizia "Principais tipos de flores de corte". Ele lia rapidamente. Era algo que eu havia notado no verão em que o conheci.

— Uma fazenda de flores de corte — Felix concluiu após um minuto. — Você gostaria de ter uma?

Ele olhou para mim.

Eu costumava pensar que olhar Felix nos olhos era como encarar gelo. Porém estava enganada. Seus olhos eram calorosos, não glaciais. Olhar em seus olhos era como flutuar em uma lagoa azul.

Dei de ombros.

— É bobo, eu sei.

— Não acho bobo — ele retrucou.

— Acho que gostaria de criar minhas próprias flores um dia. — Eu nunca havia contado aquilo a ninguém, nem mesmo a Bridget. — Gostaria de ter uma fazenda de corte.

Os olhos de Felix se mantiveram nos meus por mais três segundos. Eu me concentrei na manchinha marrom em seu olho direito.

— Como falei, é bobo.

— Não é — ele insistiu. — É perfeito. Posso até ver: você, no interior, cercada de flores.

— É só um sonho.

— É um sonho legal — ele ressaltou, então se dirigiu ao caixa para comprar o livro.

— Não precisa fazer isso. Não tenho um jardim e não posso ter nada na minha sacada porque não bate luz.

— Vamos sonhar grande, Lucy.

22
OUTONO DE
DOIS ANOS ATRÁS

Enquanto seguíamos para o bar de vinho, fui mostrando o que, para mim, eram os pontos altos do bairro. O mural na lateral do açougue. O café que vendia os melhores cookies com gotas de chocolate e flor de sal. Felix segurava a sacola com os livros em uma das mãos e as flores na outra. Ficava bem assim.

— O que foi que você comprou? — perguntei a ele quando nos sentamos nas banquetas diante do bar em formato de ferradura.

Ele tirou um exemplar de *Dentes brancos* da sacola e o colocou no bar.

— Não é a sua cara. Você costuma ler coisas escritas décadas antes de termos nascido.

Isso o fez piscar, como se em surpresa por eu ter notado.

— Estou lendo uma lista de clássicos modernos.

— Ah — falei, à medida que perpassava os olhos na carta de vinhos.

— Tem vinho verde — Felix comentou, apontando para o cardápio, e eu sorri. Acho que ele também sabia uma ou outra coisa a meu respeito.

Pedimos tapas espanholas. Falei de Carter e ele falou de Chloe. Ela era de Ottawa e havia se mudado fazia pouco tempo para a ilha. Os dois se conheceram em Charlottetown, quando ela lhe pedira ajuda para chegar à Water Prince Corner Shop. Fazia uns meses que estavam namorando.

— Acabou a onda de turistas, é? — brinquei, enquanto colocavam duas taças de vinho branco na nossa frente.

Felix não riu. Só inclinou a cabeça para mim e falou:

— Não foram tantas assim.

— Ah, por favor — eu disse, tomando um gole. — Não me ofendo por não ter sido especial. Sei que você usava sua lista de recomendações para conseguir o telefone que quisesse.

Ele olhou para mim de um jeito que me arrepiou toda.

— Mandei a lista pra bastante gente. Comecei a juntar dicas porque sabia que queria incluir tudo em um folheto para os hóspedes dos chalés um dia.

— Faz três anos. Não sabia que você e Zach planejavam os chalés desde aquela época.

— Ah, sim — ele disse. — Começamos a planejar alguns meses antes de eu conhecer você. Sei que devo ter parecido um mané abrindo ostras, largado pela noiva, morando na casa dos pais... mas eu estava economizando.

— Não achei isso de você. Nem um pouco.

Felix deu de ombros, e não entendi se o fez porque não acreditava em mim ou porque não se importava com o que eu pensava dele.

— Mas, voltando ao assunto, não é que a onda de turistas tenha acabado. Eu não estava procurando por isso. Nunca fui do tipo sem compromisso.

— Mas Joy fez você perder o prumo?

— Em parte — ele concordou, sem tirar os olhos do meu. — Fora que é difícil resistir a uma mulher vestindo uma toalha de mesa e dizendo que está facinha.

Seus olhos cintilaram. Provocantes.

— Rá. Como você poderia resistir a tamanha sutileza?

— Não poderia. Foi impossível.

— Você sempre leu bastante? — perguntei. Estava pensando no exemplar de *Vasto mar de sargaços* que havia visto na mesa de cabeceira do quarto dele na nossa primeira noite.

— Sabe que não fiz faculdade?

Assenti.

— Por que, hein?

— Não vi sentido. Achei que tinha meu futuro todo planejado. Zach estudou na Dalhousie, em Halifax, e quando voltou tinha tanto sobre o que falar: ideias novas, gente nova, curiosidades novas. Até seu jeito de falar tinha mudado um pouco. Acho que ele gostava de exibir o novo vocabulário. — Felix sorriu. — Fiquei sentindo que havia perdido alguma coisa, então pedi que ele compartilhasse suas listas de leitura comigo. Li tudo, e não parei. No começo, era mais questão de não ser deixado para trás, mas descobri que adoro ler. — Sua voz se tornou mais grave, até meio rouca. — Tanto meu pai quanto minha mãe tinham trabalho fixo e renda estável, mas isso não é comum na ilha. Fora Portugal, não viajei muito, porque sempre fui muito cuidadoso com dinheiro. Mas adoro como os livros podem nos transportar pra praticamente qualquer outro lugar.

— Você já pensou em escrever?

Ele pareceu pego de surpresa pela pergunta.

— Aposto que seria bom nisso.

— Tenho um diário, mas a maior parte do que escrevo é nas margens dos livros que leio.

— Você macula seus preciosos romances? Felix Clark, isso é um choque para mim.

Ele riu, e quando nossos olhos se encontraram, uma onda de calor me inundou. A faísca estava ali, porém diferente. Era menos um estalido perigoso e mais um zunido confortável.

— Bom, você foi pra Portugal. Qual é o próximo lugar da lista?

Felix passou os dentes pelo lábio inferior.

— Eu nem saberia escolher. Qualquer lugar. França, Itália. Mochilão, trens, baguetes, um bom livro em um parque grande. Ou a Inglaterra. A história literária do lugar... Bom, e tem *história* em toda parte. Alemanha. Turquia. Índia. Eu adoraria conhecer o Japão, e agora a Austrália, graças a Miles. A Escócia. O Brasil.

Comecei a rir.

— Você está simplesmente listando todos os países do mundo.

— Eu gostaria mesmo de ver todos, se pudesse. Mas sempre voltaria pra casa. Sempre voltaria pra Ilha do Príncipe Eduardo.

Suspirei.

— Também é meu lugar preferido no mundo. Quando estou lá, me sinto em casa.

— Você deveria mesmo cogitar tornar a ilha sua casa um dia. Não seria difícil encontrar um terreno pra sua fazenda. E não vai ser caro como aqui.

A ideia já havia me passado pela cabeça, mas como uma fantasia passageira. Minha vida estava em Toronto. A floricultura, minha tia, minha melhor amiga. Eu não conseguiria viver tão longe delas. E não sabia nada sobre administrar uma fazenda. Ainda estava aprendendo a tocar a loja.

— Pode me fazer um favor? — pedi depois, quando terminávamos um prato de queijo manchego regado a mel. As horas anteriores com Felix haviam sido um alívio. Talvez a gente pudesse recomeçar como amigos e deixar o passado para trás.

Ele me olhou de soslaio.

— Claro.

— Não conte a Bridget sobre o lance da fazenda de flores.

— Como assim? Tipo, não conto se você não quiser, claro, mas por que ela não pode saber?

— Não conhece sua irmã? Se eu tocar no assunto que seja, semana que vem ela já vai estar me arrastando pra ver terrenos. Se Bridget achar que não estou concretizando um sonho, não vai me deixar em paz até eu botar essa história pra andar.

Eu adorava o fato de minha amiga me incentivar, mas precisava fazer as coisas no meu próprio ritmo.

— Tá. Prometo que não vou contar a Bridget. — O canto esquerdo se sua boca se ergueu. — Sou bom em guardar segredos.

Na noite seguinte, Miles preparou um jantar elaborado, que sem dúvida lhe exigira ir a uns treze mercados diferentes e ao açougue chique. Era o tipo de coisa que ele adorava. Felix e eu lavamos a louça. Foi um evento simples, só nós quatro. Eu me senti em família, entre amigos, e algo mais que não saberia como nomear.

Vi Felix de novo na manhã de sexta-feira, para tomar café antes que ele fosse ao aeroporto. Bridget tinha ioga às seis da manhã e ficou feliz em deixar o irmão sob meus cuidados. Comemos ovos beneditinos, e ele me contou sobre o trabalho em Salt Cottages. Também queria conselhos meus sobre como usar as redes sociais para os negócios e sobre como gerenciar um site; e levou minhas respostas a sério, chegando a pegar o celular para anotar algumas informações. Ele até ouviu meu monólogo sobre avaliações na internet.

— Você tem que visitar os chalés da próxima vez que for à ilha — Felix falou. — É meio longe de Summer Wind, mas você e Bridget podem tirar o dia e passar em Basin Head e Souris. Podemos fazer um churrasco em casa.

— Seria legal — respondi, sorrindo. Uma amizade florescia ali. Galhos velhos brotando, como hortênsias na primavera. — Você conheceu meu bebê, agora quero conhecer o seu. E preciso dar uma olhada na sua estante. Deve ser imperdível.

Felix abriu um sorriso caloroso.

— No verão que vem, quem sabe?

O primeiro pacote de sementes chegou na semana seguinte, em um envelope amarelo. Meu nome estava escrito do lado de fora, porém não veio acompanhado de bilhete, só um pacotinho de papel com dálias na frente. Eu o levei para a floricultura e puxei da estante o livro que Felix havia comprado para mim. Olhei para a mulher na capa e o maço de dálias laranja sobre seu ombro.

Depois de fechar a In Bloom naquela noite, fui a pé até a livraria. Dei uma volta, sem saber o que procurava. Então vi um exemplar de *Vasto mar de sargaços* encadernado em tecido, era lindo. Enviei-o para a Ilha do Príncipe Eduardo no dia seguinte. Não escrevi nada também. Nem precisava.

Meu presente dizia "Estou pensando em você" por si só. Assim como o dele.

23
AGORA

Seis dias antes do casamento de Bridget

— Quais são as chances de a sua irmã ter aproveitado o tempo sozinha pra se resolver e estar pronta pra contar tudo pra gente? — pergunto a Felix ao retornarmos de Green Gables.

Hoje, estamos conversando como fizemos dois anos atrás, quando ele visitou Toronto. Tenho certa consciência de que estou curtindo suas risadas baixas e suas perguntas interessadas um pouco além da conta. Seu sorriso, agora sempre disponível, me faz *sentir* coisas. No entanto, ele não é o Clark em que eu deveria me concentrar no momento.

Felix não responde à minha pergunta, por isso insisto.

— Acha que é possível que tenha havido algum avanço? Que, quando a gente chegar, Bridget esteja pronta para revelar o problema e explicar como planeja resolver tudo?

Felix olha para mim.

— Espero que sim.

— Se não, vou ter de falar com ela. Preciso fechar o pedido para o casamento antes de ver sua apresentação cinco *ostrelas* na competição de hoje à noite.

Não quero ter que implorar, mas o casamento é em seis dias e o prazo está apertado. O leilão de flores é em menos de quarenta e oito horas. Vou precisar tocar no assunto.

— Acho que é uma boa ideia — Felix concorda. — Ela já teve tempo o bastante.

Quando chegamos a Summer Wind, ele se vira para mim depois de fechar a caminhonete.

— Você me avisa depois que falar com Bridget? — Felix abre a porta da casa. — Preciso tirar um cochilo antes da competição. Alguém me manteve acordado até tarde ontem, falando sem parar na praia — ele diz, subindo os degraus com um sorriso no rosto.

Felix se fecha na sala de TV, e encontro Bridget andando de

um lado para o outro, com o celular na orelha, diante do lugar onde a fogueira costuma ficar. Espero até ela desligar e vou direto ao ponto:

— Precisamos conversar.

Caminhamos na direção do mar, passando pelas dunas, e, assim que pisamos na areia, tiramos os sapatos e os deixamos em uma pedra, para continuar andando.

— Dói o fato de você ainda não ter me contado o que foi que aconteceu — desabafo. Bridget encara os próprios pés. — E não posso te obrigar. Mas, se os papéis fossem invertidos, sei que você arrancaria a verdade de mim.

Ela aperta os olhos na minha direção.

— Acha mesmo?

A pergunta paira no ar.

Então Bridget diz:

— Não acha que, se estivesse escondendo algo de mim, eu presumiria que tem um bom motivo e deixaria que me contasse no seu próprio tempo?

Meu estômago se revira. É uma sensação familiar, que me vem sempre que penso nos segredos se acumulando entre nós. Se Bridget descobrir que dormi com seu irmão, e não só uma vez, por acidente, o tempo que venho guardando essa informação para mim só vai piorar as circunstâncias. Eu já devia ter lhe contado.

— Acho que você me tentaria com vinho e a paella do Miles e acabaria descobrindo tudo.

— Talvez.

— Com certeza. — Bridget não desistiria se desconfiasse que escondo alguma coisa. — Só preciso saber se devo comprar as flores ou não. É o mínimo que você precisa me dizer.

— Sim — ela confirma, em tom baixo. — Pode comprar.

— Tá. Que bom. — Avalio Bridget. Não há qualquer sinal da vivacidade que lhe é característica. — Né?

Bridget entrelaça meu braço com o seu.

— Vamos continuar andando.

Seguimos em silêncio, e eu a puxo para junto de mim.

Antes, contávamos tudo uma à outra, porém houve uma ruptura entre nós. Em algum momento, ficou mais fácil esconder de Bridget partes de mim. A fazenda de flores de corte. Felix. Também guardei minhas dúvidas com relação a Carter, sabendo que Bridget se agarraria a elas. Parei de compartilhar as minúcias dos meus dias — um atraso na entrega de flores começou a parecer algo pequeno demais para mencionar. Só agora percebo que tudo o que escondi prejudicou nosso relacionamento, nos roubou a intimidade descomplicada que antes tínhamos. Eu me pergunto se Bridget também tem escondido partes suas de mim.

Eu a puxo para ainda mais perto.

— Estou aqui — reitero. — Quando estiver pronta.

Minha amiga não diz nada em troca.

E não posso ir para casa até que Bridget vá. Nossa amizade tem uma falha, e preciso repará-la — não há nada mais importante para mim do que Bridget. Nem mesmo um contato com uma rede de restaurantes. Nem meu estresse. Nem as flores do casamento. E isso significa que não posso ir embora até que ela me conte a verdade. Não posso ir embora até que eu lhe conte também.

24
AGORA

Felix está o retrato do caos — nervoso e desajeitado, o que não é típico dele. Nos cinco minutos antes do horário em que deveríamos sair, ele consegue derrubar um cacto de Christine, quebrar um copo d'água e perder a chave.

— Ele sempre fica assim em dia de competição — Bridget avisa, enquanto reviramos a sala de estar. — E tem umas superstições aleatórias, tipo usar esse boné e essa camiseta.

Olho para Felix. Ele está deitado de bruços, procurando sua chave debaixo do aparador. Quando se levanta, percebo que a camiseta cinza que está usando é quase transparente. Nem consigo ler o que está escrito em letras brancas desbotadas, mas tenho certeza de que uma das palavras é OSTRA. O boné verde-oliva também parece antigo. Tem uma redinha atrás e FRUTOS DO MAR MCINNIS escrito na frente. Depois de ter fuçado muito nas redes sociais, sei que é o nome da empresa da família de Joy.

— Wolf usou esse boné quando ganhou o campeonato juvenil, um milhão de anos atrás — Bridget conta.

— Onze anos atrás — ele a corrige.

— Acho que você faz isso só pra fazer o pai de Joy chorar — ela diz. — O filho que ele sempre quis.

Felix olha sem expressão para a irmã, então Zach grita da cozinha:

— Achei. — Ele mostra a chave para a gente. — Estava no armário dos copos.

Felix tropeça no tapete quando vai buscá-la.

— Você está pior do que de costume hoje, Wolf — Bridget constata.

— Ele está igual, na minha opinião — Zach diz.

Felix olha feio para ele, mas sem muita vontade.

— É importante pra mim.

— A gente sabe — Bridget fala. — É o seu lance. Seu único lance.

— Não é verdade — Zach argumenta. — Ele tem *dois* lances: ostras e livros.

— Tenho mais do que dois lances.

— Então fale quais são os outros — Bridget provoca.

— Me deixe. — Felix se vira para mim, rindo. Seus olhos calorosos fazem com que eu sinta que estou nadando no paraíso. — Quer acrescentar alguma coisa?

— Tente não se cortar.

Ele dá uma piscadela.

— Não posso prometer nada.

— Acho que é melhor eu dirigir — digo a Felix quando saímos da casa. Ele balança a cabeça em uma recusa.

— Estou bem.

Ele não está bem. Seus dedos tamborilam o volante ao longo de praticamente todo o trajeto de quarenta e cinco minutos até Tyne Valley. Faz um intervalo de tempos em tempos a fim de acenar para um veículo vindo na direção contrária, ou tirar o boné, mexer nele e recolocá-lo.

Foi organizado um jantar comunitário no Corpo de Bombeiros, e nos enchemos de ostras fritas, salada de batata, salada de repolho e torta de limão. Bom, Bridget, Zach e eu nos enchemos. Felix só fica cutucando a comida no prato.

Atravessamos a rua até o estádio, onde o público já entra aos montes. Felix está tão distraído que tropeça no próprio pé.

— Opa, cuidado aí, filho — um senhor grandalhão adverte, segurando o braço de Felix para estabilizá-lo.

— Ray — Felix diz, abraçando o homem. — Que bom ver você.

O senhor tem uma barba castanho-avermelhada com alguns fios brancos, pele envelhecida pelo sol e olhos cor de uísque. Sua camiseta é do mesmo tom de verde que o boné de Felix. Logo percebo que tem FRUTOS DO MAR MCINNIS escrito no peito dele também e junto as peças. É o pai de Joy.

— Olha só quem veio — Felix diz.

O sorriso de Ray se alarga. Ele puxa Bridget para um abraço.

— Quanto tempo, menina. E você está magra demais. Não tem comida em Toronto?

Bridget dá uma batidinha na barriga dele.

— Tem, mas não é tão boa quanto a comida de casa.

Ray solta uma risada tão profunda que parece vir do fundo de um poço.

— É bom ver os jovens Clark aqui. Me traz lembranças — Ray comenta, depois que Felix me apresenta. — Nunca vou esquecer a noite em que você venceu o juvenil. Quantos anos tinha? Dezoito?

— Dezessete — Felix responde.

— Dezessete. — Ray balança a cabeça e apoia uma mãozorra no ombro de Felix. — Foi um dos momentos de maior orgulho da minha vida.

— Da minha também — Felix concorda, solene.

— Bom, é melhor eu ir atrás da minha esposa. Ela sempre fica ansiosa antes da seleção. Boa sorte hoje, filho.

— Obrigado, Ray — Felix agradece. — Boa sorte também.

— Então esse é o pai de Joy — digo a Felix enquanto entramos, atrás de Bridget e Zach.

— É.

Ele está distraído, olhando para a multidão.

— E fundador do seu fã-clube. Ele parece gostar muito de você.

Só então Felix olha para mim.

— É — ele diz. — Ray é legal.

O espaço já está com a lotação pela metade quando entramos. Todo mundo se reúne na superfície de concreto que será coberta de gelo no inverno. Tem um palco numa ponta e centenas de cadeiras dobráveis dispostas na frente. Também há barracas armadas na outra ponta — vendendo bebidas e ostras. Está tocando Guns N' Roses nos alto-falantes, e tem uma porção de voluntários com camisetas vermelhas escrito FESTIVAL DE OSTRAS DE TYNE VALLEY.

Dizer que estou arrumada demais seria pouco. A maioria das pessoas usa camiseta e shorts. Chinelo ou tênis. Eu, por outro lado, estou usando um vestido de seda com estampa de papoulas que enfiei na mala para o caso improvável de Bridget querer sair à noite em Charlottetown. E fiz delineado gatinho.

— Por que não me falou que era para me vestir de modo casual? — perguntei a Bridget quando passamos por uma mulher com uma coroa na cabeça e uma faixa escrito MISS PÉROLA no corpo. Até ela está de short jeans e regatinha. Bridget usa algo parecido, o que não me serviu de aviso porque ela é sempre assim.

— É uma competição de ostras em um ginásio. Como poderia não ser casual? — Ela faz uma careta. — E qual é o problema? Você sempre se veste mais ou menos assim quando a gente sai.

É verdade. Não é a primeira vez que sou a pessoa mais bem-vestida de um lugar. Sou meio que assim, e isso nunca me incomodou antes.

— Tem razão. Não me importo.

Porém desconfio que talvez me importe. Este é o mundo de Felix, e parte de mim conjectura se eu poderia me encaixar nele.

Uma pessoa puxa Felix de lado, e depois outra. Um homem um pouco mais novo do que o pai dele lhe dá um tapinha nas costas e pergunta de seus avós. Um cara da nossa idade quer saber por que Felix não aparece na academia há um tempo. Um casal — que imagino que tenha uma plantação de batatas, a julgar por seus bonés dizendo ISLAND SPUDS — o convida para ir jantar na casa deles na semana seguinte. Muitas das pessoas que o param para conversar são mulheres. Várias são lindas. Vejo uma morena levar a mão ao peito de Felix. Sinto um incômodo estranho. E isso é besteira, porque não tenho nenhum direito sobre ele.

O apresentador já está no palco, informando as regras. É um homem de barba, boné e camiseta dizendo TEM SEMPRE OSTRA VEZ.

— Depois do juvenil, vem o torneio de seleção, que é basicamente separar as ostras por tamanho — Bridget explica, depois que Felix desaparece na multidão. — Depois vem o nacional. Ainda temos algumas horas antes da vez de Wolf.

— E o que a gente faz até lá? — pergunto quando Felix reaparece com três latas de cerveja na mão.

Ele passa uma para cada um.

— Bebe.

— Não posso beber antes de competir — Felix recusa. — Mas depois...

— Eu volto dirigindo — Zach diz. — Vou beber só esta.

Eu a avisto por cima do ombro de Felix, antes que toque nele. Seu cabelo é de um tom tão pálido de vermelho que é quase loiro. Cai até a metade das costas, e sua franja é imaculada. Joy está ainda mais bonita do que quando a conheci, três anos atrás.

Seguro o fôlego enquanto Felix abraça sua ex. Nunca vi os dois juntos, e me impressiona a naturalidade de um com o outro. Depois que se abraçam, Bridget abre os braços para... abraçar... Joy?

— Joy! Que bom ver você. — Ela acena com a cabeça para o cronômetro no pescoço da ex de Felix. — Wolf não disse que ia trabalhar como voluntária.

É como se eu tivesse caído em uma dimensão alternativa, onde minha melhor amiga não seria a principal suspeita caso Joy fosse assassinada durante o sono.

— Surpresa — Felix diz, oferecendo um sorriso com covinha para Joy.

— Você está olhando para uma das cronometristas oficiais do campeonato nacional — Joy fala, estufando o peito de brincadeira.

— Você devia era competir — Felix comenta, com uma voz calorosa.

Ela revira os olhos.

— Valeu, pai.

No geral, me sinto à vontade com minhas curvas, mas Joy é tão sarada que fico parecendo um alce de vestido. Seu cabelo está preso em um rabo de cavalo alto e ela usa uma camiseta vermelha de voluntária e shorts de academia que tratam suas coxas com uma adulação merecida.

— Oi, Lucy. — Joy se inclina para me abraçar. E, aff, seu cheiro é maravilhoso também. De sundae de caramelo. Do tipo fino, que custaria vinte dólares em Toronto. — Que legal ver você de novo.

— Você também — replico, embora, para ser sincera, eu preferiria não ser lembrada de como a mulher com quem Felix quis se casar é perfeita e genuinamente simpática.

Joy acena com a cabeça para o palco.

— Tenho que ir pra lá. Mas quero te fazer uma pergunta sobre peônias mais tarde, se você tiver um segundo, Lucy. As minhas não vão nada bem.

Argh, ela é incrível.

— Hum, tá.

Joy se vira para Felix.

— A sra. Stewart está procurando você. Quer te juntar com a neta que mora em Borden-Carleton.

Ele olha para Joy, preocupado, e ela ri.

— Achei bom avisar — a ex-namorada explica.

Felix faz uma careta.

— Obrigado.

Observo os dois com um sentimento que talvez seja apreensão. Ou uma espécie de ciúme. Não da pessoa que vão tentar juntar com Felix. Nem mesmo de Joy. O que me preocupa é que ele parece ter um motivo para temer a neta da sra. Stewart, e não sei qual é. Só que Joy sabe. Porque Joy conhece Felix. Ele tem amigos que o compreendem e ex-namoradas com quem tromba com frequência. Tem pessoas que o veem o ano todo, e não apenas quando o tempo está bom, pessoas que o veem na academia, que conhecem sua rotina, que podem convidá-lo para jantar em uma noite de quarta-feira qualquer.

— Bom, preciso mesmo ir — Joy diz. Então se afasta, com o rabo de cavalo balançando.

Devo estar dando muito na cara, porque Felix me olha em interrogação. Sorrio, ignoro Felix e me viro para Bridget.

— Nunca achei que fosse ver vocês assim amiguinhas. Quer me contar alguma coisa?

— Ela entrou em contato faz um tempo.

— É mesmo? Que bom. Por que não me contou?

Mais uma coisa não dita entre nós.

— Não é nada de mais, Bee. Só trocamos umas mensagens.

Eu me forço a sorrir.

— Vou ter que ler toda a troca de mensagens de vocês depois. É um grande passo.

O primeiro grupo de adolescentes — dois meninos e uma menina — é chamado ao palco, então vamos nos sentar. Há um cronometrista atrás de cada um deles, incluindo Joy. Depois que eles começam, Felix sacode a perna sem parar, enquanto seus dedos tamborilam o joelho.

— Pare com isso — Bridget pede.

— Ficar sentado na plateia me deixa nervoso — ele diz.

— Vá dar uma volta. Bee vai junto. Você também não é boa em ficar parada.

Não conseguimos dar três passos sem que alguém cumprimente Felix. Ele distribui apertos de mão e bate papo como se fosse um político. As conversas são breves, mas cada uma delas é um lembrete de que Felix Clark não deixa de existir quando não estou na ilha. Eu sabia disso, claro, porém tem sido mais fácil imaginá-lo recluso em sua cabana na floresta, consumido pelo trabalho da mesma maneira que a In Bloom me consome em Toronto. Felix, entretanto, tem toda uma vida sobre a qual nada sei.

— Imagino que você tenha sido o rei do baile de formatura — pondero depois de um papo rápido com amigos dos pais dele.

Estamos olhando para uma mesa com maquetes feitas por crianças com caixas de madeira — o fundo do mar, um salão de beleza rosa-chiclete, três tubarõezinhos vestidos para ir à escola. Tem alguém tocando violino no palco — a categoria júnior já terminou, e os juízes estão fechando as notas.

Felix sorri.

— Fui mesmo.

— Claro que foi — concordo. Joy e Felix, o casal perfeito. — Mas você não me parece do tipo que gosta de atenção.

— E não gosto. Mas a comunidade é importante pra mim.

— É o motivo pelo qual você faz isso?

— É. — Uma covinha se forma. — E talvez pro meu próprio ego também.

— Você adora.

— Adoro. — Felix olha em volta. — Mesmo que às vezes pareça que tenho dezessete anos quando estou aqui.

— E isso é ruim? Se lembro bem, você foi campeão aos dezessete anos.

Felix solta uma risada fraca.

— Eu era um babaca aos dezessete anos.

— Duvido muito. — Dou uma cotovelada de leve em Felix. — Ray disse que ver você ganhando foi um dos momentos de maior orgulho da vida dele.

— É. Eu trabalhava pro Ray, sabia?

Felix e eu nunca havíamos conversado sobre sua história com Joy e a família dela.

— Não sabia, não.

— Ray me ensinou tudo o que sei sobre ostras, incluindo como abri-las. Foi meu chefe, mas também uma espécie de mentor. Em algumas épocas, passei mais tempo com a família dele do que com a minha. — Felix dá de ombros. — Quando ganhei, estava representando o negócio da família McInnis. Foi muito importante para ele.

— Por quanto tempo você trabalhou para Ray?

Felix ajeita o boné.

— Meio que todo o tempo que eu e Joy namoramos, então quase sete anos. Era meio período na época da escola, depois em tempo integral. Eu via mais os pais de Joy do que ela, quando ela foi pra faculdade.

— Nossa. — Parece injusto perder a noiva e o trabalho em um único dia. — Você chegou a pensar em continuar trabalhando pra ele?

Felix nega com a cabeça.

— Seria difícil demais. Eu precisava deixar aquela parte da minha vida pra trás.

Assinto.

— É impressionante você e Joy ainda serem amigos.

— Concordamos em fazer um esforço para que sejamos civilizados. Conhecemos as mesmas pessoas.

Felix dá um passo para mais perto, fitando meus olhos com uma intenção que me deixa inquieta.

— Imaginei que a vida fosse ser mais fácil se conseguíssemos ficar na mesma sala.

Antes que eu possa dizer alguma coisa, alguém dá um tapinha no ombro dele.

Quando o torneio de seleção começa, voltamos a nos sentar — ver gente separando uma pilha de ostras por tamanho aparentemente não faz Felix ter palpitações. Meus olhos ficam voltando para o palco, onde Joy se encontra, e não me passa despercebido como os olhos dela procuram Felix e eu entre as rodadas. Faria sentido se eles fossem um casal. Os dois têm toda uma história. As famílias eram próximas. E ambos não estão apenas sendo civilizados — são amigos. Fora que moram na mesma província. Transitam pelos mesmos círculos sociais. Joy é parte da comunidade que Felix adora.

Zach e Bridget estão torcendo pela mãe de Joy, uma mulher loira e baixinha que parece deixar os outros concorrentes para trás. Sussurro para Felix:

— Você nunca pensou em tentar de novo com Joy?

Ele me encara com os olhos estreitados, como se tentasse ler um mapa de cabeça para baixo. Então tudo parece ficar nítido, como se Felix tivesse encontrado a verdade no labirinto da minha mente. Ele se aproxima de mim, para que ninguém mais ouça, e pergunta:

— Está com ciúme, Lucy?

Sinto o peito esquentar, mas Felix se afasta. Fico encarando seus olhos, na tentativa de entender o que estão dizendo, até que Bridget se inclina sobre minhas pernas para falar com o irmão.

— Acho que é hora de você ir fazer seu lance, Wolf — ela avisa. — O pessoal está se reunindo ali.

Minha amiga aponta para um grupo grande no fundo do salão.

Felix me lança um olhar mais uma vez, como se soubesse de cada sonho, dúvida ou pensamento perigoso que alimento. Então vai embora.

25
AGORA

Uma gaita de foles toca no fundo da arena, fazendo todos se virarem nos assentos. O músico começa a caminhar lentamente na direção do palco. Deve ter vinte e poucos anos, usa boina e camisa xadrez de manga curta, e traz um grupo de umas quarenta pessoas em seu encalço. Logo atrás dele há um homem erguendo acima da cabeça um troféu de madeira enorme com uma ostra bem no meio.

— Não sabia que seria tanta gente — comento com Bridget enquanto olho para Felix. Ele é um dos últimos, e mantém a cabeça voltada para baixo de um jeito que o boné praticamente cobre seu rosto. Ray caminha ao seu lado, com um braço sobre seus ombros.

— É bem importante — Bridget diz. — Vem gente de todo o país, e quem ganhar vai pro mundial, em Galway.

— Então seu irmão vai pra Irlanda se ganhar?

— Na teoria, sim. Mas ele não vai ganhar — Bridget fala. — Não me olhe assim. Wolf sabe que não vai ganhar. Não é disso que se trata, e sim de tradição. De orgulho.

— De comunidade — murmuro quando Felix passa, erguendo o queixo em nossa direção.

Bridget leva as mãos à boca e grita:

— A gente ama você, Wolf!

— Rumo a *ostra* vitória! — Zach grita.

Bridget e Felix não têm paciência para minhas piadinhas com ostras, mas se tivéssemos que virar uma dose sempre que alguém faz uma aqui, já estaríamos caindo de bêbados.

— Acho que essa tá *ostragada*.

— Ela é campeã *ostradual*.

— Me *ostrapalhei* aqui.

As orelhas de Felix estão vermelhas quando ele chega ao palco. Os competidores se reúnem para uma foto em grupo e Ray pega o celular para tirar uma selfie com Felix, ambos apontando para o logo da Frutos do Mar McInnis.

O grupo se dispersa e as regras são repassadas. Cada competidor recebe vinte ostras e escolhe dezoito para abrir o mais rápido possível. Depois, os juízes avaliam a qualidade e atribuem penalidades em caso de erros.

— São trinta segundos de penalidade para ostras sem concha — o apresentador explica. — E trinta segundos para cada ostra suja de sangue.

— Mas ostras têm sangue? — pergunto a Bridget.

— Sangue do competidor — ela explica, e eu faço uma careta.

— Muito bem, pessoal — o apresentador diz. — Vamos começar!

Ele chama os primeiros quatro competidores, incluindo Ray. Todos mexem em sua caixa de ostras e as ajeitam antes de começar. Há um cronometrista atrás de cada um. Joy ficou com uma mulher que trouxe uma bandejinha de madeira para colocar as ostras. Dois competidores usam luva em uma das mãos. Ray tem um pano de prato dobrado em sua estação. Eu não fazia ideia de que havia tantos métodos. Felix só precisa de suas próprias mãos e de uma bancada.

— Cronometristas prontos? — o apresentador pergunta. Os competidores se debruçam sobre a mesa, com as mãos levantadas acima da cabeça. Os cronometristas fazem que sim com a cabeça.

— Competidores prontos?

Nenhum deles tira os olhos da bancada.

— Plateia proooooonta?

A arena explode de alegria.

— Então contagem regressiva. Três, dois, um, já!

Fico observando Ray trabalhar. Ele coloca a ostra no pano de prato e enfia a faca na articulação da concha, torce o pulso para abri-la, depois passa a lâmina por dentro da concha superior, removendo-a com um movimento rápido.

Procuro Felix ao lado do palco. Ele está de braços cruzados, ao lado da mãe de Joy.

Assim que dispõe dezoito ostras na bandeja com sal, Ray bate com o cabo da faca na mesa três vezes. É o primeiro a terminar.

— Dois minutos e vinte e dois segundos para Ray McInnis — o apresentador anuncia. — É um bom tempo.

Ray deixa o palco e vai direto para Felix e a esposa. Antes mesmo de abraçá-la, ele abraça Felix, os dois rindo.

— Eles são próximos, né?

Bridget olha para onde estou olhando.

— Eram — ela responde. — Tenho dó dele.

— Do seu irmão?

— De Ray — Zach e Bridget dizem ao mesmo tempo.

— Ele estava contando com a entrada de Wolf nos negócios da família — Bridget explica. — Acho que ficou tão devastado quanto meu irmão com o término. Nossa, parece outra vida, né?

Tento recuperar a lembrança. O dia de outubro tantos anos atrás, quando ainda não fazia muito tempo que morávamos juntas e eu nem conhecia Felix. Bridget foi visitar a família no feriado de Ação de Graças e, quando voltou, eu sabia que havia algo errado. Queria animá-la, por isso a levei para sair.

Ela tira os olhos do palco e se vira para mim.

— Lembra o bar onde a gente foi? Que tinha os drinques com rum?

— A gente tomou um que vinha numa tigela gigante, lembra?

— Você me contou sobre o Dia de Ação de Graças da sua família. Acho que sua tia e sua mãe brigaram, não foi?

— Minha mãe não queria que Stacy ficasse de sapato dentro de casa.

— E a gente rolou de rir, porque sua tia...

— Ameaçou encher o sapato de molho e colocar na mesa, dizendo que era bonito demais para não ser valorizado. — Sorrio. — Aí você começou a chorar, do nada. Foi a primeira vez que vi você chorar.

Bridget contou a história toda em meio a lágrimas e soluços de choro.

— Foi uma época horrível, pro Wolf e pra mim. Agora que estou mais velha, consigo reconhecer que deve ter sido difícil pra Joy também.

É o que sempre pensei, mas fico surpresa em ouvi-la dizer isso. Zach, que estava sentado do outro lado de Bridget, olha para mim por cima da cabeça dela, com os olhos arregalados, e movimenta os lábios para dizer, sem produzir som: "Uau".

— Joy perdeu o namorado e a melhor amiga — falo. — Deve ter sido horrível. Mas talvez vocês possam recomeçar.

Bridget fica me encarando, com a cabeça inclinada.

— Pensei que você fosse achar que era má ideia — ela comenta. — Foi meio que por isso que não contei que estávamos trocando mensagens.

Bridget previu bem mal minha reação.

— Acho que faria bem a vocês resolver as coisas. Não é tarde demais.

— Pode ser. — Ela suspira e encosta o corpo no meu. — Nenhum cara vale a perda de uma amiga.

Olho para Felix, na lateral do palco, e depois para Zach, que me fita, sério.

— Não — concordo com Bridget. — Não vale mesmo.

O nome de Felix só é chamado na oitava e última rodada. Poucas pessoas fizeram tudo em torno de um minuto e meio, que é o objetivo de Felix. Um *restaurateur* de Vancouver foi o mais rápido até o momento, com um minuto e vinte e sete segundos.

Enquanto Felix atravessa o palco, meu estômago embrulha. Joy fica atrás dele, só um pouco mais para a direita. Ela é a cronometrista dele.

Felix mexe na caixa de ostras antes de começar, com as mãos firmes. Não dá mais sinal de nervosismo. Zach e Bridget já estão gritando, porém não sei se ele consegue ouvir. Felix organiza as ostras em fileiras e vira o boné para trás.

Algo nesse movimento, na infantilidade do gesto, na familiaridade dos dedos, provoca uma sensação em mim. Felix se debruça sobre a bancada, com as mãos acima da cabeça e os olhos baixos.

— Cronometristas prontos? — o apresentador pergunta, e Felix levanta os olhos. Ele me encontra em um instante, e é como se eu voltasse cinco anos no tempo, ao restaurante onde nos conhecemos, quando ele me olhou do outro lado do salão, o azul de seus olhos em contraste com os cílios pretos.

— Competidores prontos?

Ficamos olhando um para o outro, e um sentimento tão poderoso me atinge que levo a mão ao peito. Meu coração grita para mim: *Ele. Mais.*

— Plateia prooooonta?

Felix baixa os olhos quando a contagem regressiva começa.

Ele abre uma ostra, depois outra, depois outra, rápido como nunca vi. Bridget grita a plenos pulmões, mas de repente fica quieta.

— Puta merda — eu a ouço dizer, então sei que Felix está trabalhando rápido como ela nunca viu também.

Tiro os olhos dele por um segundo a fim de observar Joy. Ela parece concentrada nas mãos de Felix, as bochechas coradas. Seus lábios se movem.

— Vai, vai, vai — é o que Joy está dizendo.

Com um minuto, Felix já abriu mais da metade das ostras.

Ele coloca a última na bandeja de sal e bate com o cabo da faca na mesa uma única vez. Joy solta um gritinho e mostra o cronômetro para o apresentador.

— Um minuto e trinta e três segundos para Felix Clark — anuncia o apresentador, e os olhos de Felix se arregalam.

Pulamos dos assentos, batendo palmas e comemorando, enquanto Felix ergue as mãos para o alto. Ele olha para cima, depois se vira com um sorriso de tirar o fôlego no rosto, e Joy se atira nele, enlaçando sua cintura com os braços e as pernas, como se fosse um macaco ruivo. Felix gira devagar no lugar, com as mãos nas coxas dela. Os dois riem.

Meu coração fraqueja. *Meu*, ele diz.

E talvez eu também tenha dito, mas não consigo ouvir com o barulho da plateia.

Joy solta Felix e o puxa para fora do palco. Ele é recebido pelos pais dela e por alguns competidores. Cambaleia um pouco, perplexo. Bridget é a primeira de nós a chegar nele.

— Você conseguiu, Wolf. Porra, você conseguiu — minha amiga diz.

Fico de lado conforme cada um tem seu momento com Felix. Quando chega a minha vez, eu me aproximo com a intenção de abraçá-lo de leve, mas ele me puxa contra seu corpo, e ficamos assim, colados frente a frente, peito a peito, quadril a quadril. Espio Joy por cima do ombro dele. Suas sobrancelhas se erguem em surpresa.

— Vamos pegar bebidas — Joy anuncia, puxando Bridget consigo. Observo as duas, que já foram melhores amigas, de mãos dadas à medida que abrem caminho pela multidão, então volto a me concentrar em Felix.

— Parabéns! Vou foi incrível — elogio, me afastando. — Devia estar chupando ostras do umbigo de uma sereia ou mergulhando em uma piscina de champanhe.

Um canto dos lábios de Felix se ergue um pouco.

— Eu não ganhei, Lucy.

— Você fez seu melhor tempo. Se não vale a pena comemorar isso, não sei o que vale. — Aceno com a cabeça na direção do bar. — Vamos.

Felix vira três latas de cerveja como se fossem dedais com água e ele estivesse perdido no deserto, sem nada para beber. Em determinado momento, vejo a morena de antes sussurrar algo em seu ouvido, algo que o faz rir e depois balançar a cabeça.

Zach nota minha cara feia. Então segue meu olhar até Felix e a morena, que passou a morder o lábio inferior.

— Interessante — ele comenta.

Quando os juízes concluem o trabalho, Felix está com um braço sobre os ombros de Zach e outro sobre os ombros de um cara que foi colega de escola deles. Seus olhos já estão a meio mastro, porém ele endireita o corpo ao passo que os dez primeiros colocados são anunciados. O sexto lugar é chamado, o que significa que, a menos que tenha sido duramente penalizado, Felix ficou entre os cinco primeiros.

O quinto lugar é chamado, e uma chef de Vancouver sobe no palco para receber sua placa.

O quarto lugar é chamado e todos congelamos, a não ser por Felix, que se aproxima um pouco de mim, de modo que ficamos lado a lado.

Sua mão roça a minha, então ele entrelaça seus dedos nos meus. Minha respiração sai trêmula. Odeio como é boa a sensação de sua palma contra a minha. Odeio não querer que a mão dele toque a de outra mulher que não seja eu. Mais do que tudo, odeio o fato de os casinhos de Felix nunca terem me incomodado tanto quanto a certeza de que não importava se eu me encaixava em seu mundo, porque era apenas uma hóspede temporária. Não *posso* pertencer a este lugar.

— Em terceiro lugar — o apresentador anuncia —, com dezoito segundos de penalidade e tempo total de um minuto e cinquenta e um segundos, Felix Clark, da Ilha do Príncipe Eduardo.

Bridget fica pulando no lugar e Zach entrelaça as mãos sobre a cabeça, porém Felix se mantém imóvel.

— Vá — eu o instigo. — Suba lá.

Felix me encara e leva nossas mãos entrelaçadas à boca. Com os olhos nos meus, pressiona os lábios nos meus nós dos dedos. Tudo em volta desaparece. As palmas. O choque de Bridget. Inclusive minha pulsação, até então um tambor estrondoso, silencia. Só tenho consciência dos meus dedos, da pele sob os lábios de Felix. Dura apenas um segundo, então ele se afasta.

Os olhos de Bridget parece que vão saltar das órbitas. O que o irmão dela acabou de fazer foi mais íntimo do que se ele tivesse me dado um selinho.

— O que foi isso? — ela pergunta.

Não tenho ideia. Fico encarando Felix, que abre caminho rumo ao palco para receber sua placa.

— Acho que ele bebeu demais.

Felix passa cerca de uma hora em meio às comemorações. De tempos em tempos, nossos olhos se encontram através do mar de gente, e ele me encara tão abertamente quanto sorri. A covinha não deixa seu rosto. Sua felicidade desenfreada é inebriante. Todo mundo à sua volta se refestela ao seu calor.

Quando é hora de ir, Felix sobe desajeitado na caçamba da caminhonete, enquanto Bridget entra na frente. Ela e Zach estão em meio a um debate acalorado envolvendo uma partida de Trivial Pursuit que imagino que tenha acontecido quando eram adolescentes. Ela deve ter esquecido que fico enjoada com facilidade.

Na escuridão do banco de trás, sinto os olhos de Felix em mim. Quando o encaro, ele estende a mão e entrelaça nossos dedos. Então apoia a cabeça e pega no sono pouco depois. Fico observando nossas mãos unidas. Seria fácil demais me deixar levar pela sensação de sua palma na minha, me acostumar com ela, sentir falta dela quando eu for embora. Desde o verão passado, no entanto, sei como é sentir o calor de sua atenção e ficar sem ele depois. Cada parte de si que Felix oferece, cada parte que me permito saborear, é só mais uma coisa de que terei que me despedir. Porque, mesmo que Felix não fosse irmão de Bridget, não sou parte de seu mundo, e isso nunca vai mudar.

Então, recolho minha mão. E ignoro os protestos do meu coração.

Ele, meu coração diz. *Mais*.

Sou a primeira a acordar na manhã seguinte. Zach se levanta do sofá quando o café fica pronto. Felix está estirado no sofá-cama, ainda com a roupa de ontem.

Por algumas horas ontem, tive uma folga do estresse constante do trabalho. Mal entrei nos e-mails. Agora, no entanto, com o estranho beijo que ele me deu na mão e o casamento de Bridget chegando, quero arrancar meus olhos das órbitas.

— Obrigado — Zach agradece quando lhe passo a caneca. — Mas você parece puta da vida.

— Só estou cansada.

— Sei — Zach diz. — Essa cara aí não tem nada a ver com Courtney?

— Courtney?

— A mulher pra quem eu vi você olhando feio ontem — ele explica. — De cabelo castanho. Bonita.

Quase digo a Zach que não tenho ideia do que ele está falando, mas mudo de ideia. Acordei mal-humorada, paciência.

— Com quantas mulheres ele dormiu no ano passado?

Zach pisca algumas vezes.

— No ano passado, quando vocês *não* estavam em nenhum tipo de relacionamento?

Ranjo os dentes. Ele tem razão.

— É.

— Não cabe a mim responder isso. Mas ele não é um monge, Lucy. Wolf está procurando alguém com quem possa ter um futuro.

Um nó se forma na minha garganta. Não faço ideia do que queria ouvir, mas não era isso.

O olhar de Zach se abranda.

— Quer conversar sobre isso? Se quiser tirar algo do peito, juro que não conto pra ele. Sou ótimo em guardar segredo.

Faço que não com a cabeça.

— Mas obrigada.

Zach é um cara legal, mas se eu fosse falar com alguém seria com Bridget.

Ele dá de ombros. Na verdade, com um ombro só. Como se fosse da família Clark.

— Como quiser. Vocês dois estão nessa enrolação já faz uns anos. Quem sou eu pra impedir?

— Obrigada de novo.

Bridget desce e manda a gente se trocar para ir a North Cape.

— Por que está com essa cara, Bee? — ela pergunta, antes de seguir para a sala de TV a fim de acordar o irmão. Está animada, mandona e sorridente, e suas oscilações de humor estão começando a me cansar. Ainda não tenho ideia do que está acontecendo. Apesar do que ela diz, não acredito que vá se casar daqui a cinco dias. E estou prestes a gastar milhares de dólares com as flores do casamento.

Vou lá fora ligar para Farah. Ela que vai ter que ir ao leilão amanhã. Enviei o pedido, incluindo o que preciso para o casamento. Odeio delegar uma tarefa tão crucial, porém não tenho opção. Não posso voltar a Toronto sem consertar as coisas e sem contar a Bridget sobre Felix.

Farah atende como sempre:

— É melhor ser importante.

— Sei que eu disse que voltaria hoje, mas...

— Vai fugir com o irmão de Bridget pra nunca mais voltar?

Depois que minha tia conheceu Felix, há dois anos, ela explicou a Farah, de maneira extraordinariamente detalhada, como ele era lindo.

Engraçado, Farah comentou à época. *Lucy nunca disse que ele era bonitão.*

Eu digo ao telefone:

— Não tem nada a ver com isso.

— Pelo seu tom de voz, você não está aproveitando muito — Farah comenta. — Parece um rato de esgoto.

— Não sei o que isso significa, mas fiquei acordada até tarde ontem. Estou cansada.

— Você sabe que é um desastre ambulante quando não dorme o suficiente — Farah comenta.

— E Sylvia? Estou com saudade dela.

Perguntar pela cachorra de Farah é a melhor maneira em que consigo pensar de mudar de assunto.

— Ela é uma deusa — Farah responde, e então coloca Sylvia no telefone para que eu diga oi.

Depois que desligo, ligo para Lillian. Já mandei mensagem para dizer que vou precisar remarcar outra vez, mas quero falar com ela ao telefone para entender melhor em que pé estamos.

— Desculpe — peço, congelando ao ver um gambá atravessando o gramado e se metendo entre os arbustos. — Você deve estar começando a se perguntar se sou digna de confiança, mas juro que sou.

— Tudo bem, Lucy. Eu entendo — Lillian replica, embora por sua voz fique nítido que ela não entende. — Todos temos nossa vida pessoal.

Justifiquei minha viagem repentina com "uma questão pessoal urgente".

— É, bom, eu pegaria um avião para Toronto agora mesmo se pudesse. Este é o último lugar onde queria estar.

— Por que não me avisa quando *estiver* de volta e então marcamos?

— Claro — concordo, sentindo o estômago se revirar. Quando conheci Lillian, ela estava muito entusiasmada com a perspectiva de trabalharmos juntas, e agora sua voz evidencia que está perdendo a confiança em mim. — De novo, sinto muito, Lillian. Quando eu voltar, você vai ter toda a minha atenção. O trabalho é prioridade na minha vida.

O fato de que isso é verdade faz com que eu me sinta meio vazia.

— Perfeito — ela diz. — Nos falamos.

Desligo e, quando me viro, ficou surpresa ao me deparar com Felix parado à porta. De calça jeans. Camiseta branca. Cabelo bagunçado. Barba feita. Por que ele beijou meus dedos daquele jeito ontem à noite? Por que segurou minha mão? Não acho que sua intenção fosse me confundir, mas foi o que aconteceu. Estou brava comigo mesma, mas brava com ele também.

— Bom dia — ele anuncia.

— Oi — respondo, focada em um ponto em seu ombro.

— Está se sentindo bem? Ou está de ressaca?

— Estou bem.

— Você não parece bem — Felix pontua. — Não deve ter dormido direito. Está com cara de cansada.

— Por que todo mundo está teimando com a minha cara hoje?

— Lucy. — Ele inclina a cabeça. — O que foi?

Só então eu o encaro nos olhos. Nos olhos desse homem perigoso e deslumbrante.

— Nada — declaro.

— Pare com isso. Tem algo incomodando você — Felix insiste, dando um passo para mais perto. — Quer falar a respeito? Talvez eu possa ajudar.

— Não. — Ergo o queixo. — Você não pode.

26
VERÃO ANTERIOR

Três eventos em sequência fizeram minha vida desmoronar. Cheguei à In Bloom uma manhã e encontrei a vitrine estilhaçada. A loja havia sido roubada. Havia flores caídas na geladeira, poças de água em toda parte. A prateleira dos vasos torta. Cacos de vidro e porcelana espalhados no chão. Meu escritório havia sido revirado. Comecei a chorar ao ver as taças de cristal da minha tia quebradas no chão. A polícia logo atribuiu tudo a obra de jovens baderneiros, porém parecia um ataque pessoal, uma violação àquilo a que eu havia dedicado minha vida.

Na manhã seguinte, Carter terminou comigo. Alegou que eu não me importava com ele nem metade do que me importava com a In Bloom.

— Sei que não me ama como ama a floricultura, mas pelo menos *gosta* de mim?

Suas palavras me atingiram. O problema não era eu estar levando um fora, mas o motivo.

Eu não amava Carter. Não precisava dele. E o vinha tratando como se fosse uma espreguiçadeira — um lugar onde repousar, parte da decoração da minha vida, absolutamente substituível. Nem havia notado, mas ele, sim.

Três dias depois, recebi uma ligação da minha tia. Ela já estava no hospital. Foi um câncer agressivo.

— Pelo menos vou embora ainda jovem e bonita — minha tia comentou enquanto eu passava batom nela com um pincel fino, como ela havia me ensinado. Em seguida, passei bastante blush em sua bochecha, porque sua pele estava embotada, acinzentada. Farah me cobriu na loja, e passei todos os horários de visita ao lado da cama da minha tia, segurando uma latinha de refrigerante para que ela tomasse de canudinho porque estava fraca demais até para levantar a lata.

Uma semana depois de Stacy dar entrada no hospital, fiquei surpresa ao ouvir a risada da minha mãe, que lembrava uma coruja piando, saindo do quarto, e depois a risada da minha tia, que lembrava um grasnado. As duas não eram de rir juntas. Fiquei do lado de fora, ouvindo Stacy contar à minha mãe uma história sobre o último homem com quem saíra, que abria a geladeira no meio da madrugada e espremia as bisnagas de molho de pimenta e molho para churrasco em uma colher para comer de lanchinho. Na manhã seguinte, Stacy encontrava manchas em tons de laranja e marrom em todo o chão, "como uma pintura abstrata".

— Mas ele era ótimo de cama — ela acrescentou.

Ouvi minha mãe suspirar.

— Que divertido. Você se divertiu muito.

— Eu me diverti mesmo. — Ouvi um farfalhar de lençóis, depois minha tia disse baixo: — Não chore, Cheryl. Sou eu que estou morrendo.

Um longo silêncio se seguiu.

— Você estava certa — minha mãe disse.

— Eu sei.

Ouvi uma cadeira arrastando no chão e dei uma olhadinha lá dentro. Minha mãe estava debruçada sobre a cama, abraçando Stacy. Havia lágrimas nas bochechas da minha tia.

— Mas você não devia ter falado um dia antes do meu casamento — minha mãe falou, com a voz abafada. Eu não fazia ideia do que estavam falando.

— Reconheço que não foi o melhor momento. — Stacy me viu à porta e abriu um sorriso triste. — Eu deveria ter falado antes.

Quatro semanas depois, minha tia se foi.

Ela deixou um bilhete para mim. A letra não era dela. Uma das enfermeiras devia ter ajudado.

Te amei como se você fosse minha filha.

Bridget sentiu a perda de Stacy como se ela também fosse de sua família. Processou o luto ao ajudar meus pais na organização do velório. Não sei quando ela ligou para o irmão. Talvez quando Stacy estava internada, definhando diante dos meus olhos. Ou depois do funeral, quando me pegou chorando no chão do box.

E não sei como Felix conseguiu um chalé para mim. De acordo com Bridget, estavam todos reservados. Mas Ken e Christine ainda estavam reformando a casa por causa do furacão. Não estavam prontos para receber hóspedes.

— Vou mandar você pra ilha — Bridget me disse, em meio às lágrimas. — Queria poder ir com você, mas com o trabalho não dá. Wolf e eu já cuidamos de tudo. Você não precisa fazer nada. Só vá. Você precisa de ar fresco, Bee. Precisa de tempo pra se recuperar.

Eu não via Felix desde sua visita a Toronto, no verão anterior, porém todo mês um envelope amarelo com sementes chegava à floricultura. Eu já tinha dez envelopinhos. Zínias, bocas-de-leão e margaridas. Todos os meses, eu lhe mandava um livro. Um que ensinava a se tornar um magnata do ramo da hotelaria, só de piada. Um livro infantil ilustrado chamado *Felix After the Rain*, que acabou se revelando mais comovente do que eu havia imaginado. Eu me perguntava o que a namorada dele, Chloe, achava dos livros. Não sabia o que nossa troca significava ou como explicá-la. Livros e sementes eram como nossa linguagem secreta. Algo só entre nós dois. Eu não sabia como isso se encaixava nas regras. Talvez não precisássemos mais delas.

Felix estava à minha espera no terminal. Mesmo com os outros passageiros entre nós, notei dois pontos azuis encantadores entre os ombros dos desconhecidos. Ele me abraçou e balançamos para a frente e para trás, como um navio em águas tranquilas.

— Sinto muito mesmo — Felix sussurrou.

A viagem de Charlottetown até Salt Cottages pareceu durar uma eternidade. Na verdade, foi cerca de uma hora de estrada, porém à medida que o mar ficava mais longe e as árvores mais próximas umas das outras, eu tinha a sensação de que viajávamos para o fim do mundo. Eu sugerira a Bridget que eu alugasse um carro e fosse sozinha, porém ela me dissera que Felix insistia em ir me buscar, e depois fiquei feliz que fosse assim.

Não era como o trajeto até Summer Wind, com a paisagem pontuada por celeiros, igrejas e gado, a estrada repleta de sinais de vida, um caminhão de batatas aqui, um trator ali, uma caminhonete rebocando um barco sobre rodas. Meus olhos estavam embaçados de tanto chorar no avião. Era como se eu visse os abetos e bétulas através de uma garrafa de vidro distorcida.

Mal nos falávamos, mas não me passou despercebido o modo como Felix me olhava preocupado a cada cinco minutos.

— Por que não fecha os olhos um pouquinho? — ele sugeriu, e encostei a testa no vidro frio da janela.

Tentei cochilar, mas meu estômago se revirou. Eu não havia comido o dia todo. Não tinha certeza nem se havia comido no dia anterior. Quanto mais íamos no sentido leste, quanto mais nos embrenhávamos em Kings County, pior eu me sentia. Até que fiquei tão enjoada que precisei pedir que Felix parasse. Enquanto eu vomitava no acostamento, ele segurava minhas tranças com uma das mãos, massageava minhas costas com a outra e sussurrava:

— Pronto, pronto.

Senti-me um pouco melhor, ou pelo menos um pouco menos enjoada, quando passamos pela placa com SALT COTTAGES escrito e Felix disse:

— Chegamos, Lucy.

Eu me endireitei enquanto ele entrava na propriedade. Ao longe, havia quatro casas idênticas enfileiradas. Com telhado duas águas em metal preto, paredes revestidas de tábuas de madeira na vertical e pintadas de branco. Caminhos de cascalho com pedras delineando onde pisar — que eu sabia que Felix havia calçado com as próprias mãos — levavam a cada porta, ao lado das quais se viam samambaias em vasos pretos. Felix estacionou no chalé mais à esquerda e saímos da caminhonete.

Ele levou minha mala para dentro e disse que ia me deixar descansar. Balancei a cabeça em sinal de recusa. Eu sabia que os chalés eram importantes para Felix.

— Me mostra?

Conforme ele me mostrava o chalé por dentro, um estranho sentimento se desdobrou dentro de mim. As janelas davam para o deque, com vista para os campos em volta e o mar. A cozinha tinha lindas bancadas de madeira e eletrodomésticos dos mais sofisticados. Os azulejos do banheiro eram turquesa, e me lembravam um pouco dos olhos de Felix. Havia três quartos — que não eram enormes, mas espaçosos o suficiente para garantir o conforto —, com decoração em branco e verde-claro.

Felix ia apontando para os detalhes que lhe agradavam — o chuveiro chique, a iluminação toda com dimmer, o modo como as janelas tinham sido posicionadas para otimizar a vista e a privacidade, o frontão da pia que ele mesmo havia feito.

Eu soltava um "nossa" depois do outro, temporariamente alheia ao luto e ao enjoo. Sabia que Ken era habilidoso e ensinara Felix a usar uma serra de bancada, a instalar o piso e a importância da precisão. Bridget já havia me contado que Felix fizera grande parte do trabalho ele mesmo, porém mesmo assim eu estava impressionada. Ele era muito talentoso.

Felix apontou para a mesa de jantar, no meio da qual havia uma cesta de boas-vindas com um saco de batatinhas Covered Bridge, fudge de batata, um mapa da ilha parecido com o que eu tinha em casa, duas sidras Red Island e um livrinho, amarrado com cordão azul. *Guia do ilhéu da Ilha do Príncipe Eduardo*, dizia a capa em papel kraft rígido. Dei uma folheada, passando os olhos pelas sugestões de restaurantes, incluindo os especializados em lagosta, lojas, cafés, sorveterias, atividades para crianças, praias e cervejas, queijos e sabonetes produzidos na região. Cada indicação incluía uma frase ou duas explicando o que a tornava especial. Felix escrevia muito bem. Voltei à primeira página para ler o parágrafo que dava as boas-vindas à ilha e aos lugares preferidos de Felix, recomendações que ele havia reunido em seus vinte e sete anos morando ali.

Olhei para ele.

— Não falei? — Felix disse, muito satisfeito consigo mesmo.

— Ainda não acredito que você não estava só tentando seduzir dezenas de turistas por temporada.

Ele sorriu.

— Talvez uma ou duas.

Assim como na casa dos pais dele, uma porta de correr levava ao deque. Ficamos lado a lado diante dela, contemplando a vista. O céu parecia não se decidir, mudando a cada minuto. Nuvens, chuva, sol, um arco-íris fraco à distância, o mar cintilando.

— Quero fazer mais em termos de paisagismo. Colocar uma fogueira, uns jardins — Felix comentou. — Vai dar trabalho, mas não me importo. E vamos mergulhar com tudo no Natal. Luzinhas em toda parte. Pensei até em construir um rinque de patinação ali. — Apontou para o campo. — Vamos ter de chamar o pessoal da fotografia outra vez. Quero ser um destino de inverno também. O que acha?

Olhei para Felix. Ele continuava mirando o gramado que se estendia à nossa frente. Orgulhoso, lindo. Inteligente, talentoso, seguro. Tinha se tornado um grande homem desde que o conhecera, quatro anos antes. Ali estava ele, experienciando a vida que construíra para si, sólida como nunca. Felix estava totalmente formado, havia se tornado a pessoa que deveria ser. Não era mais um jovem taciturno de vinte e três anos, lambendo as próprias feridas depois que Joy terminou com ele. Não ficava mais só provocando e flertando.

— Desculpe — ele disse, com as orelhas vermelhas. — Você não está se sentindo bem. Devo estar cansando você.

— Não. — Levei uma das mãos ao braço dele, ignorando o calor de sua pele sob meus dedos. Era como uma fogueira só para mim. — Eu que peço desculpa. Quero ouvir tudo a respeito. Faz tanto tempo. Mas não ando muito boa de papo — admiti. — Não tenho dormido. Nem comido, o que piora o enjoo. É como se tivesse sido atropelada por um caminhão.

— Quer que eu prepare alguma coisa pra você? Fiz compras hoje de manhã. A geladeira está cheia. Um sanduíche, talvez? Tem a manteiga que você gosta.

— Obrigada, mas não precisa. Você já fez o bastante por mim.

Felix pareceu me avaliar, com a cabeça inclinada para o lado.

Eu me forcei a sorrir.

— Vamos fazer algo antes da minha volta a Toronto. Levo você pra jantar, em agradecimento. — Chloe podia passar uma noite sem ele. — Que tal na pousada da Bay Fortune? Sempre quis ir lá.

O canto de seus lábios se curvou para baixo.

— Posso ficar, se você quiser. Pra fazer companhia.

— Felix, você não precisa ficar de babá. Não quero incomodar mais do que já incomodei.

— Você não incomoda, Lucy.

Meus olhos começaram a arder. Eu estava sensível demais para as gentilezas dele.

— Obrigada — sussurrei.

— Fora que minha irmã ameaçou acabar comigo se eu não cuidar bem de você.

Uma risada me escapou enquanto eu enxugava as bochechas. Não conseguia acreditar que estava chorando na frente de Felix. Ele havia aberto a porta para uma amizade quando passamos um tempo juntos em Toronto, mas não havíamos chegado ao ponto de reconfortar um ao outro em momentos de crise.

— Desculpe. Ando toda emotiva. E não muito divertida. Pode ir fazer suas coisas, eu mando mensagem quando estiver melhor.

Bridget havia gravado o número de Felix no meu celular.

Depois que garanti mais uma vez que estava bem, Felix foi embora. Fiquei encarando o mar ao mesmo tempo que ouvia a partida sendo dada na caminhonete e o barulho do motor diminuindo. Então me atirei no sofá e chorei contra uma almofada.

Depois que as lágrimas secaram, olhei para o chalé vazio. Solitário. Pensei em mandar mensagem para Felix a fim de verificar se ele não se incomodava de passar a noite em minha companhia, mas não podia me impor de tal maneira. Ele tinha namorada, e no lugar dela eu não iria gostar.

Verifiquei a cozinha. Tinha um pacote de café na bancada, de uma boa marca de Charlottetown. Uma garrafa de vinho verde na porta da geladeira. Ovos, queijo cheddar, um arco-íris de frutas e legumes, pão de centeio fresco, uma caixa das minhas barrinhas preferidas e a embalagem cor-de-rosa da manteiga da Cows Creamery. Eu não sabia se Bridget havia mandado uma lista de compras a Felix ou se nos quatro anos em que nos conhecíamos ele havia absorvido o que eu gostava de comer como eu havia absorvido o que ele gostava de ler. Como jantar, comi uma fatia de pão com manteiga, de pé diante da pia.

Felix bateu à minha porta na manhã seguinte, e fiquei surpresa em vê-lo. Ainda estava com a roupa do dia anterior e nem havia me olhado no espelho, mas sentia meus olhos inchados. Eu sentia um gosto na boca como se tivesse lambido um mastro metálico de bandeira. Não lavava o cabelo fazia dias. Quando ficava na casa dos pais dele, me maquiava assim que acordava para Felix não me encontrar de cara limpa, mas naquele momento nem me dera ao trabalho de trazer protetor labial, e não tinha energia nem para me importar com isso.

No entanto, notei algumas coisas em Felix que não havia notado no dia anterior. Sua calça jeans era nova, de um tom de azul quase roxo. Seu tênis de couro também era novo. Ele usava uma camiseta preta de gola V, diferente das camisetas brancas de sempre, feita de um algodão mais grosso. E havia feito algo com o cabelo para que as ondas sossegassem no lugar.

Felix parecia estar fazendo uma inspeção parecida, com a testa franzida.

— Por que não vai tomar um banho, Lucy? — ele sugeriu. — Eu preparo o café.

Não me dei ao trabalho de mandá-lo embora. Tinha a sensação de que Felix não iria, mesmo que eu pedisse, e eu não queria que ele fosse. Ainda não estava acostumada a morar sozinha. Gostava de ter alguém por perto. Gostava de ter *Felix* por perto.

Ele ficou o dia todo. Comemos sanduíches de pão de centeio torrado com ovo e queijo cheddar e vimos *The Great British Baking Show*, o reality show de culinária ao qual eu costumava assistir quando precisava de conforto. No fim da tarde, caminhamos até a praia. O vento, a sensação da areia nos pés e o som das ondas quebrando me revitalizaram brevemente, porém me cansei depressa. Peguei no sono em determinado momento entre a prova técnica (baguetes) e a prova final (esculturas de pão). Acordei no escuro, com a bochecha na coxa de Felix e um cobertor sobre mim. Ele me mandou para a cama. Na manhã seguinte, deparei-me com ele dormindo no quarto ao lado do meu.

Eu me sentia culpada por monopolizá-lo. Depois que Felix fez meu café da manhã pelo segundo dia seguido, eu lhe disse isso. Prometi que estava bem. Gostava de sua companhia, sabia que sentiria sua falta quando ele fosse embora, mas garanti que estava me recuperando.

E eu estava mesmo. Lia no deque, fazia longas caminhadas pela praia e pelo mato, às vezes chorando, às vezes sorrindo para o sol. Havia tantos pássaros esvoaçando entre as copas das árvores — rabirruivos, mariquitas-amarelas, vireos. Acostumei-me a seu canto, minha solidão aplacada por sua companhia. Colhi braçadas de flores do campo e enchi o chalé com o tipo de arranjo não estruturado que minha tia chamaria amorosamente de "comum". Eu a sentia comigo enquanto trabalhava. E, dia após dia, a tensão em meu peito se aliviava. No entanto, eu sabia que seria difícil voltar à cidade. Que estaria mais sozinha do que nunca.

Eu: Não sei se quero voltar pra casa.

Bridget: Wolf deve estar tratando você bem.

Eu: Está. Mas odeio a ideia de voltar pro meu apartamento vazio. Sem você. Sem Stacy.

Bridget: Estou sempre aqui.

Se eu pudesse ficar para sempre na ilha, acho que teria ficado. A vida parecia mais simples ali. Eu respirava melhor. E já começava a dormir melhor. Podia desacelerar de um jeito que na cidade era impossível.

Ao longo dos dias que se seguiram, vislumbrei Felix na região dos chalés, cuidando do jardim, verificando como os hóspedes estavam, cortando a grama, sem camisa, com o suor fazendo sua pele bronzeada cintilar. Ele jogou futebol com as crianças do chalé vizinho ao meu e acenou para mim da grama. Passava todo dia ali para ver se eu estava bem. Certa noite, chegou com uma caixa de ostras e uma faca, e comemos no deque, ao pôr do sol, tomando vinho verde.

Felix me contou que ele e Zach estavam à procura de outro terreno. Felix queria que fosse na costa leste e Zach, na costa norte. Felix quis saber o que eu pensava a respeito. Perguntou sobre a loja, minhas flores preferidas e Farah, e disse que gostaria de tê-la conhecido quando visitara Toronto, porque não conhecia nenhuma poeta florista.

Às vezes, nossos olhos se encontravam e uma faísca estalava no ar, e eu me lembrava dele dizendo "Quero que me chame de Felix", três anos antes. Então um de nós desviava o rosto e a faísca era esquecida, embora não me passasse despercebido que ele não mencionara a namorada nem uma vez. Tampouco perguntei dela.

No meu penúltimo dia, Felix apareceu de Mustang.

Tinha um sorriso largo no rosto, e eu também. Ele adorava o carro e eu adorava sua covinha.

— O que é isso?

— Vamos passear. Achei que você fosse gostar de fazer isso em grande estilo.

Ele me passou a chave.

— Ah, não. Sou uma causa perdida. Bridget já tentou me ensinar a engatar a marcha.

Ele sorriu.

— Eu ensino você a engatar direitinho.

— Rá. Mas falando sério. Meus pais não queriam que eu tirasse carta porque estavam convencidos de que eu ia bater o Volvo deles. E sugeriram dobrar minha mesada se eu não fizesse a prova.

Quando minha tia ficara sabendo, tivera a maior briga com minha mãe. No fim, Stacy fora de Toronto a St. Catharines para me ensinar pessoalmente a dirigir.

A expressão de Felix se tornou séria.

— Que absurdo. Qualquer pessoa que consiga transformar plantas em obras de arte é capaz de aprender a dirigir um carro manual.

Dez minutos depois, o carro saía estremecendo da propriedade. Felix me ensinou a pisar na embreagem e a engatar. Eu dava um gritinho a cada solavanco do veículo, morrendo de medo de quebrá-lo. Até que estava dirigindo em meio a campos e fazendas, que passavam rapidamente pelos dois lados.

— Talvez eu devesse ter um cachorro — falei, sorrindo.

— Quê? — Felix perguntou, confuso.

— Eu queria um quando pequena, mas meus pais não deixavam. — Eu havia amarrado uma corda de pular no pescoço da minha poodle de pelúcia e passara a arrastá-la pela casa. Coçava sua barriga, lhe dava comida invisível e molhava seu focinho em uma tigelinha com água. — Diziam que eu não era responsável o bastante. Mas também não queriam que eu tirasse carta, e olha eu aqui.

— Vamos atrás de um pet shop? Eu compro um pra você.

Dei risada.

— Acho que não vai caber na mala.

— Aprendi a dirigir antes de ter idade pra isso — Felix contou. — Convenci meu pai a me ensinar. A gente entrava e saía da garagem. Ia pra frente e pra trás, pra frente e pra trás. Com catorze anos, eu já fazia baliza.

— Por que a pressa?

— Parecia divertido. E eu queria tirar carta pra poder convidar uma menina pra sair sem a gente ter que chegar de carona com os pais. Fora as ideias que alimentava de sexo no banco de trás.

— Imagino. — Fitei-o. — E rolou?

Na época de tirar carta, Felix já devia estar com Joy.

Felix sorriu.

— Talvez algumas vezes.

— Hum... — eu fiz, mas saiu como um rosnado.

Fomos até o Point Prim Lighthouse, o farol mais antigo da ilha. Entre os muitos, *muitos* faróis que eu havia visitado ao longo dos anos, decidi que aquele se tornara o meu preferido — alto, redondo e todo branco —, e que Point Prim era um dos meus lugares preferidos da ilha — uma península com belas plantações, projetando-se sobre o mar.

— Eu poderia morar aqui — disse a Felix enquanto almoçávamos em um restaurante que ficava na costa rochosa ladeando o farol.

Ele se recostou na cadeira e me observou de um jeito que me provocou um friozinho na barriga.

— Consigo imaginar você morando aqui — Felix disse. — Esta ilha cai bem em você.

— Chloe não se importa de você passar tanto tempo comigo? — perguntei, conforme íamos à praia de caminhonete no dia seguinte.

— Hum, não. — Felix pigarreou, depois olhou na minha direção. — A gente terminou.

— Quê? Quando? Bridget não me falou nada.

— Não faz muito tempo. Chloe queria voltar pra Ottawa, e eu não queria ir junto. E nenhum de nós queria um relacionamento à distância. Ela disse que eu já não a deixava se aproximar mesmo com a gente morando no mesmo lugar. — Ele deu de ombros. — Talvez fosse verdade.

— Sinto muito. Achei que estivesse tudo bem. Não fazia ideia.

— Relaxe. Você já está lidando com bastante coisa. Deve ter sido por isso que Bridget não contou.

— Acho que sim. Carter terminou comigo faz um mês.

— Fiquei sabendo — ele pontuou, olhando para mim. — Sinto muito.

Felix começou a falar sobre como gostava da costa leste da ilha. Disse que era mais tranquila do que o litoral norte, menos urbanizada, e que as praias eram lindas. Souris era um bom lugar onde procurar cacos de vidro polidos naturalmente, e Bothwell era uma de suas praias preferidas, porém fomos a Basin Head, que tinha vestiários e uma lanchonete em uma construção de madeira perto da água.

A areia era quase branca e se estendia até onde a vista alcançava ao norte, ladeada por gramíneas ondulando ao vento e pinheiros finos. Ao sul, havia uma falésia avermelhada, coroada por sempre-vivas. Tiramos os sapatos e começamos a caminhar na direção da água. A areia fazia um barulhinho estranho sob nossos pés.

— Dizem que a areia daqui canta — Felix explicou. Movimentei os dedos dos pés para trás e para a frente, tentando criar uma melodia. Pareceu mais uma foca desafinada.

Estendemos uma manta e fizemos um piquenique com baguete, queijo cheddar, presunto, azeitonas e sidras locais feitas artesanalmente. Procurei um caco de vidro polido em meio aos tufos de algas marinhas que a água havia trazido. Como sempre, foi em vão.

— Estou começando a desconfiar que esse lance dos cacos de vidro polidos é só uma forma de enganar turistas — comentei, me sentando ao lado de Felix.

Ele sorriu.

— Quase esqueci. — Felix enfiou a mão no bolso do calção e tirou uma pedra de um branco leitoso que parecia quartzo. — Pra você. Encontrei na outra manhã. Você deve dar sorte. Fazia um século que eu não encontrava nada parecido. Ele colocou o caco de vidro polido na minha palma e continuou a falar: — Apesar de o branco não ser tão raro assim. Laranja, vermelho e azul são cores quase impossíveis de encontrar.

Meus olhos se concentraram no pequeno tesouro, e depois em Felix. Senti alguma coisa como eletricidade emanando dos olhos dele para os meus e retornando. Algo estava acontecendo entre nós, porém eu não sabia bem o quê. Já tinha visto Felix flertando, e não era o caso. Havia ternura envolvida. Doçura.

Agradeci a ele com um sorriso nervoso e depois uma risada nervosa. Então peguei o protetor solar.

Quando comecei a passar nos ombros, Felix disse:

— É melhor eu passar nas suas costas, por causa do decote do vestido.

— Tá — concordei, um pouco rouca. — Obrigada.

Eu me virei. Felix passou a trança por cima do meu ombro. À medida que suas palmas cobriam minha pele, fechei os olhos. A sensação de suas mãos em mim era tão boa que chegava a ser sacanagem. Seu toque fazia meu sangue fluir da cabeça para entre minhas pernas. Porém eu precisava ignorar o que seu corpo fazia com o meu. Não queria estragar o que tínhamos. Uma amizade hesitante que se iniciara quando ele visitara Toronto e que eu acreditava que havia crescido com cada livro que lhe enviara, com cada pacote de sementes que eu recebera.

Passamos horas deitados de bruços, movimentando os pés no ar, eu lendo uma pilha de revistas e ele com o nariz enfiado em *Amada*.

No meio da tarde, Felix se levantou, tirou a camiseta e estendeu a mão para mim. Eu não havia trazido biquíni, mas estava tão quente que segurei o vestido mais alto e entrei na água até os joelhos enquanto Felix nadava. A praia estava movimentada, mas quando ele saiu do mar eu me esqueci de todos à nossa volta. Felix caminhava na minha direção com água escorrendo por seu corpo bronzeado, o calção laranja colado a suas coxas duras. O lance de ser amigos ficaria mais fácil se ele não fosse *tão* gato. Enquanto eu olhava para Felix se aproximando, meu vestido escapou dos dedos. Ele notou o tecido lilás molhado em volta das minhas pernas, depois me encarou, e seu sorriso se alargou diante da vermelhão do meu peito.

Nós nos secamos, tomamos nossas sidras e Felix perguntou sobre minha tia. Contei tudo sobre o jardim de Stacy, meu lugar preferido no mundo quando pequena. Contei que ela era a única parente que me entendia. Contei que Bridget morria de saudade da ilha quando a conheci, e Stacy a acolheu em nossa pequena família. Contei sobre os filmes antigos. Sobre o macarrão do restaurante mais adiante na rua. Sobre os sermões regados a álcool a respeito de levar a vida de maneira plena. Sobre as idas ao teatro.

Enxuguei as lágrimas com a barra molhada do vestido, e Felix me abraçou. Ficamos assim, lado a lado, olhando para um navio à distância, e uma hora apoiei a cabeça em seu ombro.

Um dogue alemão tentava abocanhar as ondas quando Felix me perguntou, com delicadeza:

— O que aconteceu com Carter?

Soltei o ar pela boca.

— Achei que estivesse indo tudo bem, mas, depois do roubo, Carter disse que eu não me importava com ele nem de perto como me importo com a floricultura. — Hesitei quanto a contar o restante. Não queria que Felix pensasse menos de mim. — Carter disse que eu era "uma namorada meio merda" — revelei, fazendo as aspas com os dedos.

— Que cretino — Felix comentou.

— Eu sei, mas em certo sentido ele estava certo. Eu me importava mais com meu negócio do que com ele.

— Claro — Felix disse. — É parte de você. O cara não tinha noção da própria sorte.

Endireitei o corpo a fim de olhar melhor para ele. Estávamos tão próximos que achei que poderia contar seus cílios pretos. Felix pegou minha trança e a jogou por cima do meu ombro, de modo que ela escorregou para o meio das minhas costas.

— Ele não era o cara certo pra você.

Seus dedos desceram pela minha coluna, levíssimos, e minha respiração acelerou diante do toque, da maneira como me olhava, de seu desejo declarado, exposto.

— Às vezes eu me pergunto se quero mesmo encontrar o cara certo — sussurrei.

Era algo com que eu me preocupava: se não havia namorado Carter justamente porque sabia que não ia durar. Minha tia achava que eu devia me manter aberta a um relacionamento significativo, e o homem a quem eu parecia sempre retornar estava sentado bem ao meu lado. Só que ele morava a mais de mil e duzentos quilômetros de distância e parecia tão relutante a se comprometer quanto eu. Nunca ia acontecer.

— Talvez eu não seja normal — concluí.

Tudo o que Felix disse foi:

— Lucy.

Apenas meu nome. No entanto, *meu corpo todo* sentiu.

Algo havia mudado entre nós desde que eu chegara. Havia uma consciência que era impossível ignorar. Felix havia se tornado muito mais do que um caso de uma noite só, porém eu não sabia o que fazer com isso. Além de atender à necessidade que falava mais alto, mais urgente: queria sua boca, suas mãos e sua pele beijada pelo vento, queria desde o primeiro momento. Eu me sentia como uma garrafa de champanhe sacudida, pronta para estourar.

— Você não é só normal — ele disse, e o espaço entre nós encurtou. — Você é p...

Pressionei os lábios contra os dele e sussurrei:

— Quero você.

Felix sorriu contra minha boca, fechando uma das mãos em volta da minha trança.

— Também quero você.

— Que bom — eu lhe disse.

Mais.

27
VERÃO ANTERIOR

Felix estava deitado ao meu lado quando acordei, o sol banhando em dourado o seu cabelo escuro. Eu me reservei um momento para absorver a visão dele — nu, com o peito à mostra e o lençol enrolado na cintura —, então me sentei e olhei em volta. Estava no quarto de Felix. Na casa dele.

Havia espaço apenas para uma cama queen size, duas mesas de cabeceira e uma cômoda com quatro gavetas, a qual ficava sob uma janela que dava para os fundos da propriedade. Apesar do tamanho, o quarto tinha estilo, e uma paleta de cores ousada pela qual eu duvidava que ele fosse responsável. As paredes eram pintadas de um preto fosco até a altura da cintura e de marrom-claro até o teto; a roupa de cama era cinza e as almofadas eram mais para bege. Havia arandelas pretas retráteis dos dois lados da cama e um mapa vintage da Ilha do Príncipe Eduardo em uma moldura bonita pendurada a uma parede. A única coisa que não combinava perfeitamente era uma das colchas de retalhos que a avó de Felix fez, dobrada ao pé da cama.

Eu mal havia reparado no quarto quando Felix me levara até lá no dia anterior. Tínhamos ido direto da praia para lá e passamos o restante do dia e da noite sem nos soltar um do outro. Estávamos cobertos de areia, e, depois da segunda vez, Felix me mandou para o chuveiro enquanto ele trocava a roupa de cama rapidamente para depois se juntar a mim. Já tínhamos dormido juntos, é claro, porém agora parecia diferente. Estávamos nos descobrindo de um modo que nunca fora possível. A primeira vez foi lenta, nossas testas ficaram coladas, seus beijos pareciam confissões, e suas palavras também.

Você, ele dizia repetidamente. *Você*.

Felix, eu dizia repetidamente. *Mais*.

Meu peito doía por finalmente tê-lo de novo, e quando Felix estava se ajoelhando no chuveiro, com minhas mãos em seu cabelo, me passou pela cabeça que talvez eu estivesse me metendo em encrenca. Porém ninguém conseguiria nos parar. Fizemos barulho, fomos gananciosos e levianos. Eu me sentia como um esquilo — precisava me abastecer ao máximo de Felix para sobreviver ao inverno.

Naquele momento, fitei-o de novo. Parecia quase inocente dormindo, porém seus lábios estavam inchados, minhas coxas esfoladas devido ao atrito com sua barba.

Com o estômago roncando, saí da cama, vesti uma camiseta dele e segui para a cozinha. A casa era pequena, mas bem cuidada. As paredes externas eram revestidas de uma ardósia elegante, que Felix havia instalado ele mesmo, e havia uma lagoa de um lado e macieiras antigas e retorcidas mais atrás. Felix não tinha vizinhos até onde a vista alcançasse. Reformara o banheiro, trocara as janelas, a fornalha e as telhas. Ainda não tinha começado a cozinha. Eu sabia de tudo isso porque Felix me contara quando voltávamos da praia.

— Não é grande coisa — ele avisara, tamborilando no volante. Nervoso.

— Tenho certeza de que é ótima — eu dissera, pondo uma das mãos em sua bochecha. — Mas você pode me mostrar tudo *depois*.

Antes mesmo de chegar à porta, já estávamos tirando a roupa.

Coloquei uma fatia de pão na torradeira enquanto avaliava uma fotografia na geladeira, de Felix e Zach na soleira de um dos chalés. O braço de Zach sobre os ombros de Felix, ambos com um sorriso largo no rosto. Fui até a sala de estar. As paredes eram verde-musgo, os sofás, de couro caramelo. Havia uma lareira de ferro fundido bem fofa no canto. Eu me perguntei se quem decorara tudo fora Chloe, ou mesmo Joy. Sabia que ela havia ajudado com Salt Cottages, sabia que os dois eram amigos, mas fiquei surpresa com as sensações que a ideia me provocava. Desconforto, inquietação.

A estante, apesar de grande, não podia abrigar todos os livros de Felix — havia pilhas ordenadas deles em todas as superfícies. Peguei um exemplar de *Dentes brancos* de uma mesinha lateral de teca e o folheei. Felix havia escrito nas margens e grifado suas passagens preferidas com caneta preta.

Ouvi o barulho do pão pulando, porém meu olhar permaneceu na estante. Estavam todos ali. *Vasto mar de sargaços*, *Felix After the Rain*, *Grandes esperanças*, o livrinho sobre como se tornar um magnata da hotelaria. Os dez volumes que eu havia lhe enviado, enfileirados. Em uma prateleira separada, exibidos como tesouros entre suportes de metal.

Passei um dedo pelas lombadas com o coração acelerado. Ali estava *A luz que perdemos*, que comprei em abril porque minha livreira preferida, Addie, disse que eu devia experimentar algo escrito neste século. Ela achava que eu ia gostar. Li o texto da contracapa e achei que Felix ia gostar também. Em maio, escolhi *Lugar feliz,* porque a ideia de Felix segurando aquele livro pink me encantava e porque eu não conseguia pensar em um lugar mais feliz do que a Ilha do Príncipe Eduardo. Peguei o exemplar de *Grandes esperanças*. Era uma edição de capa dura linda, que eu havia mandado porque me lembrava de Felix ter dito que adorava o romance. Abri-o em uma página qualquer. A frase que ele havia grifado me fez perder o ar.

> *Eu a amava contra a razão, contra a promessa, contra a paz, contra a esperança, contra a felicidade, contra todo o desencorajamento que poderia haver.*

Devolvi o livro depressa à estante, como se tivesse sido pega lendo o diário de Felix.

— Bom dia.

Eu me virei e o encontrei usando uma calça de algodão larga de cintura baixa. Nada de camiseta. O travesseiro havia deixado uma marca que corria de sua têmpora até a bochecha, desaparecendo em meio à barba. Seus olhos encontraram os meus. O que me surpreendeu não foi o ardor neles. Ou a eletricidade. Foram todos os momentos que compartilhamos, todas as coisas que eu havia notado a seu respeito, que admirava nele.

Eu guardava os dez envelopes de sementes que ele me mandara na caixa de vidro com o mapa da Ilha do Príncipe Eduardo, mas também havia guardado cada detalhe que descobria sobre Felix, mesmo sem intenção. Agora estava tudo junto, em um pergaminho de lembranças capaz de se desenrolar por todo o sempre. Os olhares furtivos. Os beijos roubados. Os livros enfiados no bolso do jeans. A ambição discreta. O modo como ele tomava chá de manhã, soprando a xícara até esfriar. A velocidade com que abrira uma dúzia de ostras. Como ele manejara meu corpo na noite anterior, tal qual uma joia, tal qual fosse *seu*. A forma como ele me ouvia, com a cabeça inclinada de lado, os olhos ligeiramente estreitados. Suas palmas cheias de calos. Os músculos de suas costas se movendo sob a camiseta. Como ele ajudava a cozinhar e a limpar, e saía para comprar vinho português quando Bridget e eu ficávamos sem. Sua confiança fácil. As coisas encantadoras que saíam de sua boca.

Conheci Felix quando ele tinha vinte e três anos e estava de coração partido, tentando reconstruir sua vida. Agora, aos vinte e sete, ele era determinado, sólido, o homem mais bondoso que eu conhecia.

Fiquei olhando para ele, com dificuldade de respirar.

— Lucy — Felix disse, e eu pisquei. Ele atravessou a sala, pôs as mãos na minha cintura e encontrou meus olhos. — Parece que você viajou por um segundo.

Olhei de relance para a prateleira com os livros que eu havia lhe mandado, sentindo o aperto do pânico. Ouvi a voz da minha tia na noite em que conheceu Felix. *Essa criatura maravilhosa está louca por você.*

Mas não podia ser. Tínhamos tomado cuidado. Tínhamos mantido os sentimentos de fora. Eu *precisava* manter os sentimentos de fora. Minha tia havia morrido, e era minha obrigação proteger a floricultura. Precisava manter o foco. Não podia ter *mais*. Não naquele momento, e principalmente não com Felix. Ele morava na Ilha do Príncipe Eduardo. Eu não tinha tempo para um relacionamento, muito menos à distância. E, mesmo que tivesse, Felix era irmão de Bridget. Pensei nas lágrimas dela quando me contara que Joy havia terminado com ele, pensei na noite que minha amiga estabelecera as regras da minha primeira viagem à Ilha do Príncipe Eduardo.

Não se apaixone pelo meu irmão. Eu não suportaria perder você, Bee.

Bridget, que era quem eu mais amava no mundo. Bridget, de quem eu precisava mais do que nunca, posto que minha tia havia morrido. Bridget, por quem eu faria qualquer coisa.

Havia dois pilares na minha vida que eu precisava proteger. A floricultura e minha amizade com Bridget. Talvez eu gostasse de Felix mais do que já havia gostado de qualquer outro homem, porém ele era uma impossibilidade.

— Você — Felix disse com um sorriso preguiçoso. — Seu cabelo. — Ele o jogou para trás do meu ombro e beijou minha têmpora. Seus lábios desceram para meu pescoço e chuparam o ponto sob minha orelha. Felix gemeu. — Sua pele. Acho que nunca vou ter o bastante dela.

Eu não conseguia respirar. O que havia entre nós estava saindo do meu controle, mas e se não fosse apenas do meu?

— Lucy? — Felix voltou a olhar nos meu solhos, depois passou o polegar pela minha bochecha. — Não comemos muito ontem. Você deve estar morrendo de fome. Vou fazer torrada e bacon.

Meu café da manhã preferido.

O que foi que ele disse em Toronto? *Nunca fui do tipo sem compromisso.*

Meu coração disparou.

— Tenho que ir — falei. — Não posso ficar aqui.

— Quê? Por quê? Está tudo bem?

— Não. — Neguei com a cabeça e recorri à primeira mentira em que consegui pensar. — É o trabalho. Deu pau no sistema de pedidos on-line. Você pode me levar até o chalé? Preciso usar meu notebook.

Felix ficou me observando por um longo momento, com as sobrancelhas franzidas. Ele nunca havia me encarado com tanta intensidade, com os olhos tão escuros. Assentiu, no entanto, e, como se um interruptor tivesse sido apertado, reagiu.

— Claro. — Felix recuou um passo. — Sem problema. Eu levo você.

Se Felix percebeu que era mentira, teve a delicadeza de não o dizer. Nós nos vestimos e saímos. No curto trajeto, ele tentava olhar para mim, mas eu não conseguia fitá-lo de volta. Não podia mais ficar ao lado dele, sentindo seu cheiro, desejando Felix, me preocupando. Meus sentimentos eram como fogos de artifício dentro de mim, uma explosão de respeito, afeto e anseio. Teria aquilo se tornado algo mais para ele também?

— Vou passar o dia ocupada com isso — falei enquanto Felix estacionava. — Mas a gente se vê amanhã, tá? Podemos tomar café antes de você me levar pro aeroporto. Eu pago.

Estava quase chegando na porta quando Felix me chamou. Eu me virei e o vi junto ao carro, com minha bolsa na mão.

— Você esqueceu.

— Ah.

Ele se aproximou de mim e passou a alça no meu ombro.

— Pronto.

— Desculpe a correria.

Eu sentia que havia caído de um penhasco no mar e afundava cada vez mais, sem conseguir respirar. Porém Felix sorriu, com os olhos cintilando.

— Não precisa se desculpar, Lucy. — Ele piscou. — Eu me diverti. É assim com a gente, né?

Foi como um balde de água fria. *Diversão*. Era o que eu tinha com Felix. Nunca havia passado daquilo. Ele não havia perdido o controle. Só eu.

Obriguei-me a sorrir.

— É. Eu também. Foi divertido.

Felix beijou minha bochecha.

— Sempre é. Pego você amanhã de manhã — Felix avisou, já dentro da caminhonete, mas debruçado na janela. — E vou te cobrar o café.

Só que não foi Felix quem chegou no chalé no dia seguinte.

— Houve um imprevisto — Zach disse quando abri a porta. — Wolf não pôde vir.

28
AGORA

Cinco dias antes do casamento de Bridget

Subimos a costa, beirando a falésia. A terra à nossa direita cai abruptamente em um golfo. Moinhos brancos se erguem à distância. Vejo armadilhas para lagostas empilhadas ao lado de celeiros e dependências.

A viagem para North Cape, o ponto mais alto da porção ocidental da ilha, leva mais de uma hora, tempo demais para as pernas de Zach ficarem apertadas no banco de trás. Fico olhando pela janela conforme tento controlar meu estômago se revirando, de modo que não consigo desfrutar das belezas naturais. Bridget garante que a vista vale a pena. Vamos comer depois — mencionou-se um lugar que faz sanduíches de lagosta em Tignish.

— Tem sessenta e um faróis e torres com luz de alcance na ilha — Zach declara do banco do passageiro.

— Não faço ideia do que é luz de alcance — comento, sem paciência. Estou irritada com todo mundo. Com Bridget, por me arrastar para as províncias marítimas e me obrigar a cancelar minha reunião com Lillian. Com Felix, por beijar minha mão, por querer encontrar alguém com quem construir um futuro na ilha, pelo emoji de positivo que me mandou e pelo ano de silêncio que se seguiu. Zach, por ser espertinho demais. E comigo mesma, por ser uma idiota.

— Uma torre com luz de alcance é tipo um farol — Zach explica. — Serve pra marcar a entrada em um porto, então sempre tem duas. Tem vinte pares na ilha.

— Obrigada pela informação, Zachary — Bridget diz, e ele se vira para ela, batendo os cílios.

De tempos em tempos, Felix olha para mim pelo espelho, mas não retribuo o olhar. Eu me permiti voltar a cair na órbita dele, permiti que vencesse minhas defesas. É como no verão passado. Preciso manter distância.

Olho pela janela, respirando fundo. Meu enjoo não é só do movimento do carro.

— Tudo bem? — Felix pergunta.

— Não vou vomitar na caminhonete, se é o que quer saber.

— Me avise se isso mudar.

Zach oferece a caixa de barrinhas que Felix comprou para mim.

— Wolf é um excelente escoteiro. Viemos preparados.

Estacionamos diante de uma construção enorme que fica situada na orla da península — o Centro de Interpretação de Energia Eólica de North Cape. O nome se justifica assim que saio do carro. A saia do meu vestido esvoaça ao redor das panturrilhas, e tenho que segurar o cabelo para não cobrir o rosto à medida que passamos pelas pedras vermelhas para chegar à praia. Avisto um farol octogonal à distância, com a tinta branca desbotada. É um dia nublado. Com vento de chuva.

— Tem mais de cento e cinquenta anos — Zach conta. — Foi construído em 1865. O mais velho da ilha é o de Point Prim, um dos dois únicos faróis redondos e de tijolos do Canadá.

Point Prim. A lembrança do último mês de julho, quando Felix e eu visitamos o farol, e do dia seguinte, quando passamos horas emaranhados na cama, esquenta meu peito. Sinto que ele me observa, porém me concentro na água.

— Certo — Bridget se pronuncia, dando um tapinha no braço de Zach. — A gente entendeu. Você sabe *tudo*.

— Notou as correntes? — Zach me pergunta.

Olho para onde ele está apontando.

— Tem um recife ali. O maior da América do Norte.

— Daí a necessidade de um farol — Bridget conclui. — Dá pra andar em cima quando a maré está baixa. Mas agora... está vendo?

— Aquelas ondas? — pergunto. Elas quebram suavemente, batendo uma contra a outra, em uma linha que se estende por toda a costa. — O que é isso?

— Águas vindas de direções opostas se encontram ali — Zach diz. — Do Golfo de São Lourenço e do estreito de Northumberland.

Protejo os olhos do sol ao levar uma das mãos à testa.

— Nunca vi nada igual — observo.

Dou um passo para mais perto e distingo uma fileira de pedras no meio. Passo minutos admirando, em transe.

— É incrível — acabo dizendo. — E meio estranho. Correntes não deviam se misturar assim.

É como uma ilusão de ótica.

— Mas se misturam — Felix responde, quase no meu ouvido. — É só quando espio por cima do ombro que me dou conta de que Zach e Bridget estão caminhando pela praia. Só restamos Felix e eu. — Elas se atraem — Felix continua, com a voz baixa, os olhos fixos no meu. — Não conseguem evitar.

Meus braços se arrepiam, e por um momento não consigo desviar os olhos. Então balanço a cabeça e aponto para Zach e Bridget.

— Vou atrás deles.

Eu me viro e vou embora, enquanto Felix olha para minhas costas.

A chuva cai como uma cortina e escorre pelo para-brisa. Felix desliga o motor e ficamos os quatro dentro do carro, embaçando os vidros. A distância até a porta de Summer Wind parece muito maior do que quando não está chovendo canivete.

Bridget passou todo o caminho de volta de North Cape trocando mensagens com Miles, ao passo que Felix tentava encontrar meus olhos pelo retrovisor e Zach tentava quebrar a tensão explicando a dinâmica de poder em sua equipe de basquete em um *fantasy game*. Estou cansada dos três. Estou cansada da caminhonete. Quero ir embora da ilha.

— A chuva não vai parar por um tempo — Zach conclui, depois que ouvimos um trovão. — É melhor a gente ir correndo.

O celular de Bridget toca. O nome de Miles aparece na tela. Ela atende.

— Oi. Ligo pra você em um segundo, tá?

Fico olhando para Bridget quando ela desliga. Bridget fica olhando para mim.

— Então — digo.

— Então — ela repete.

Um raio cai à distância. Minha paciência se esgota.

— Seu casamento é em menos de cinco dias e estamos sentados dentro de uma caminhonete, no meio de uma tempestade, na Ilha do Príncipe Eduardo. — Subo meu volume de voz. — Tenho uma vida, sabia? E não é aqui.

— Eu sei — ela responde, baixo.

— Pelo amor da minha sanidade, pode, por favor, me dizer o que está acontecendo?

O rosto de Bridget está vermelho, mas não parece ser de ultraje. Parece que ela vai chorar.

— Vou mandar você de volta pra Toronto, Bee — ela diz, mexendo no celular. — Se é isso que te preocupa, posso comprar a passagem agora.

— Você sabe que não é isso.

Ela me ignora e continua concentrada na tela.

— Não tem lugar nos voos de amanhã.

Aperto a ponte do nariz. Merda.

— Pode ser na quarta de manhã.

— Ah, graças a Deus. Preciso ir embora daqui.

— Nossa — ouço Zach dizer.

— Não era isso que eu esperava da viagem — Bridget murmura.

— E *o que* você esperava? — pergunto. — Me conta, *por favor*. Estou louca pra saber.

Ela ergue o rosto. Seus olhos estão vidrados.

— Eu só queria que a gente passasse um tempo juntas.

— Podemos passar um tempo juntas em Toronto!

— Desculpe — ela diz apenas, sem retrucar. Não é a Bridget que conheço. Com um último olhar de súplica, minha amiga abre a porta do carro e sai correndo na direção da casa.

Não posso respirar o mesmo ar que ela agora. Ou o mesmo que Felix.

— Vou dar uma volta — anuncio.

Sem esperar resposta, saio para a tempestade. A chuva cai com tanta força que sinto o impacto na minha pele. A sensação é boa. É como se o clima refletisse meu humor. Em segundos, meu vestido está ensopado, a saia gruda nas minhas pernas. Minhas pernas estão salpicadas de lama vermelha. Só ouço Felix depois de chegar à praia.

— Lucy, pare.

— Me deixe em paz — retruco.

Eu me sinto como o raio que parte o céu. Como o trovão que sacode a terra. Sou uma nuvem escura prestes a explodir. Viro à esquerda e continuo andando.

Sua voz soa mais próxima:

— Está chovendo demais pra ficar na rua.

Uma dezena de passos depois, sinto sua mão no meu pulso. Quando me viro, noto a camiseta de Felix colada ao peito. Há gotas de chuva na ponta de seus cílios e de seu cabelo.

— Você está bem? Fale comigo.

— Você é a última pessoa com quem quero falar.

Ele se encolhe, mas nem lhe dou a chance de continuar falando.

— Por que está me seguindo? Por que finge se importar? Não preciso que seja legal comigo, Felix. Preciso que me deixe em paz.

Ele franze a testa de tal maneira que rugas se formam entre suas sobrancelhas.

— Por que acha que estou fingindo? Acabei de seguir você no meio de uma tempestade. — Felix aponta para a camiseta ensopada, como se fosse prova disso. — Eu me importo com você, Lucy.

— Você se importa em me comer.

É assim que sempre acaba.

— Eu me importo com *você*.

Outro raio parte o céu. Penso na mensagem que ele me mandou no mês passado.

— Ah, por favor. Sei que sou só diversão pra você. Não finja que sou mais que isso.

Ele fica olhando para mim, pressionando um lábio contra o outro.

— Isso incomoda você.

Pisco. Uma vez, duas, três. Felix dá um passo na minha direção. Fico olhando diretamente para seus olhos, presa. Quero responder, mas não confio que minha voz vá sair firme.

— Incomoda — ele repete. — Dá pra ver. Agora quero saber por quê. Pensei que a gente estivesse só se divertindo, Lucy. — Felix avalia meu rosto e dá outro passo na minha direção. — Concordamos com isso logo no início. Era o que você queria.

Enxugo a chuva dos meus olhos.

— Bom, não está mais sendo divertido pra mim.

Ele tira uma mecha de cabelo do meu rosto, e viro para não encará-lo.

— Lucy.

Ele verbaliza meu nome da maneira mais suave possível. A palavra ecoa à nossa volta, reverberando pelos campos, se espalhando com o trovão.

— Nem vem. Não fale o meu nome assim.

— Como você quer que eu o fale?

— Com honestidade. Como se eu fosse só um casinho. Como se eu fosse a pessoa pra quem você mandou aquele emoji cretino de positivo. Como se eu não significasse nada pra você.

Minha voz falha quando eu digo isso, me entregando.

— Você está chateada por causa de um emoji? — Ele reprime um sorriso, o que só me irrita mais. — Lucy — Felix repete. De um jeito esperançoso. Quase como quem está gostando.

— Assim — insisto. — Não fale o meu nome assim. Como se fosse importante. Como se eu fizesse você feliz. Como se fôssemos amigos. Sei que sou insignificante. Sei que você tem saído com outras mulheres, e tanto faz! Não estou nem aí. — Jogo as mãos para o alto, para ressaltar a mentira. — Passamos um ano sem nos falar. Não somos amigos. Eu entendo. Não somos nada.

Felix dá outro passo adiante, invadindo meu espaço, de repente muito sério.

— Amigos — ele repete. — É isso que você achava que éramos?

Com a respiração pesada, eu o encaro sem saber ao certo como interpretar o ardor repentino em seus olhos, que continuam fixos nos meus, como se a última peça do quebra-cabeça tivesse sido encaixada. Engulo em seco.

— É o que eu achava que podíamos ser.

— Lucy. — É um grunhido, uma vibração no fundo do peito. — Não quero ser seu amigo.

Minha cabeça se afasta em choque, porém as mãos dele seguram meu rosto e sua boca encontra a minha. Suas mãos descem para minha cintura e me puxam junto a si. Ele chupa meu lábio inferior, gemendo. Contra todo o bom senso, o gemido é minha perdição. Meus lábios se abrem, permitindo sua entrada. Agarro seu cabelo e o puxo para mim. O beijo se torna uma colisão urgente de línguas quentes, pele úmida e dedos frenéticos. O calor de sua boca, o *gosto* dele, dispara um arrepio pelo meu corpo. Felix se afasta só o bastante para descansar a testa na minha, de olhos fechados. Seu nariz roça no meu, seus polegares acariciam minhas bochechas.

— O que é isso? — sussurro. — O que está acontecendo agora mesmo, Felix?

— Desculpe — ele pede. — Desculpe mesmo. Achei que você soubesse. Achei que tivesse sido por isso que você foi embora do nada no ano passado. Doeu. Por isso não consegui levá-la ao aeroporto. Por isso saí com mulheres que não eram você. Estava tentando esquecer você, Lucy. Você significa tanto pra mim que não consigo nem pensar, não consigo nem respirar direito quando estamos juntos.

Ele solta o ar pelo nariz, procurando se recompor. Sinto a contenção em seu corpo, como se ele mal conseguisse se segurar. Seus olhos encontram os meus. *Ardentes.*

— Diga que você me quer pra eu poder beijá-la de novo — Felix pede. Sinto seus dedos se flexionarem na minha cintura.

— Eu quero — confirmo. — Você já sabe disso.

Ele balança a cabeça ligeiramente, com gotas pingando da testa.

— Não. Diga que você quer a *mim*. Não que quer fazer sexo comigo. Que quer a *mim*.

— Você?

— Eu.

A consciência toma conta de mim.

— Então isso não é só diversão pra você?

Felix segura minhas bochechas.

— Não, isso não é só diversão pra mim. — Seus olhos se mantêm fixos nos meus. — Sendo honesto, provavelmente já faz um tempo. No ano passado, achei que você talvez sentisse algo por mim, mas do jeito que foi embora... concluí que eu estava me iludindo. Achei que você soubesse como eu me sentia. Com todo o tempo que passamos juntos. O dia na praia, a noite na minha casa. Lucy — ele prossegue, conforme passa o polegar pelo meu maxilar. — Me diga que não estou sozinho nisso. Me diga que também sente algo.

Passo a enxergar o ano passado com outros olhos. Como Felix liberou um chalé para mim. Encheu a geladeira. Comprou o vinho de que eu gostava. Me abraçou no aeroporto. Segurou meu cabelo enquanto eu vomitava. Ficou comigo. Verificou como eu estava. E depois as horas que passamos juntos na cama. *Você*, ele repetia.

Enterrei meus sentimentos por Felix em um jardim secreto sob minha caixa torácica. Não achava que ele tinha feito o mesmo.

— Eu quero — sussurro. — Senti o mesmo no ano passado. Você não está sozinho — confirmo. — Quero *você*, Felix.

Ele enfia os dedos no meu cabelo, e um sorriso se forma em seus lábios. Felix me beija com doçura.

— Por mais de uma noite, Lucy — ele diz. — Quero você por mais de uma noite.

— Duas? — pergunto, com um sorriso.

— Mais.

— Mais — concordo. Assim que a palavra deixa meus lábios, os dele os alcançam. *Beijo*, no entanto, não seria uma palavra forte o bastante para descrever a maneira como Felix reivindica minha boca. Ele chupa e morde. Sua língua se comporta de maneira indecente. Suas mãos agarram minha bunda e me roçam contra ele.

— Você — Felix diz. — É como se tivesse sido feita pra mim.

Um trovão sacode a terra, e eu levo a mão a seu cinto.

— Mais — repito.

Essa palavra tem muitos significados.

— Aqui? — Sinto que Felix ri, porém seus dedos seguem na direção da alça do meu vestido. Então ele para e analisa ao redor. — Talvez não aqui.

Felix pega minha mão e me conduz até um ponto onde as pedras e a falésia criam um abrigo só para nós, então voltamos a nos beijar. Ensopados. Não sinto frio, no entanto. Não sei se voltarei a sentir um dia. Eu poderia sentir o gosto da chuva na língua de Felix para sempre.

Desabotoo sua calça jeans, ele desamarra os laços que prendem as alças do meu vestido. Eu o sinto duro na mão. Pesado. Grosso. Perfeito. Sua boca se move pelo meu pescoço e desce pelo meu peito. Meu sutiã é jogado na areia. Felix chupa um mamilo, depois outro, como eu gosto. Com mais força, mais força, depois usa os dentes. Ele levanta a saia do meu vestido até as coxas. Eu ajudo. Tiro a calcinha enquanto Felix procura a camisinha no bolso.

— Sempre preparado — observo, enquanto Felix apoia minha perna num braço e me segura firme, me abrindo para ele. A sensação é boa demais, o alargar lento. Maravilhosa. Arqueio as costas, erguendo o queixo para o céu. Quando ele começa a se movimentar, é demais para mim. Minha perna fraqueja.

— Não vou conseguir ficar de pé.

— Justo — ele fala, agarrando minha bunda e me tirando do chão. Solto um gritinho e enrosco as pernas em sua cintura.

— Você não vai aguentar me segurar assim.

Estamos escorregadios demais.

— Pode testar.

Eu o aperto com as pernas como se ele fosse uma daquelas bolinhas para aliviar o estresse, com medo de estar prestes a cair na areia.

— Relaxe, Lucy. Estou segurando.

— É melhor que segure mesmo — comento, me soltando. Felix ajeita a posição e depois entra tão fundo que o choque me faz puxar o ar de maneira audível. A estocada seguinte me faz fechar os olhos.

— Tudo bem?

— Tudo ótimo — consigo responder.

Recebo uma risadinha tensa em troca. Enfio o rosto em seu pescoço, segurando-o bem perto. A cada respiração em sua pele, seus dedos me apertam mais. Parece irreal, como todas as outras vezes em que ficamos juntos, porém há algo novo. Mais primitivo. Impiedoso. Demasiado. Insuficiente. Gozo rápido demais e fico um pouco irritada comigo mesma.

— Por que essa cara? — Felix pergunta, diminuindo o ritmo, me beijando com suavidade.

— Foi rápido demais — respondo.

Ele solta um gemido.

— Se importa de se sujar de areia?

Então ele se deita na praia molhada e eu monto nele, beijando-o, saboreando-o, reaprendendo cada centímetro seu. Ainda está chovendo, porém menos. A água está morna. Quando gozo de novo, Felix também goza, com a boca em uma pinta minha.

Fico deitada sobre ele, como um cobertor, sem fôlego. Felix passa uma das mãos sobre a pele arrepiada do meu braço.

— Vamos entrar. Você precisa se secar.

Ele me ajuda a me levantar, amarra as alças do meu vestido e me aconchega contra a lateral de seu corpo. Voltamos para Summer Wind. Felizes, rindo e cobertos de areia.

29
AGORA

A casa está vazia. Felix e eu chamamos Bridget, que não está no quarto, no banheiro, na cozinha ou vendo TV. Não está em lugar algum. Verifico a garagem. A caminhonete de Zach não está lá, tampouco a de Felix.

— Hum... — falo, ao entrar de volta. — Acho que ela largou a gente.

Felix está ao lado da mesa de cabeceira, ensopado. Nós nos limpamos o máximo possível, mas ainda trouxemos metade da praia conosco. Não sei se meu vestido tem salvação. Começo a rir, então vejo o papel na mão dele.

— O que é isso?

Felix me passa o papel. Tem meu nome escrito, e a caligrafia é de Bridget.

— Não li — ele avisa.

Bee,

Sei que você está chateada comigo, e sinto muito. Sei que você largou tudo para vir ficar comigo, e agradeço por isso. Comprei as passagens de volta para quarta pela manhã (eu pago). O voo sai às dez.
Vou encontrar Miles em Charlottetown. Ele chega hoje. Temos que resolver algumas coisas pessoalmente, mas prometo que explico tudo quando voltarmos amanhã.

Você é a melhor amiga do mundo. Te amo.

B

P.S.: Diga pro Wolf que peguei a caminhonete dele emprestada.

Devolvo o papel a Felix depois de ler. Seus olhos endurecem conforme descem pela página. Um músculo de seu maxilar pulsa. Quando ergue os olhos para os meus, o gelo derrete. Felix passa um braço sobre meus ombros e me puxa para si. Então leva os lábios à minha testa. A facilidade com que faz esse gesto casualmente afetuoso é um pouco impressionante.

— Espero que não se incomode de ficar preso comigo esta noite — provoco.

— Não é o pior dos mundos. — Felix volta a espiar o bilhete. — Ligamos pra ela?

— Não. Vamos deixar Bridget em paz. — Estou intrigada com o que "tudo" poderia ser, mas também esperançosa de que, se ela e Miles vão se encontrar, o casamento ainda vai acontecer. — Amo Bridget, mas esta viagem tem sido um horror.

Ele passa o polegar pelo meu lábio inferior.

— Não de cabo a rabo.

Felix mantém os olhos fixos em mim. Conheço essa expressão. Esse fogo azul.

— Banho? — ele sugere.

— Banho — confirmo.

Passamos a tarde tão juntinhos que nem sei determinar onde Felix termina e onde eu começo. Quando meu estômago ronca, ele me tira de sua antiga cama.

— Vamos sair.

Nós nos vestimos, e Felix me joga a chave do Mustang. Quase tropeço no tapete ao tentar pegá-la.

Ele recolhe a chave caída e a entrega na minha mão.

— Você dirige.

Depois de algumas estremecidas na mudança de marcha e de lembretes feitos por Felix, pego o jeito. A chuva parou, porém as nuvens permanecem temperamentais, o sol baixo e gordo entre elas. As sombras estão longas e os campos brilham dourados. O mar está escuro, cintilando de maneira promissora. Uma luz laranja e dourada banha Felix. Subimos uma colina e nos deparamos com uma vista deslumbrante das falésias e do mar. Solto o ar lentamente.

Sigo as instruções de Felix para chegar a uma barraquinha de beira de estrada que vende peixe e batata frita. Abrimos a toalha que ele trouxe, esticando-a sobre a mesa de piquenique molhada.

Ambos nos sentamos lado a lado, com as coxas se tocando, os tornozelos entrelaçados.

Sem perguntar, Felix abre sachês de ketchup e espalha sobre as minhas batatas. Gosto assim — com bolotas irregulares de ketchup, alguns punhados mais doces do que outros. É parte dos detalhes que conservamos um a respeito do outro.

Pressiono os lábios contra os seus quando Felix acaba.

— Obrigada.

— Pelo ketchup?

— Pelo ketchup.

Abro mais três sachês e despejo tudo em um montinho no canto da cesta dele, como sei que gosta.

— Não consigo acreditar que você vai embora em dois dias — Felix comenta. — Agora que ficamos juntos.

— Eu sei — digo, mas na verdade sorrio. *Agora que ficamos juntos*. Não sei o que isso é, mas já estou gostando.

— Vou pra Toronto esta semana, por causa do casamento.

— Fiquei sabendo.

— Reservei um hotel.

A pergunta fica implícita em seus olhos.

— Pode cancelar — replico. — Fique comigo.

Seu sorriso é magnífico.

— Sua cama é rosa?

— Isso importa?

— Gosto que tudo em você seja rosa.

Felix baixa os olhos para minha boca.

— Você faz isso parecer safadeza.

— Talvez seja.

— Bom, a cama é branca. A parede é rosa-clara.

— Perfeito.

— Felix Clark em meio aos postes de iluminação, ao trânsito e aos arranha-céus. Você foi feito pra Costa Leste, mas gosto de pensar em você na cidade.

Ele faz "hum", depois usa o polegar para limpar um pouco de ketchup do canto da minha boca.

— Fui feito pra muitas coisas.

Vou sentir falta deste lugar. Vou sentir falta deste cara.

No caminho de volta para Summer Wind, paramos no mercado e Felix compra ostras de sobremesa.

— Você não enjoa? — ele indaga, depois que como a oitava. Estamos juntinhos no sofá do deque. Tem velas de citronela em potes de vidro espalhadas.

Espremo uma cunha de limão sobre a nona.

— Nunca.

— Você ainda come como se não fosse daqui — Felix comenta, com carinho.

— Não sou daqui.

— Mas já veio tantas vezes. É praticamente uma moradora local.

— Acho que o regulamento da ilha estipula que é preciso passar pelo menos três invernos aqui antes de reivindicar cidadania.

Felix sorri.

— Cinco, na verdade. Gosto de ostras, mas não é minha comida preferida.

Minha cabeça recua em choque e meus olhos se arregalam.

— Oi? Acho que você nem pode falar uma coisa dessas. Não vão te deixar competir no ano que vem.

— Prefiro comida cozida. Sou mais do tipo peixe e batata frita.

— Considero isso extremamente ofensivo, quase escandaloso. Não surpreende você ter demorado tanto para se revelar.

Felix ri, depois prepara uma ostra para si mesmo com um pouco de molho de pimenta.

— Ainda temos muito a aprender um sobre o outro.

— Hum... Verdade. Coisas importantes. Sua cor preferida, por exemplo.

— Rosa.

— Essa é a *minha* cor preferida.

— A minha também — Felix garante. — Rosa que nem sua mala. Rosa que nem seus lábios. Rosa que nem aquele vestido listrado de botão e as fivelas da sua sandália. Rosa que nem o laço da sua camisola. Rosa-Lucy.

Não parece que ele está brincando.

— Rosa-Lucy. Você... — Balanço a cabeça. — Você *gosta* de mim.

— Gosto.

Respiro fundo.

— Vou levar um tempo pra me acostumar com isso. Parece...
— Um sonho?
— Ou uma fantasia explícita.
 Ele ri.
— Qual é seu número preferido? — pergunto.
— Ah, as perguntas difíceis. Seis.
— Por quê?
— Quando fiz seis anos, anunciei que era meu número preferido e meu pai disse que, quando eu fizesse sete, sete seria meu número preferido. Então decidi que nunca ia abandonar o seis.
— Que comprometido. O meu é treze. Sinto uma necessidade de ser amorosa com ele.
— Que generosa. A sua cara.
— Nome do meio?
— Edgar.
— Felix Edgar Clark — repito. — Posso trabalhar com isso.
— E o seu?
— Beth. Não é tão excitante quanto Edgar.
— Lucy Beth Ashby. — Ele arqueia uma sobrancelha. — *Muito* excitante.
— Rá. Se pudesse ir a qualquer lugar no mundo, aonde iria? Só vale um.
 Felix contempla a água.
— Austrália. Miles fala tanto a respeito de lá que eu gostaria de testemunhar com meus próprios olhos — responde, com uma voz mais suave. Quando seus olhos retornam aos meus, parecem... Não sei bem. Tristes? Hesitantes?
— É um voo bem longo — comento.
— É mesmo. Talvez você possa me fazer companhia. Podemos ir juntos um dia, visitar uma praia diferente, dessa vez no Pacífico.
— Um dia... — Gosto disso, da ideia de um futuro que inclua Felix. — Posso perguntar algo mais pessoal?
 Ele me olha com atenção.
— Pode.
— Ouvi a versão de Bridget do seu término com Joy, mas não o seu lado. E fico curiosa.
 Ele coloca uma ostra na boca e mastiga devagar.

— Tem algo específico que você queira saber? — ele pergunta depois de um minuto.

— Qualquer coisa que você não se importe de compartilhar comigo.

— Você provavelmente sabe a maior parte da história. — Ele coça a nuca. Sinto sua relutância, sinto que a ferida não cicatrizou por completo. — Eu tinha quinze anos quando começamos a namorar, Joy tinha dezesseis. Mas a gente se conhece quase a vida toda. Quando eu tinha doze, já era louco por ela. O jeito como jogava hóquei... — Ele deixa a frase morrer no ar e balança a cabeça, como se continuasse maravilhado. Depois prossegue: — De certa maneira, acho que esse era o problema. Quando Joy e eu começamos a namorar, a coisa ficou séria bem rápido. Progrediu de um jeito que pareceu mais algo inevitável do que uma escolha. Seguimos o caminho que achávamos que se esperava que seguíssemos. Ela foi fazer faculdade fora, e eu fiquei aqui. Sempre nos visitávamos aos fins de semana se fosse possível, e perdemos um monte de outras coisas por isso. Não estou dizendo que não era amor. Porque era. — Felix dá de ombros. — Mas crescemos.

— E o término foi difícil.

— Mais do que difícil. Meus pais estavam presentes quando pedi Joy em casamento. Os dela também. Os quatro organizaram uma festança pra todos os nossos amigos e parentes, e eu me ajoelhei na frente de todo mundo. Joy chorou. Achei que fossem lágrimas de alegria. Ela disse sim, mas terminou comigo logo depois. Foi um choque... e muito doloroso.

Ele parece perdido na lembrança, na dor que persiste.

— Sinto muito.

Felix leva uma das mãos ao meu joelho.

— Tudo bem. Acabou. Joy está com alguém, e... — Ele me dá um beijo. — Talvez eu também esteja.

A frase fica no ar.

Talvez. Talvez possa funcionar.

— O que é que você está procurando? — pergunto. — Nisso. Na gente.

Felix deixa o prato de lado, tira o meu das minhas mãos e o coloca na mesinha. Então se inclina na minha direção e segura minha cabeça nas mãos.

Um beijo.

— Isso.

Depois outro.

— Mas não só isso?

Ele balança a cabeça em um sinal de negação e leva a boca ao meu ouvido.

— Não. Mais do que isso.

Inclino a cabeça de lado enquanto seus lábios encontram meu peito.

— Acho que preciso ir devagar — pondero. E definitivamente preciso contar a Bridget. — Não sou boa nisso. Não sou boa em *mais*.

Felix levanta a cabeça e seus olhos encontram os meus. Firmes.

— Eu sou.

Passamos o restante da noite no sofá da sala de TV, debaixo de uma manta. Estou com um moletom preto de Felix, com capuz e cordão branco, minha calcinha mais bonita, meias e nada mais. Ele usa agasalho. Sou viciada em Felix de agasalho. Sou viciada em Felix como quer que ele esteja.

Ele colocou *The Great British Baking Show* para passar, mas não estamos vendo de verdade. Ficamos sorrindo um para o outro, nos beijando, entrelaçando nossos dedos.

Parece que estamos brincando, testando como seria um relacionamento, mas me sinto super em casa. Totalmente confortável.

É como já houvéssemos tido milhares de noites assim.

Levo a manta até o nariz e respiro fundo. Quero me lembrar de tudo deste momento.

— Qual é o seu lance com essas mantas?

— Ah. Adoro essas mantas. A lã é tão macia. A cor... — Aquela era amarelo-limão. — Adoro o cheiro delas.

— São feitas na ilha — Felix explica, apontando para a etiqueta que diz Macausland's. — Em Bloomfield. Posso levar você lá amanhã, se quiser.

— Eu quero. É sério?

— Claro. Nunca vi ninguém tão empolgada com uma manta.

— Vou precisar que você role nela pra pegar bem o seu cheiro.

Ele dá risada.

— Como é que é?

— Estou viciada nele — respondo. — Poderia engarrafar e vender por uma fortuna.

— Você é uma mulher esquisita, mas vou adorar rolar na sua manta.

— Boa.

Nós nos beijamos, sussurramos, ficamos de mãos dadas.

— Não consigo decidir se gosto mais de você com ou sem barba — reflito, estreitando um olho. — Você fica quase bonito demais assim. — Felix sorri, e eu toco sua covinha. — Mas talvez a barba destaque mais seus olhos.

— São meu principal atrativo.

— Eles são letais. — Solto um suspiro exagerado. — Um verdadeiro enigma.

— Me avise quando resolver. Estou testando a cara limpa pro casamento. Queria ter tempo pra barba crescer se não desse certo.

— Não sabia que você era assim vaidoso, Felix Clark.

— Bom, eu ia ver *você*. — Ele me puxa, me coloca montada em seu colo e aperta minhas coxas. — Queria estar no meu melhor.

— Comprei um vestido bem sexy, com uma fenda até bem em cima na perna, mas com decote bem fechado. — Aponto acima das clavículas. — Não queria que visse...

Ele termina minha frase:

— Você ficando vermelha?

Sinto o peito esquentar.

— É.

— Você está ficando vermelha agora, não está?

Ele enfia a mão por baixo do meu moletom. Seus dedos sobem pela minha barriga.

— Não.

Sinto um dedinho roçar no meu mamilo.

Felix espalma a mão sobre meu esterno.

— Dá pra sentir sua pele quente. E seu coração batendo rápido.

— Você está imaginando coisas — replico, enquanto a vermelhidão se espalha sob seus dedos.

— É mesmo? — Felix arqueia uma sobrancelha. — Então levante os braços.

Fico parada por um momento, depois ergo as mãos acima da cabeça. Devagar, Felix tira meu moletom, puxando o ar entre os dentes. Fico olhando enquanto ele me absorve, primeiro com os olhos, depois com as mãos, seguindo a vermelhidão com os dedos.

Abaixo a cabeça para poder beijar sua bochecha, sua boca, seu pescoço. Quando puxo seu colarinho de lado a fim de provar sua pele, ele solta um gemido baixo. Então estendo a mão para a bainha de seu agasalho.

— Já mostrei pra você.

Quando consigo tirar seu moletom, desço de seu colo e o puxo comigo. Deito de costas, querendo sentir seu peito nu contra o meu. Adoro como ele fica duro onde fico mole. Felix passa a mão por minhas pintas, beija a concavidade na base da minha garganta, depois seus olhos encontram os meus e ele se posiciona entre minhas coxas. Muito embora ele ainda esteja de calça, e muito embora eu ainda esteja sensível em virtude do sexo na praia e do sexo no chuveiro, a maneira como pressiona o corpo contra o meu— todo o seu corpo contra todo o meu — me faz latejar.

— Quero deixar algo claro — ele anuncia, movimentando os quadris contra os meus enquanto minhas pálpebras tremem, fechadas.

— Hum?

— Olhe pra mim, Lucy.

Meus olhos encontram os seus.

— Você e eu... somos muito bons nisso, mas somos mais do que isso.

— Tá — sussurro.

Ele acaricia meu peito com o polegar, depois meu lábio inferior.

— Posso ir tão devagar quanto você quiser.

Felix me beija uma vez, roça o nariz contra o meu.

— Obrigada — digo. Enrosco minhas pernas nas suas e lhe dou um beijo demorado. — Mas, no momento, não estou interessada em ir devagar.

30
AGORA

Quatro dias antes do casamento de Bridget

Nada de alarme às quatro e meia da manhã. Nada de sair discretamente. Só eu e Felix em um quarto, salpicados pela alvorada. Seu corpo envolve o meu, nu. Lembranças da noite de ontem retornam quando ele dá um beijo de bom-dia no meu ombro.

Sua língua na minha. Palmas na carne. Suas mãos na minha cintura.

Esperei tanto por isso.

Parece certo pra caralho.

Músculos tremem. Olhos se encontram. Êxtase. Alívio.

— Fique aqui — Felix pede. — Sem pressa. Não temos nada pra fazer. Nem aonde ir.

Pego no sono de novo. Quando acordo, ele não está. Saio da cama e visto a camisola. Sinto músculos abdominais que achei que só fossem trabalhados com o apoio de um personal trainer. Minhas coxas doem. A cabeça e os quadris de Felix ficaram entre elas inúmeras vezes ontem.

Eu o encontro na cozinha, cortando morangos. Tem um vaso branco vazio e um maço de flores na bancada.

— O que é isto?

— Bom dia pra você também.

Felix leva um morango à minha boca, e eu a abro. Sinto o sabor da fruta, a explosão de verão, depois de seu dedo.

— Lucy. — Ele morde o lábio. Estou pensando em como ficar de joelhos logo cedo parece uma excelente maneira de começar o dia quando Felix diz: — Mais tarde. Trouxe estas flores pra você. Peguei do jardim da minha mãe, e elas vão precisar de água.

Solto o dedo dele e contemplo delfínios, bocas-de-leão, ervilhas-de-cheiro e margaridas.

— Sua mãe não ia gostar disso — pontuo. O amor pela jardinagem é algo que me une a Christine. Eu a ajudei a replantar as peônias no feriado de Ação de Graças de três anos atrás. No entanto, sei que ela prefere as flores do lado de fora, e não na mesa.

— Minha mãe me mataria se eu colocasse as flores dela em um vaso. Mas sabendo que foi você? Ela adoraria.

— Sério?

— Sério. — Ele beija minha têmpora. — Tenho uma ideia.

Uma frase típica de um Clark.

— Xi.

O canto esquerdo de seus lábios se ergue.

— Pensei que a gente podia fazer o jantar pra Bridget e Miles. Tenho a sensação de que tudo vai ficar bem entre eles, e então poderemos contar sobre a gente. Brindar ao futuro.

— Você — digo, beijando Felix — tem muita consideração pelos outros. Eu nem lembrava mais de Bridget e Miles. Ou do restante do mundo. — Mas o mundo existe, sim, Felix e eu vamos ficar juntos nele. Vamos contar tudo a Bridget. Chega de segredos. É difícil imaginar como as coisas mudarão.

Volto a olhar para as flores.

— Obrigada por isso.

Felix afasta meu cabelo para o lado e beija meu pescoço.

— De nada. Vou fazer bacon e torradas.

— Claro que sim.

Ele sorri.

— Como assim?

— É meu café da manhã preferido.

— Eu sei.

— Porque você é perfeito.

— Não sou, não.

Começo a jogar o cabelo para trás, para tirá-lo do rosto, então Felix me pede para virar. Fico de frente para o armário da cozinha e de costas para ele. Seus dedos roçam minha coluna quando Felix pega meu cabelo nas mãos. Sinto um leve puxão.

— O que está fazendo?

— Ajudando.

Mais puxões. Ele está trançando meu cabelo.

— Como você aprendeu a fazer isso?

— Treinei com Barbies.

— Barbies?

— É. Cresci com uma irmã mais velha bem mandona.

Depois de um último puxão, sinto seus dedos no meu pulso, tirando o elástico de cabelo que deixei ali.

— Melhor assim — ele diz, me dando um beijo na bochecha, depois acena com a cabeça na direção das flores. — Agora mãos à obra.

Enquanto Felix prepara o café, aparo os talos das flores. Enquanto ele cozinha, encho o vaso. Só que Felix trouxe tantas flores que preciso de mais vasos de Christine. Monto seis arranjos antes de o café da manhã ficar pronto. Adoro a sensação da tesoura na mão, a satisfação de cortar cada talo no tamanho certo apenas de olho, compondo os arranjos de modo que fiquem exatamente como quero. Indômitos e fluidos, pendendo do bocal dos vasos como se não houvesse maneira de contê-los. Mas eu os contenho. São minhas tintas em pastel, e eu sou a ilustradora. São minha argila, e eu sou a escultora.

Estou aqui, e em nenhum outro lugar. Apenas eu, minhas mãos e as flores que Felix escolheu para mim. Não preciso agradar a nenhuma noiva. Não preciso impressionar nenhum cliente. Não preciso correr para terminar antes que a van da entrega chegue.

É isso que eu amo. Criar. Moldar. Construir.

Pela primeira vez em muito tempo, eu me perco ao imaginar um jardim de flores só meu, como fazia antes, no bonde, na ida e na volta do trabalho, desenhando no meu caderninho.

Quando termino, posiciono os arranjos na mesa, deixando o maior no meio e os outros em volta. Não chega nem perto de ser minha produção mais elaborada, porém talvez seja a mais bonita. Olho para Felix, que está debruçado sobre a frigideira com o bacon chiando, e penso: *Mais. Felix.*

— A que horas chega seu voo na sexta?

Por trás, eu abraço sua cintura, enterro o rosto em suas costas e inspiro profundamente, sentindo seu cheiro.

— Onze e pouco — ele responde. — Tudo bem aí?

— Acho que não existo sem esse cheiro.

— Lucy. — Felix se vira para beijar minha têmpora. — As coisas que saem da sua boca...

— As coisas que entram na minha boca — retruco, fechando os dentes no lóbulo de sua orelha.

Felix dá risada, depois grunhe.

— Sossegue — ele diz. — Estou tentando alimentar você.

Minha mão desce por seu corpo.

— Lucy.

Ele vira a cabeça e me fita por cima do ombro. Minha mão desce ainda mais.

Felix apaga o chama do fogão. Vira-se para mim, segurando com firmeza a minha cintura, e me puxa para mais perto. Meus braços o envolvem.

— Fantasiei com isso — ele admite, conforme as palmas de sua mão sobem pelas minhas costas. — Você e eu, juntos na cozinha.

Afasto um cacho rebelde de sua testa.

— Cozinhando?

— Cozinhando. Nos beijando. Trepando na mesa.

— Gosto das histórias sexy que você conta — comento. — É um lance da Costa Leste, tipo uma canção de trabalho de marinheiros?

— Claro. A gente sempre tem uma canção safada na manga. — Ele leva os lábios ao meu ouvido. — Mas, na minha versão, não estamos na cozinha dos meus pais.

— Justo. Vamos tomar café, então.

Comemos no deque, com o prato sobre as pernas. Ele fica na poltrona e eu, no sofá. O xarope de bordo é de boa qualidade. A torrada parece mais gostosa quando é Felix quem a prepara. Um quadradinho da manteiga da Cows Creamery derrete sobre ela. O sol está tão claro que o rosto de Felix fica no escuro. Só consigo distinguir sua silhueta gloriosa. Não vejo o que seus olhos dizem. Nem preciso, no entanto. Agora sei.

É um dia lindo. Céu azul. Grama verde. Falésias vermelhas. Pássaros. Brisa. Tem uma raposa atravessando o campo, sem se importar com nossa presença.

Amo este lugar.

Falei com Farah mais cedo para saber se tudo havia corrido bem no leilão de flores e mandei uma mensagem a Bridget perguntando quando ela e Miles vão chegar, mas não obtive resposta. A perspectiva de contar sobre Felix e eu me deixa nervosa, mais ainda agora que existe a possibilidade de um "nós". *Quero* que haja um "nós". Mas também sinto que carrego um fardo pesado há cinco anos, e é hora de me livrar dele. Quero falar com minha melhor amiga sobre o cara de quem gosto.

— Como isso vai funcionar? — pergunto quando terminamos a refeição. Imagino que Bridget vá pirar. Espero que não desista de mim. Se não desistir, ela vai querer saber o que estamos planejando.

Felix arqueia uma sobrancelha.

— Você e eu — esclareço.

Ele levanta parecendo um gato e vem se sentar ao meu lado, depois coloca meus pés sobre suas coxas e massageia minha sola esquerda com os polegares.

— Como quer que funcione?

— Não sei. Sua irmã vai perguntar. Acho melhor termos uma resposta pronta.

— Bom, pra começar — Felix diz —, sei que você e Bridget são superpróximas, mas você não precisa dar uma resposta a ela, se não quiser.

Pondero a respeito.

— Mas você quer dar uma resposta — Felix conclui, me avaliando.

Confirmo com a cabeça.

— Pode ser meio vaga.

— Tá.

— Quero saber se você vai continuar saindo com outras pessoas.

— Você vai continuar saindo com outras pessoas?

Mordo a parte interna da bochecha.

— Em que está pensando, Lucy?

— Estou tentando decidir quão honesta devo ser.

— Completamente honesta — ele responde. — Eu aguento.

Fico olhando para seus dedos massagearem o arco do meu pé.

— Faz bastante tempo que não saio com ninguém.

Seus olhos se inflamam.

— Defina "bastante tempo".

— Não saí com ninguém no ano passado. Mas não sou você — me apresso a dizer.

— Lucy, só pra registrar, saí com duas mulheres no ano passado porque estava tentando superar você. — Ele me olha de um jeito significativo. — Ninguém chega aos seus pés.

— Mas vamos dizer que você conheça uma pessoa e se interesse por ela.

— Por que entrar nisso? Não estou interessado em outras pessoas.

Sorrio.

— Nem eu.

— Então tá — ele diz, com um apertão no meu pé. — Nossas regras estão desatualizadas. Essa pode ser a primeira: só você e eu.

— E o que a gente diz pro pessoal?

— Que estamos juntos e precisamos de espaço enquanto descobrimos o que isso é.

Parece radical.

— Você é ótimo — elogio, cutucando a covinha em seu queixo. — Queria ser que nem você.

— Já temos alguém como eu. Precisamos de alguém exatamente como você.

Eu o observo.

— Você existe mesmo?

Felix baixa os olhos para o próprio corpo.

— Acho que sim. — Ele apalpa o peito. — Pareço existir.

— Sua aparência e as coisas que você diz são coisa de outro mundo, Felix Clark.

— Posso mostrar para você como eu existo.

— Aqui?

Seus olhos se acendem.

— E agora.

— Uau, que safado.

— Muito.

— Mas você também é o homem mais atencioso, confiável e ridiculamente bonito que já conheci.

Seus lábios se contraem de leve.

— Ridiculamente bonito?

— É — confirmo, cutucando-o com os dedos dos pés. — É um absurdo. Foi o que pensei na nossa primeira noite juntos.

Os cantos de sua boca se contorcem.

— Vou mostrar o absurdo pra você.

— Quero só ver.

Felix se ergue e me leva consigo. Tira minha roupa com cuidado, como se eu fosse um presente lindamente embrulhado. Joga minha trança para trás do ombro, depois desamarra o laço no meu pescoço, com os olhos nos meus. Esse olhar… tem um efeito direto entre minhas pernas. Ele abre um a um os botões da parte de cima e tira meus braços das mangas. A camisola cai no piso de madeira. Fico nua sob o sol. Há casas à distância, empoleiradas nas falésias, mas contamos com privacidade, a menos que alguém esteja usando binóculos.

Quando faço menção de tirar sua camiseta, Felix balança a cabeça, negando.

— Deite-se, Lucy.

No meio da manhã, vamos até a praia. Felix leva uma manta velha, que a família reserva para esticar na areia, e descansamos nossos corpos cansados pelo sexo.

Não quero voltar ao trabalho. Nunca senti isso tanto quanto neste exato momento. Quero montar os arranjos, mas o restante — as reuniões, os e-mails intermináveis, as contratações que serão necessárias… minha vontade é deixar tudo isso para trás. Eu não havia percebido até agora, mas estou esgotada.

Felix e eu estamos deitados um de frente para o outro. Seus dedos deslizam pelo me braço.

— Me conte sobre as suas falhas — eu o incentivo. — Você deve ter alguma.

— Tenho muitas.

— Tipo?

— Nem sempre lido bem com minhas emoções. Às vezes é demais pra mim, e parece mais fácil trancar tudo, fingir que não estou sentindo nada. — Ele fica em silêncio por um momento. — Não sou um grande fã de riscos.

— Que tipo de riscos?

— De qualquer tipo. De todos os tipos. Já me machuquei no passado, como você sabe. Reconstruí minha vida uma vez. Não posso fazer isso de novo. Por isso, preciso acertar de primeira. E gosto de ir devagar.

— Essa pode ser nossa segunda regra — sugiro. — Ir devagar.

Felix me beija uma vez, suavemente.

— Tenho uma ideia.

— Xi.

— É sobre como isso pode funcionar. Mudamos de assunto mais cedo. É simples. Quer ouvir?

— Claro.

— Vou pra Toronto pro casamento. Vamos ter quatro noites juntos. Você já passou bastante tempo no meu mundo. Quero passar mais tempo no seu.

— Sério? Mas você odeia o ambiente urbano.

— Não odeio — ele explica. — Quero conhecer seu apartamento. Quero ver onde você guarda as sementes que enviei.

— Em uma caixa de vidro na minha escrivaninha, no quarto que era da sua irmã.

— Quero ver essa caixa na sua escrivaninha. Quero ver você fazendo arranjos e depois ir a um bar de vinhos. Em vez de se despedir ao fim da noite, a gente volta pro seu apartamento e acorda juntos pela manhã. Quero ver que tipo de cafeteira você tem.

— Você quer ver minha cafeteira? — pergunto, rindo.

— Isso. Quero ser capaz de visualizar exatamente onde você está quando não estamos juntos.

— Vou te mostrar meu caderninho. Com minhas ideias pra fazenda.

— É a primeira coisa que quero ver.

— Gostei do plano.

— Ótimo. Então vou pra Toronto pro casamento, depois começamos a economizar pra conseguir visitar um ao outro. Você vem em setembro. Eu vou em outubro.

— Mas adoro a ilha em outubro. Não posso perder o banquete de Ação de Graças dos Clark.

A covinha retorna.

— Então eu vou pra Toronto em setembro. E você vem em outubro. Meus pais vão adorar receber você.

Talvez funcione. Podemos trocar mensagens, falar por telefone, mandar nudes de bom gosto. Mandar nudes de mau gosto.

— A gente vai se ver uma vez por mês?

— Se tivermos dinheiro... se não, o máximo possível. O voo é curto. Você me traz um livro. Eu levo sementes para você. Passamos alguns dias juntos, sem ver outras pessoas.

— O que vai dizer aos seus pais?

— O que eu *deveria* dizer a eles?

Tiro um cacho da frente de sua testa.

— Que estamos namorando.

Ele sorri.

— Namorando.

Sorrio de volta.

— Namorando.

— Acho que você deveria estar presente quando eu contar. Quero que veja a cara da minha mãe.

— Por quê?

Felix parece surpreso.

— Você não sabe? Christine Clark é a presidente do seu fã-clube.

Beijo a orelha dele.

— Hum. Acho que talvez eu soubesse. Ela me mandou uma faca uma vez.

Chegou depois da minha primeira visita. Uma Henckel enorme. *Use*, o cartão dizia. Achei estranho, porque Bridget já tinha uma, mas imagino que Christine soubesse que não moraríamos juntas pelo resto da vida.

— Eu sei — ele diz. — Você já tirou da capa?

— Não.

Felix ri.

— Acho que ela decorou o quarto de hóspedes só pra você.

— Não.

— É só um palpite.

— Meus pais não são como os seus. Talvez não se animem muito. — Ele é irmão de Bridget e mora longe... — Vão ter suas dúvidas.

— Vou arrumar o cabelo quando for conhecer seus pais.

— Rá.

— Isso incomodaria você, a possibilidade de eles terem dúvidas?

— É péssimo eu dizer que sim? Queria que meus pais enxergassem como você é incrível. Mas eles não são do tipo que incentiva. Gostam de segurança, e acho que isso vai parecer arriscado.

Felix olha bem nos meus olhos.

— Seus pais não querem que você se machuque.

— Não, nunca. De um jeito exagerado.

— Porque você é o bebê deles.

Meus pais demoraram anos para manter uma gravidez depois do nascimento de Lyle. Foi minha tia que me contou que houve mais de um aborto espontâneo e, quando meu irmão começou a patinar no gelo, aos três anos, eles despejaram todo o sofrimento e todo o seu amor no hóquei. Fui uma surpresa, e eles me trataram como se eu fosse feita de vidro.

— Com certeza. Eles ainda me chamam de "gansa". — Quando eu era pequena, estava sempre caindo, aprontando e quebrando objetos. Então virei Lucy, a gansa. — Diferentemente de você, não gosto do meu apelido.

Felix passou os dedos pelo meu ombro e depois retornou ao meu pulso.

— Já pensou em dizer isso a seus pais?

— Minha tia achava que eu deveria. Mas não quero ofender os dois, sabe? Minha mãe é sensível e se fecha quando se chateia. Ela pode ser um pouco fria.

Felix pensa a respeito.

— E seu irmão, como é? Ele é mais velho, né?

— É. Acho que Lyle nem sabia que eu existia quando éramos pequenos. Mas agora nos damos bem. Fiz as flores do casamento dele. — Faz dois anos que meu irmão e Nathan se casaram. — Ele mora em St. Catharines, mas jantamos sempre que ele vai a Toronto. Acho que vocês se dariam bem também. Lyle é capaz de passar horas falando de hóquei, e Nathan é fofo.

— Fico feliz de ter conhecido sua tia — Felix declara após um momento. — Mesmo que brevemente.

— Eu também.

— Ela era irmã da sua mãe?

— Isso.

— As duas são parecidas?

— Nossa, não. Antes de minha tia ficar doente, eu achava que elas se odiavam.

Felix fica em silêncio por um momento. Seus dedos, que vinham subindo e descendo pelo meu braço, param no meu cotovelo. Está esperando que eu prossiga.

— Stacy e minha mãe nunca foram amigas como algumas irmãs costumam ser, e nunca entendi o motivo. Quando minha tia ficou doente, ouvi as duas conversando e... — Respiro fundo, pensando no que Stacy me contou depois que minha mãe foi embora naquele dia no hospital. — Minha tia não era muito fã do meu pai quando ele e minha mãe começaram a namorar. Não achava que tinham química, e torcia pra minha mãe se dar conta de que não daria certo. Ela achava meu pai sem graça, que ele não a fazia rir. Ela não se pronunciou, mas aí, um dia antes do casamento, despejou tudo em cima da minha mãe.

— Foi uma hora ruim — Felix comentou.

— Exatamente. Sempre me perguntei por que a relação das duas era tão tensa, e agora sei. Meu pai sabia que Stacy havia questionado o casamento, o que só piorou a situação.

Uma nuvem passa, bloqueando o sol. Eu me perco no rosto de Félix. As rugas que se aprofundaram. A sobrancelha se arqueando. O pontinho cor de avelã em um dos olhos.

— Minha mãe visitava bastante minha tia quando ela estava no hospital. Nunca ouvi as duas rindo tanto na vida.

— Acha que sua mãe a perdoou? — Felix me pergunta.

— Acho. No fim. Mas as duas permitiram que essa coisinha ficasse entre elas e perderam muito tempo. Foi tarde demais.

31
AGORA

Com o Mustang, Felix e eu vamos e voltamos de Bloomfield, com as janelas abertas, só para eu comprar uma manta de lã cor-de-rosa. No total, dá mais de duas horas, mas gosto de ficar junto dele. Sua mão no câmbio, o vento fazendo seu cabelo esvoaçar. Gosto de Felix. E ele gosta de mim. A sensação é recente, e sinto que nunca vai envelhecer.

Quando voltamos para a casa, é fim de tarde. Felix me coloca de *sous chef*, e eu descarto a palha das espigas de milho enquanto ele lava as batatas. Não conversamos muito, mas o modo como nos viramos juntos na cozinha equivale a uma conversa. Uma dança. Uma música. Cuja letra diz: *Funcionamos juntos*.

Bridget vai chegar a qualquer minuto. Com sorte, acompanhada de Miles.

Franzo a testa quando Felix me passa um tomate e uma faca enorme. Felix sabe que prefiro que ele corte.

— Você precisa treinar — Felix incentiva, com os olhos suaves e brilhantes. Acabo pegando a faca e cortando os tomates. O que eu não faria por esses olhos?

Sem que Felix peça, tempero os tomates do mesmo jeito que ele faz, dispondo as rodelas em uma travessa, regando com azeite e salpicando sal marinho. Arranco folhas de manjericão da horta de Christine, rasgo-as e as jogo por cima. Mostro a travessa para Felix, com um sorriso convencido no rosto. Ele exibe uma cara estranha.

— Que foi?

Felix pisca.

— Você é gostosa pra caralho. Essa é a travessa de tomates mais sexy que já vi.

Ele pega meu rosto nas mãos e esmaga meus lábios com os seus.

— As palavras que saem da sua boca — digo, rindo.

Pico endro para a salada de batata. Felix fica ao meu lado, misturando a marinada para a carne.

Assim que ponho a mesa, a porta da frente da casa se abre.

— Aí estão vocês — digo a Bridget quando ela entra na cozinha. Tenho um sorriso no rosto porque Miles está ao seu lado, segurando sua mão.

Ele é um homem bonito. Alto. Com o cabelo escuro sempre bem penteado. Elegante e educado, porém não tão reservado quanto parece. Seu sorriso é largo. Sua cintura é estreita. Miles parece alguém capaz de nadar um quilômetro e meio, embora não seja muito confiante na água. Bridget está tentando ajudá-lo com isso.

— O futuro sr. Bridget Clark — digo a Miles, então percebo que sua cara está meio estranha.

— Oi, Lucy.

Sua voz também está.

Bridget entra na cozinha e avalia as flores na mesa. Coloquei os guardanapos de linho de Christine e os pratos reservados para ocasiões especiais, filetados em ouro.

— Você pegou os pratos bons.

— É. Fizemos um jantar especial — digo. — Felix e eu.

Noto a covinha dele de canto de olho, ainda que esteja concentrada em Bridget. Ela não reage ao me ouvir chamar seu irmão pelo nome, como eu esperava que aconteceria. Então toca a pétala de uma margarida e irrompe em lágrimas.

Corro para seu lado, lançando um olhar de preocupação para Felix. Ele não parece tão chocado com o que está acontecendo com minha melhor amiga.

— O que você fez? — pergunto a Miles.

Ele levanta as mãos no ar.

— Não é o que está pensando.

— Vou matar você, Miles Lam. Pode acreditar. Tenho uma faca enorme, e sei como usá-la.

Bridget ri, depois volta a chorar, ainda mais forte. Eu a abraço.

— O que está acontecendo? Me conte, por favor. — Eu a levo para o sofá, olhando feio para Miles. — Bridget. Fale comigo.

Ela assente em meio às lágrimas.

— Tá.

Não diz mais nada. Afasta um cacho da frente do rosto, só para ele voltar a cair no mesmo lugar.

Quando morávamos juntas e o cabelo de Bridget a irritava, eu fazia uma trança embutida nela. Tivemos inúmeras conversas enquanto eu trançava seu cabelo.

— Vire-se — peço neste momento. — Vou tirar o seu cabelo da frente.

Miles se junta a Felix na cozinha. Felix diz algo em seu ouvido, e Miles assente. Tenho a sensação de que só eu estou por fora. Os homens ficam observando enquanto divido o cabelo de Bridget, parecendo preocupados. Bridget só fala quando termino.

— Podemos dar uma volta?

Vamos à praia.

— Não sei nem por onde começar — Bridget admite.

— Tem um começo?

Ela respira fundo.

— Acho que sim. Mas também é o começo e o fim.

— Tá — falo. — Comece por aí.

Bridget para de andar e me encara. Seu queixo treme.

— Não quero falar. Se eu falar, vai ser verdade.

Meu estômago gela.

— Não vai mais ter casamento? Porque se...

— Não — Bridget me interrompe. Engole em seco duas vezes antes de prosseguir. — Miles recebeu uma oferta para trabalhar na Austrália.

Tudo para. Minha mente desliga. Meu corpo congela.

— Bee?

Eu me concentro em Bridget, em seus olhos castanhos, que já se enchem de lágrimas outra vez. Agora tudo faz sentido. Bridget passou os últimos dias considerando a maior decisão da sua vida. E eu conheço minha amiga. Sei que ela já a tomou.

Preciso de dez segundos inteiros para falar.

— Você vai se mudar para a Austrália.

Ela confirma com a cabeça, e lágrimas gêmeas caem sobre suas bochechas sardentas.

— Sinto muito, Bee.

Bridget abraça minha cintura e enterra o rosto no meu ombro. Está chorando, mas me mantenho imóvel, com os braços caídos na lateral do corpo.

— Não quero ir — ela consegue completar.

Seu corpo começa a tremer. Seus soluços se tornam mais fortes, como se fossem arrancados de sua alma. Isso me desperta. Sou a melhor amiga de Bridget, e preciso agir como tal. Meus braços envolvem seus ombros em um abraço apertado.

— Não quero que você vá.

— Eu sei — ela responde. — Eu sei. Não me odeie, por favor.

— Eu nunca odiaria você — asseguro-lhe, apertando-a junto a mim. — Nunca, nunca.

Choramos no pescoço uma da outra e, quando deixamos de soluçar e apenas fungamos, nos sentamos lado a lado na areia, com os joelhos junto ao corpo, para que Bridget me conte toda a história. Com uma voz que parece saída de uma betoneira, Bridget explica que a empresa de Miles vai abrir uma filial em Sydney e o convidou para tocá-la. É uma bela promoção.

— Há quanto tempo você sabe disso?

— Faz só alguns dias. Ele recebeu a oferta na semana passada, e eu pirei.

— Por isso veio pra cá.

— É. Eu só queria abraçar meus pais e meu irmão. E você. Precisava de espaço pra decidir o que fazer. Passei esses dias refletindo, e não tenho opção.

— Você tem que ir.

— Eu tenho que ir. — Ela suspira. — Sempre quis voltar pra Austrália. Passar mais tempo lá do que da última vez. Mas não morar lá. É longe pra caralho.

— Não tem lugar mais longe.

Bridget conta que eles se comprometeram a passar dois anos lá e depois reavaliar a situação.

— Vamos em outubro.

Minha boca se entreabre. Faltam só dois meses.

— Mas você ama seu trabalho — sussurro. É o único argumento em que consigo pensar.

— Amo *mesmo*.

O queixo dela volta a tremer.

— Então por que vai? Por que a carreira de Miles é prioridade?

— Não é. Ele recusaria se eu pedisse. Mas é uma oportunidade incrível, e não quero que Miles a perca. Parte de mim também sabe que é uma experiência única e quer ver como vai ser. Só morei aqui e em Toronto. Quero conhecer melhor o lugar onde Miles cresceu. São só dois anos.

— Parece que você está tentando convencer a si mesma disso.

Ela ri.

— Pode ser que sim.

— Acha que deixariam você continuar trabalhando pra eles, só que em home office?

Minha vontade é ir pra cama e hibernar por dois anos, até Bridget voltar, mas procuro apoiá-la, funcionando no piloto automático.

Ela inspira fundo.

— Não sei. Ainda não resolvi essa parte. Gosto de ir ao hospital, de ter colegas, de ser parte de uma comunidade. Adoro o pessoal do trabalho. E adoro o que faço. Mas não sei se faria sentido, com a diferença de fuso.

— De quantas horas é?

— Dezesseis.

— Nossa. Você vai viver no futuro. Pode me passar os números pra ganhar na loteria?

— Claro. É exatamente assim que funciona. A gente vai ficar rica.

Um casal passa pela gente na praia, acenando com a cabeça em cumprimento.

— Não consigo acreditar — murmuro. — Acho que vou viver em negação até você pegar o avião. E, mesmo assim, talvez não seja capaz de aceitar. — Eu me viro para ela. — Bridget, você é tudo pra mim.

Ela prende meu cabelo atrás da orelha, depois pega meu rosto nas mãos. Lágrimas ameaçam voltar a rolar dos meus olhos.

— Te amo — Bridget fala. — Mas não posso ser tudo pra você. Ninguém pode. E vou continuar ajudando você com a floricultura. Posso cuidar da contabilidade. Não se preocupe com isso.

Algo em sua oferta me incomoda, embora eu não saiba identificar o quê.

Permanecemos em silêncio, observando as ondas e absorvendo tudo.

Bridget vai se mudar. Para outro continente. Outro hemisfério.

— Você é muito corajosa — acabo dizendo. — Vai fazer algo muito corajoso.

— Obrigada.

— Mas preferiria que você tivesse me contado antes. Entendo que não gosta de ouvir conselhos, só que era algo importante demais pra esconder de mim.

— Eu queria proteger você. Perdeu sua tia no ano passado, e sei que sente saudade dela. Fora que já estava toda estressada. Não queria piorar a situação. Mas também sinto que, se contasse a você, pareceria real, sabe? E eu não queria que você tentasse me convencer a ficar antes que eu tomasse minha decisão.

— Bridget, não consigo convencer você nem a comprar uma legging nova. E saber que você tinha um segredo foi *muito* estressante. Você sempre me ajuda, mas nunca deixa eu ajudá-la. Nossa relação não é muito equilibrada, porque parece que você não precisa de mim.

Suas sobrancelhas saltam.

— Acha mesmo isso? Bee, é claro que preciso de você. Por que acha que está sendo assim difícil? Eu me sentia muito sozinha em Toronto, mesmo anos depois de ter me mudado para lá. Aí conheci você, e conheci Stacy. Eu não teria sobrevivido sem vocês e sem todo o macarrão que sua tia comprou pra gente. Sem nossas noites de filme às quartas-feiras. Sem nossas festas na cozinha. Sem a floricultura. Sem nossas idas ao teatro com sua tia. Eu teria voltado para a ilha. E não teria conhecido Miles. Não teria meu trabalho. Devo tudo a você. Te amo, sua tonta.

Começo a chorar outra vez.

— Também te amo.

Ela massageia meus ombros até eu encará-la e enxugar as lágrimas.

— E você sabe que meus pais te adoram — Bridget completa. — Vão adorar te receber aqui quando quiser. Fora que eu me sentiria melhor se você visitasse os dois.

— Já contou pra eles?

— Não — Bridget responde. — E preferiria nunca contar. Eles já acham Toronto longe demais.

Penso em como Felix arregalava os olhos para o bilhete que Bridget deixou ontem.

— Seu irmão sabe, né? Foi por isso que vocês discutiram na outra noite?

Minha amiga assente.

— Ele não sossegou até eu contar. Wolf pode ser bem teimoso. E ficou puto comigo por esconder de você.

Bridget contou a Felix antes de contar a mim. A mágoa vem por impulso, mas seria hipocrisia. Também tenho um segredo. Há anos.

— Desculpe, Bee — ela pede.

Sei que é hora de confessar tudo, mas estou morrendo de medo. Bridget vai se mudar para o outro lado do mundo. Não seria difícil me cortar totalmente da sua vida. Já vou perdê-la para a Austrália; se ela se sentir traída, vou perdê-la outra vez.

— Eu...

Hesito. Porque ainda não considerei uma possibilidade. E se Bridget não ficar chateada? E se simplesmente achar que Felix e eu não funcionaremos como um casal? Ele pode não se importar com a opinião dela, mas eu me importo.

— Bee? — ela indaga, quando segundos se passam sem que eu continue a falar.

— Preciso te contar uma coisa — anuncio, e as palavras saem todas juntas.

— O que foi?

Minha vontade é de vomitar. Repito o que ela disse:

— Não me odeie, por favor.

— Eu nunca odiaria você.

— Eu... — Já tentei fazer isso antes, mas nunca cheguei tão longe. É como se estivesse correndo na direção de um penhasco. Pego suas mãos nas minhas, para não precisar pular sozinha. É agora. Respiro fundo e me lanço no ar. — Eu gosto do seu irmão. — Deixo a frase pairar por um segundo. — Gosto muito.

Bridget franze a testa, confusa.

— E ele gosta de mim. — Pareço uma menina de treze anos falando. Tento de novo. — Bridget, o que sinto por seu irmão é real. A gente... — Ela arregala os olhos, e sigo em frente. — A gente está meio que... hum... bom, a gente tem se beijado.

— Você e meu irmão?

— Isso.

— Vocês têm se beijado — ela fala devagar, processando.

— Bom, a gente tem feito mais do que...

— Para — ela me corta, e eu prendo o ar. — Não quero ouvir o que você ia dizer. Ele é meu *irmão*, Bee.

— Eu sei. Desculpe. Por favor, não me odeie.

Bridget franze o nariz.

— Por que eu odiaria você?

— Você disse pra não me envolver com ele.

— Eu disse pra não se apaixonar por ele. Espere, você está apaixonada por Wolf?

— Gosto *muito* dele. Mais do que de qualquer outra pessoa. De um jeito que até assusta, na verdade.

— Hum. — Um sorriso surge em seus lábios enquanto ela balança a cabeça. — Não consigo acreditar. Tipo, eu sabia que vocês tinham se pegado, mas...

— Espere aí.

Meu queixo cai.

Bridget olha para mim, convencida.

— Você sabia?

— Eu sabia.

— Felix contou pra você?

— Você chama Wolf assim? Que esquisito — ela comenta. — Mas não, ele não me contou. Só que, quando você voltou pra casa no verão passado, Wolf parou de perguntar de você, o que foi estranho, porque em geral ele ficava tentando arrancar de mim tudo o que podia a seu respeito. E você também fazia uma cara estranha sempre que eu mencionava meu irmão. Eu sabia que algo tinha acontecido. E falei para você.

Fico muda.

— Lembro que desconfiei da segunda vez que você veio — Bridget prossegue. — Vocês dois ficavam se olhando. Mas só soube mesmo aquela vez do feriado de Ação de Graças. Fui ao banheiro durante a noite e a porta do seu quarto estava aberta.

— Ah, não — murmuro. Não consigo acreditar que não a fechei quando fui encontrar Felix no andar de baixo.

— E você não estava na cama.

Esfreguei o olho, sem saber se devia ficar constrangida ou aliviada — provavelmente as duas coisas.

— Aí ouvi o sofá-cama ranger alto.

— Não — digo.

— Pois é — ela confirma. — Eu gostaria de poder esquecer isso.

— Desculpe. Desculpe mesmo.

Inspiro fundo.

— Mando pra você a conta da terapia.

— Então Miles sabe?

— Miles sabe. E acho que Zach deve saber, porque ele e Wolf contam tudo um para o outro. Meus avós com certeza sabem. Minha avó foi a primeira a comentar com meus pais que achava que vocês dois eram mais do que amigos. E apostei que minha mãe tinha decorado o quarto de Wolf pensando em você. Christine Clark não tolera o visual menininha, ou pelo menos não tolerava. A família toda torce em segredo por vocês há anos.

A notícia me faz perder o chão.

— Por que você não disse nada?

— Por que *você* não disse nada? — ela rebate.

Não tenho como me defender.

— Eu não sabia que ele era seu irmão. A princípio, pelo menos. Conheci Felix no restaurante, quando você perdeu o voo. — Nunca contarei o restante dessa história a Bridget. — Prometemos que não aconteceria de novo. Sinto muito por ter escondido de você, mas não era pra ser nada sério. Por um bom tempo, acho que não significou nada mesmo. Eu não queria que significasse.

— Nossa. — Bridget fica em silêncio por um momento, pensando a respeito. — Então faz cinco anos que isso está rolando?

— Não o tempo todo. Desculpe não ter contado. Eu queria, mas, considerando o que aconteceu com Joy, não consegui.

— Bom, vai ser ótimo se você não partir o coração do meu irmão e depois simplesmente me ignorar — ela disse, sem emoção na voz, mas com um sorrisinho no rosto.

— E se não der certo? Se eu estragar tudo, vou perder os dois. Você vai me odiar.

Bridget desdenha do que eu disse.

— Mesmo se você estragar tudo, vou continuar te amando. É Wolf quem precisa se cuidar.

Ela passa um bom minuto encarando a água, enquanto morde o lábio.

— Dá pra visualizar — Bridget declara, parecendo decidida. — Ele vai te acalmar, e você vai tirar Wolf da concha. Ele fala mais com você por perto. Vocês vão cuidar um do outro. Acho que pode funcionar. — Bridget volta a ficar em silêncio, depois balança a cabeça. — Nossa. Você e meu irmão.

— Pois é — confirmo. — Eu e seu irmão.

32
AGORA

Bridget e eu passamos um bom tempo na praia. Ninguém diz isso, mas acho que ambas sentimos que a realidade nos aguarda em Summer Wind, e nenhuma de nós quer encará-la. Voltamos devagar, um passo por vez. Meu cérebro parece banana amassada. Bridget vai se mudar, e sei que essa realidade vai acabar me atingindo com tudo. Eu a vejo vindo de longe, como um trem. Pânico. Solidão. A falta que vou sentir de tê-la por perto. Já consigo sentir.

Então vejo Felix. Ele está no deque com Miles, e percebo exatamente quando nos nota. Seu corpo fica imóvel. Então ele sai correndo na nossa direção. À medida que se aproxima e nossos olhos se encontram, sei que só vê a mim. Isso me faz parar na hora.

— Nossa — Bridget comenta.

— Nossa — concordo.

Felix me abraça forte e me tira do chão. Minhas pernas enlaçam sua cintura e eu enfio o rosto em sua pele, bem na curva bronzeada onde seu ombro encontra o pescoço. Sal, sol, vento e árvores.

— Desculpe não ter contado. — Sua voz faz meu corpo vibrar, e eu o abraço com mais força. — Mas eu não tinha esse direito.

— Eu sei. Não estou brava.

Sinto que a tensão deixa seu corpo.

— Tudo bem?

— Não. — Esmago o máximo do meu corpo contra o máximo dele. Testa. Bochecha. Pálpebra. Nariz. Lábios. — É como se meu coração tivesse sido arrancado do peito. Mas ficar aqui, agarradinha com você, está ajudando.

Sinto quando ele ri.

— Acho que uma hora vou ter que botar você no chão. Sou forte, mas não o bastante pra carregar você pra lá e pra cá.

— Ainda bem que Bee me contou de vocês — Bridget nos interrompe —, ou isso seria bem esquisito. Na verdade, ainda é.

— Acho que é melhor você me botar no chão — pontuo. Bridget ainda não está pronta para demonstrações públicas de afeto.

Minhas pernas soltam Felix e ele me coloca de pé. Bridget empurra o ombro do irmão.

— Wolf, o que eu te disse sobre dar em cima das minhas amigas?

Felix ergue uma sobrancelha.

— Espero que você não esteja esperando um pedido de desculpa.

— Cuidado — ela diz a Felix. — Sei onde você mora.

— Falando sério, como você está? — Felix me pergunta enquanto voltamos para a casa. Ele me abraça pela cintura, me mantendo perto.

— Devastada. Não sei se consigo falar a respeito sem chorar outra vez. — Minha voz já está falhando. — Estou meio que em pânico.

— Não entre em pânico — ele pede. — Isso nunca ajuda.

— Eu sei — garanto.

Só que, daqui a dois meses, Bridget estará na Austrália, Felix estará aqui e eu estarei em Toronto. O que era uma dorzinha nos meus pulmões se torna uma queimação.

Felix beija minha têmpora.

— Vamos superar juntos, Lucy — ele diz.

Juntos. Gosto da ideia.

33
AGORA

Dia do casamento de Bridget

O alarme toca às cinco. Preciso chegar cedo ao Gardiner Museum. Vou encontrar a equipe toda. Mas ainda tenho alguns minutos. Aperto o botão da soneca e sinto mãos grandes na minha cintura. Felix me puxa para cima de si.

— Não é justo — resmungo.

— Você me disse pra não deixar você dormir mais. — Ele me dá um beijo. — É hora de acordar.

Ter Felix no meu quarto é algo mágico. Novidade. Mostro como usar a cafeteira, e ele prepara o café ao mesmo tempo que tomo banho. Vê-lo em minha cozinha, soprando sua xícara de chá, é surreal. Meu apartamento nunca mais será o mesmo. De agora em diante, sempre visualizarei Felix Clark bebendo chá Earl Grey nesta cozinha.

Ele vai comigo para o museu — quer me ver em ação e conhecer Farah. Eu o apresento a ela, a Rory e a Gia, então começo a trabalhar no arco, porém meus olhos ficam fugindo para Felix, distraídos.

— Seu coração vai escapar pela órbita — Farah provoca, do outro lado do salão.

Então mando Felix embora. É o casamento da minha melhor amiga, preciso de concentração total.

Faz setenta e duas horas que voltei a Toronto, e mergulhei de cabeça no trabalho — voltei a ficar até tarde na floricultura, assinei o contrato com o grupo de restaurantes, contratei Rory e Gia para trabalhar comigo em tempo integral, dei um aumento a Farah e tenho outras duas vagas para anunciar na semana que vem. Foi por meio do trabalho que processei a perda da minha tia, e é por meio do trabalho que vou processar a mudança de Bridget. Ela vai deixar um buraco enorme na minha vida, e preciso preenchê-lo de algum jeito. Posso lidar com o estresse do trabalho. Mas me despedir de Bridget daqui a dois meses... não consigo nem pensar no assunto.

Tudo isso desaparece quando começo a fixar a haste das folhas de magnólia na base de isopor do arco. Passo ao ritmo singular no qual minha mente se apazigua e meus dedos assumem o controle. Quando estou na metade, percebo que, se pudesse trabalhar com isso todo dia — só com flores, esquecendo o restante —, eu seria feliz. É isso que amo fazer. Fui feita para esse trabalho. E o casamento de Bridget vai ser minha obra-prima.

Quando termino, recuo para avaliar a estrutura e o equilíbrio. Usei ramos de amora e hortênsias, frescas e secas. Ranúnculos cor de creme, rosas, folhas de magnólia e maços de eucalipto. Meus arcos costumam ter de dois a dois metros e meio. Esse tem três. Em parte porque Miles é um homem alto e o espaço é amplo e arejado, todo vidro e ângulos. Mas também porque quero me exibir. Quando terminamos, o museu parece um conto de fadas. O encosto das cadeiras e as laterais do corredor estão cobertos de flores.

Avanço pelo corredor da igreja e vejo Felix no altar com Miles e o padrinho dele. Ficamos olhando descaradamente um para o outro, até que assumo meu lugar de madrinha e meus olhos se voltam para os fundos, à espera de Bridget. Ela entra, de braços dados com Ken, e não consigo mais desviar o rosto. Está radiante. É como se brilhasse por dentro, iluminando tudo em volta. O vestido é branco. Simples. Com decote redondo e sem manga, uma coluna de seda acariciando sua pele e caindo até o chão. Não tem renda, pedraria ou qualquer tipo de adorno. Ela não usa nem calcinha. Experimentou fio dental, mas mesmo assim aparecia. Seus sapatos são delicados, perolados, e duvido que sobreviverão até a hora da sobremesa. O cabelo dela está preso em um coque baixo perfeitamente imperfeito, e as folhas de seu buquê chegam quase ao chão. Suas covinhas estão aparentes. Ela parece flutuar. Como vento, ar, nuvens. É a cara da felicidade. Minha melhor amiga é linda.

Mantenho os olhos fixos em Bridget, porque não quero perder nada, porém sinto os olhos de Felix em mim. Sei que, se eu olhar, verei sua covinha. Ele não parou de sorrir o dia todo. Quando Bridget se junta a Miles no altar, meus olhos correm para Felix.

— Oi — ele faz com a boca, sem produzir som.

— Oi — faço com a minha.

— Você está linda.

— Você também.

Felix de smoking é um verdadeiro atentado.

Ele acena com a cabeça para o arco de flores.

— Isso também.

Eu sei. Mas adoro que Felix ache o mesmo.

Antes do jantar de ontem à noite, ele contou aos pais que estamos namorando. Eu estava ao seu lado, mas quem falou foi Felix. Christine agarrou o braço de Ken como se fosse cair, então soltou um gritinho em comemoração.

O primeiro beijo de Bridget e Miles como marido e esposa é tão longo que os convidados começam a gritar.

— Arranje um quarto, cara — um dos convidados australianos diz.

Quando os recém-casados saem, Felix sussurra algo para o padrinho e troca de posição com ele. Nós nos viramos um para o outro. Ele enxuga uma lágrima da minha bochecha com o polegar e me oferece seu braço.

— Conheço você — Felix diz.

— Acho que já nos vimos.

— Mas nunca assim.

— Esse smoking deveria ser proibido — eu digo, quando estamos na metade do caminho.

Ele ri, depois sussurra:

— Hoje à noite. Você, eu, esse vestido e sua mesa de jantar. Vou te deitar nela.

Aproximo os lábios de seu ouvido, com o coração acelerado.

— Não se eu te deitar primeiro.

Aparecemos lado a lado em algumas fotos. Um jantar em que nos sentamos juntos. Felix inventa maneiras de não tirar as mãos de mim — uma desce para a base da minha coluna enquanto me movo, seus dedos passam pelo meu ombro quando rio. Em determinado momento, sua palma sobe pela fenda do vestido e para na minha coxa. Não dispensei Farah — ela continua sendo minha acompanhante esta noite —, porém Felix a convenceu a trocar de lugar comigo. Fico entre os irmãos Clark, e não consigo parar de sorrir.

Quando chega a hora do meu brinde, eu me levanto segurando o microfone. Minhas mãos estão trêmulas. Apesar de eu conseguir sentir que Felix me observa, Bridget é a única para quem olho. Desde que ela e Miles ficaram noivos, estou planejando um discurso que faça minha melhor amiga chorar. No entanto, agora que estou cara a cara com ela, a pessoa mais importante no mundo para mim, são os meus olhos que ameaçam se debulhar em lágrimas.

— Quando conheci Bridget Clark, ela me deu uma carona pra casa de bicicleta. — Minha voz sai trêmula, por isso respiro fundo. — De muitas maneiras, ela vem me carregando desde aquela noite, sete anos atrás.

Minha voz falha no meio da frase. Tento evitar pensar nisso há dias, e agora a verdade me atinge com tudo. Bridget vai se mudar para a Austrália, e não sei como sobreviverei sem ela. Passo os olhos pelo papel, sabendo que não serei capaz de dizer tudo o que escrevi sem me desfazer em lágrimas. Mas sigo em frente mesmo assim. Choro pelo restante do discurso.

— Toma conta dela, Miles — concluo. — Ela é o que tenho de mais precioso no mundo.

Eu me viro para minha melhor amiga, cujas bochechas estão manchadas por causa das lágrimas.

— Você é o amor da minha vida, Bridget.

O casamento retrata bem como o mundo de Bridget está dividido entre a vida urbana e a ilha. Estamos no centro, perto da esquina da Bloor Street com a Avenue Road, com Toronto a toda lá fora. Aqui dentro, é servida uma sequência dos pratos mais finos que se poderia exigir de um bufê. Leitão assado. Caranguejo frito. Um peixe branco inteiro, com gengibre e cebolinha. O espumante é de primeira, o quarteto de cordas toca Vivaldi. Tudo corre de acordo com a programação definida em minúcias. Mas também há dança, iniciada pelo avô de Bridget e seu violino. Ela tira os sapatos em algum momento. Zach afrouxa o nó da gravata. O formato do presente que ele trouxe lembra bastante uma caixa de Trivial Pursuit. Às onze, um food truck estaciona do lado de fora e começa a servir sanduíches de lagosta. A pista nunca se esvazia. Acho que um grupo de cem convidados nunca teve uma noite tão divertida.

Um pouco antes da meia-noite, a música cessa. Miles pega o microfone das mãos do DJ e diz:

— Esta é para minha esposa.

Então, a plenos pulmões desafinados, Miles Lam começa a cantar "Un-Break My Heart".

É uma escolha bizarra para um casamento, mas perfeita para Bridget. Miles coloca toda a alma na música. Soca o ar. Bate no peito. Fecha os olhos e ergue o queixo.

A noite toda, Felix fica ao meu lado. Segurando minha mão. Beijando minha boca. Dançamos, rimos e não conseguimos tirar a mão um do outro.

— Estou degustando você — digo a Felix, meio tonta, enquanto nos beijamos na escada. Estou viciada em seu sabor. De sal e bala de hortelã.

Ele dá risada na minha boca.

— Degustando?

— É, e acho que nunca degustei ninguém. Mas estou degustando você, Felix Edgar Clark.

Ele segura minha cabeça.

— Estou degustando você também, Lucy Beth Ashby.

Mais tarde, quando volto do banheiro, encontro Felix ao lado do meu arco de flores. Ele parece surpreendentemente confortável de smoking, como se pudesse sair para a cidade e convencer a todos de que é daqui.

Meu, meu coração diz. *Felix*.

Ele passa os dedos por uma pétala, depois por outra, parecendo maravilhado. Eu o aprecio do outro lado do salão, então o arrasto de volta para a pista de dança, a fim de poder desfrutá-lo nos meus braços.

Uma música lenta antiga está tocando. Com a cabeça apoiada no ombro de Felix, tenho certeza de que a curvatura de seu osso e músculo foi feita para mim. Zach e sua namorada, Lana, estão por perto, e ele me faz sinal de positivo. É tão bom estar com Felix cercada por nossos amigos e pela família dele. Parece perfeito. Como se eu devesse ficar sempre com ele. Por um tempinho, finjo que Felix não vai embora na terça.

Meu, meu coração insiste em dizer. *Felix. Mais.*

34
AGORA

Entramos aos tropeços no meu apartamento, ambos bêbados. Só podemos culpar o champanhe em parte.

— Acho que essa foi uma das melhores noites da minha vida — comento, entre um beijo e outro.

Felix ri.

— Da minha também.

Solto um grunhido e dou uma mordidinha em seu lábio inferior. Ele se afasta e olha nos meus olhos, muito sério.

— Quero deixar claro que você está competindo com a noite em que Zach perdeu uma aposta e pôs um piercing no mamilo.

Assinto.

— Opa.

Ainda não saímos do corredor nem tiramos os sapatos. Só nos beijamos. A necessidade de prolongar este momento para sempre toma conta de mim. Quero segurá-lo nas mãos e esticá-lo devagar e com cuidado, como se fosse massa de pão, para que nunca passe. Sinto um leve pânico ante a ideia de retomar a rotina. Não quero chegar e encontrar o apartamento vazio. E não quero ficar sem Felix. Quero voltar para a ilha.

De repente, eu me afasto e procuro o celular na bolsa.

— Foi algo que eu disse? — ele pergunta, atrás de mim.

Espio por cima do ombro. Felix está me olhando assombrado, com a gravata torta, o cabelo bagunçado pelos meus dedos. Esse homem incrível e maravilhoso.

— Só estou me organizando — aviso-lhe, abrindo a agenda. — Quero planejar direitinho.

— O quê?

— Isso. Não vou aguentar ficar um mês inteiro sem ver você.

Franzo a testa para a tela.

— Quanto rosa, laranja e verde — Felix comenta ao ver minha agenda. — O que significam?

Suspiro.

— Reuniões, instalações e eventos, os horários dos funcionários...
— Nossa.

Entro em setembro e é ainda pior.

— Todo mundo acha que o verão é a época mais movimentada — explico a Felix, quando ele arregala os olhos. — Mas em Toronto as coisas aceleram no outono. — E preciso começar a fazer entrevistas para as vagas disponíveis, para depois treinar os novos funcionários. — Nunca vou conseguir sair da cidade — murmuro, distraída.

Passamos para outubro.

— Farah vai tirar uma folga perto do feriado de Ação de Graças este ano. Esqueci. Não vou poder viajar nessa época.

Sinto um aperto no coração. Vai ser muito mais desafiador do que eu imaginava. Assinei o contrato com a rede de restaurantes sem pensar no impacto que teria em nosso relacionamento.

— Fico estressada só de olhar pra isso — comento. — Por que fiz uma coisa dessas comigo mesma? Como vamos fazer funcionar?

— Talvez todo mês seja otimismo demais. Mas não precisamos comprar a passagem hoje — Felix me acalma. — Vamos ficar bem, Lucy. Tanto eu como você estaremos ocupados. Prometi a Zach que ajudaria a procurar um terreno no outono. O tempo vai voar.

Não acho que seja verdade.

— Sei que falamos em ir devagar, mas está parecendo que não vamos a lugar algum. — Eu não havia pensado antes, mas a presença de Felix em Toronto só evidencia que um relacionamento à distância seria péssimo. — Você lá, eu aqui. Vai ser difícil.

Vai ser ainda pior do que a partida de Bridget, em outubro.

Analiso o apartamento. A cozinha pequena que dá para a sala de estar e de jantar. A mesa branca redonda e as cadeiras que fiz Bridget me ajudar a carregar por todo o trajeto de Richmond a Bathurst. O sofá rosa que comprei depois que ela foi embora. Os copos rosê no carrinho de bebidas metálico. É tudo a minha cara, mas o apartamento não parece um lar desde que Bridget foi morar com Miles. Era ela que dava sentido ao lugar. Sem Bridget, meu apartamento é um livro sem palavras, um vaso sem flores. Não quero voltar para isso toda noite. Eu me viro para Felix. Talvez não precise.

A ideia decola como um foguete.

— Eu devia me mudar para a ilha — solto.

Felix ri, surpreso, então percebe que não estou brincando.

— Talvez um dia...

Eu o corto.

— Não. Tipo, agora. Eu devia ir morar com você.

— Ah.

— Pense a respeito. É perfeito. Amo lá, amo ficar com você. Não consigo encarar minha vida atual, Felix. Bridget vai embora, estou esgotada e as coisas só vão piorar. Olhe só pra isso. — Sacudo o celular no ar. — Acho que preciso deixar tudo pra trás. Quero voltar com você.

— Lucy. — Ele me olha com cautela. — É sempre difícil voltar à rotina depois de uma viagem. Acho que você pode estar tendo uma ressaca séria das férias.

— Não, acho que estou tendo uma epifania. Assinei o contrato para a rede de restaurantes sem saber se queria mesmo isso. Não sei o que estou fazendo. Preciso descobrir como quero que minha vida seja pra poder levá-la de modo pleno.

Verbalizar isso me deixa com saudade da minha tia. Quero nossas noites de comida italiana de volta. Quero que ela me leve a uma peça. Quero seus braços à minha volta. Quero dançar na cozinha com Bridget. Quero me agarrar a esses momentos, me envolver neles. Quero um lugar macio onde pousar e, mais que tudo, não quero passar as noites sozinha. Aqui.

— Você não pode fazer isso, Lucy. Não podemos fazer isso — Felix intervém, parecendo alarmado.

— Por que não? — As rugas sobre seu nariz se aprofundam, mas insisto. — Farah pode tocar a loja pelo tempo que eu precisar. Seria como... um longo período de férias.

Felix pisca.

— Morar na ilha não se resume a um longo período de férias. Nem eu.

— Eu sei. — Solto o ar com força. — É claro que sei.

— Nós dois dissemos que queríamos ir devagar. É cedo demais pra morar juntos. Nem falamos sobre nosso futuro, não a sério.

— Eu sei, mas podemos dar um jeito, não? Vai ser mais fácil pra mim se eu estiver lá, sem precisar me preocupar com o restante da minha vida. — Meu cérebro está confuso, mas parte dele deve perceber a impressão que estou passando. Aparentemente, no entanto, os freios não funcionam, é por algum motivo inexplicável sigo em frente. — Felix, só preciso de um tempo pra esclarecer as coisas. Preciso me encontrar, sabe?

Assim que digo isso, sei que cometi um erro. E não só por causa da careta que Felix faz.

— Desculpe — peço depressa. — Eu não deveria ter dito isso.

Por segundos, ele não consegue falar, só engole em seco.

— Lucy, eu...

Uma sombra passa por seus olhos.

Levo a mão ao seu ombro.

— Não sou ela — asseguro, baixo, mas acho que Felix nem ouve.

— Eu... — Ele fecha os olhos. Inspira fundo pelo nariz. — Lucy, acho que isso não vai funcionar.

Meus pulmões param de funcionar.

— Quê?

— Não neste momento. — Meus lábios se entreabrem, mas não consigo forçar as palavras a saírem. — Quero ficar com você, Lucy. — Felix pega meus cotovelos com o rosto próximo do meu. — Mas preciso saber que você quer ficar comigo pelos motivos certos, e não porque precisa de uma folga da sua vida.

— Não é só isso, Felix. É você. Não quero ficar sozinha. Não quero ficar sem você.

— Eu também não. — Suas mãos encontram minhas bochechas. — Quero você na minha casa, na minha cama. Quero que a gente tenha um dia cheio, depois volte para casa e converse a respeito. Mas isso não pode começar a menos que você esteja segura com relação à gente.

— Eu estou — respondo mais alto. — Não sei bem o que quero, mas sei que fico feliz quando estou com você. O que preciso entender é o trabalho, a vida aqui, a solidão de quando Bridget for embora.

— E tudo bem. Você ainda não precisa saber o que quer, e *deveria* reservar um tempo para si, para pensar a respeito. Mas acho que eu não suportaria se você fosse pra ilha pelos motivos errados e depois decidisse que não há espaço pra mim na sua vida. Se formos fazer isso, quero que seja do jeito certo.

Paro por um momento e reflito sobre suas palavras. É a discussão mais importante da minha vida, não posso ficar confusa.

— Preciso pensar por um minuto. — Olho bem nos olhos dele, com o desespero crescendo. Sinto as lágrimas vindo. — Não vá embora. Por favor.

— Não vou embora. Vamos sentar.

Dirijo-me ao sofá. Felix traz dois copos d'água, e eu beberico o meu até conseguir desemaranhar meus pensamentos e repetir mentalmente o que Felix disse para tentar entender.

— Eu nunca quis ficar com alguém tanto quanto quero ficar com você — pontuo para ele. — Nunca gostei de ninguém como gosto de você.

Felix engole em seco, depois estende a mão para pegar a minha.

— Posso?

Faço que sim com a cabeça, e ele entrelaça os dedos nos meus. Aperto sua mão.

— Não posso ser sua rota de fuga. — Ele permanece em silêncio por um momento, enquanto absorvo a frase. — Não quero ser uma parada na sua viagem. Quero ser o destino.

— Você está com medo.

— Estou *morrendo de medo*, Lucy. O modo como me sinto com relação a você... — Seus olhos se mantêm fixos nos meus, suplicando que eu entenda. — Você poderia acabar comigo muito facilmente.

O jeito com que ele afirma isso me provoca uma pontada no coração. Felix merece um relacionamento com um início estável, e não posso lhe oferecer isso hoje ou amanhã. Não é o momento certo para ele, e talvez não seja o momento certo para mim também. Tenho um histórico de dar as costas para os problemas em vez de encará-los, e se me mudasse para a Ilha do Príncipe Eduardo não seria diferente. Será que é isso que eu quero? Não posso afirmar com certeza absoluta. Preciso de um tempo para me entender.

— Também estou com medo — admito. — Não quero perder você.

— Não quero perder você também.

— Não podemos fazer isso agora — digo. Sei que ele tem razão. Não posso fugir da minha vida. Devo isso a mim mesma, e a ele também.

Quando as lágrimas vêm, Felix me puxa para si. Tento absorver seu cheiro ao máximo, gravá-lo na alma.

— Lucy. — Sua voz sai embargada. — Há um motivo pra gente continuar voltando um pro outro. Podemos fazer com que aconteça de novo.

Eu mergulho ainda mais em seu calor.

— E se não acontecer?

— Acho que vai acontecer. — Felix pega meus ombros e me afasta com delicadeza para que eu consiga olhar bem para ele. Suas bochechas estão molhadas. — Mas, se não acontecer, saberemos que não era pra ser.

— Não gosto disso. Estou brava com você — declaro, sem emoção na voz.

— Eu sei.

Fico encarando-o, esse homem lindo, atencioso e brilhante. Um homem que admiro mais e mais a cada momento que passamos juntos. Mesmo agora. Quero que ele saiba. *Preciso* que ele saiba.

— Posso te dizer uma coisa?

— O que quiser.

— Vai soar sentimental, mas acho que é melhor dizer, caso não tenha outra chance.

— Gosto de sentimentalismo — Felix diz, com a voz rouca.

— Sempre achei impressionante o que você fez. O modo como recomeçou. A vida que você havia planejado caiu por terra, mas você se reergueu. Você e Zach tinham um sonho e trabalharam duro para transformá-lo em realidade. E os chalés são incríveis. Não sei se deixei isso claro no ano passado. Foram uma inspiração pra mim.

Felix tenta sorrir.

— Engraçado — ele comenta. — Sempre achei o que *você* fez impressionante. Largar o emprego, desafiar seus pais, abrir o próprio caminho. Sentimentalismo à parte, *você* é uma inspiração pra mim.

Meu peito dói de vontade de abraçá-lo, de não deixar que ele se vá.

— Acho que fizemos bem um pro outro — sussurro.

— Também acho.

— Você pode ficar? Só esta noite? Durmo melhor com você me abraçando.

Felix balança a cabeça em um sinal negativo, com os olhos vidrados.

— Preciso ir. Se não for, não sei se vou conseguir depois.

— Agora? — questiono, voltando a sentir um nó na garganta.

— É — ele diz, gentil. — Acho que é melhor.

Ele junta suas coisas no quarto enquanto o aguardo à porta.

— Pra onde você vai?

— Vou chamar um táxi e ir pro hotel onde todo mundo está hospedado. Não se preocupe comigo.

— Vou me preocupar — respondo. — Vou pensar em você o tempo todo, e vou me preocupar.

— Não precisa. — Felix me olha como se tentasse me gravar na mente. — Se preocupe só com você.

— Não quero ficar mais um ano sem falar com você — digo. — Preciso de mais que um emoji.

Ele se vira.

— Posso fazer isso.

Assinto, e Felix abre a porta. Sei que é hora de dizer adeus, mas não consigo falar. Por isso só ergo um braço e aceno.

Felix pega minha mão e dá um beijo na palma.

— Eu degusto você, Lucy Beth Ashby.

Ele não se despede também.

35
AGORA

Faz dez minutos que Felix foi embora e já é quase como se nada tivesse acontecido, como se tudo fosse perfeito demais para ser verdade.

Minhas lágrimas secaram. O barato do champanhe desapareceu. Minha mente está vazia. Lavo o rosto, tranço o cabelo e visto a camisola, entorpecida.

Os lençóis ainda cheiram a ele e, assim que pouso a cabeça no travesseiro, tudo retorna. Os dias que Felix e eu passamos ao brilho um do outro na Ilha do Príncipe Eduardo. Felix deitado aqui ao meu lado ontem à noite. Felix colocando ketchup nas minhas batatas. Felix e eu nos beijando na praia no verão passado. Felix conhecendo minha tia, Felix no Dia de Ação de Graças, Felix no banheiro, Felix na primeira vez que o vi. Um toque de azul, o brilho da faca para ostras, mãos rápidas, cabelo bagunçado.

Procuro não pensar nele, e minha mente vaga para Bridget. Minha melhor amiga, que vai embora daqui a dois meses. Visualizo a Teacup Rock antes de ser varrida pelo furacão. A maravilhosa formação de arenito vermelho sendo levada pelo vento. Ouço Bridget sussurrar: *Parece que as coisas estão escapando entre meus dedos.*

E choro.

Acordo com o pescoço duro e os olhos ardendo. Vou direto para a cozinha e, enquanto espero o café ficar pronto, mando uma mensagem para Bridget. Ela deve estar fazendo a mala para a viagem de lua de mel, porém preciso da minha melhor amiga.

Tem tempo de passar aqui? Ou então de falar por telefone?

Bridget aparece no fim de tarde com uma sacola de compras na mão. Ela a ergue e fala:

— Trouxe sorvete.

Quando já estamos no sofá, com taças de sorvete sobre as pernas, ela diz:

— Já falei com Wolf, mas quero ouvir sua versão do que aconteceu.

— Ele decidiu terminar. — Sinto o fundo do nariz formigar. Balanço a cabeça. Respiro fundo. Bridget aperta meu ombro. — Ou nós dois decidimos.

— Não foi assim que Wolf descreveu. Ele mencionou que vocês iam dar um tempo.

— Talvez seja isso. Passei o dia pensando a respeito, e acho que preciso mesmo de um tempo. Não posso continuar assim. Não quero morrer de medo de ir pro trabalho. Não quero me desfazer em lágrimas quando você for pra Austrália porque não tenho outros amigos pra me fazer companhia. Parte de mim quer pegar um avião pra ilha e nunca mais voltar, mas sei que isso só pioraria tudo. Pra mim e pro Felix. Gosto muito dele, Bridget.

Minha amiga abre um sorriso brando.

— Eu sei.

— Quero que dê certo, mas sei que não vai dar, não se ele não estiver seguro de que não vou fugir. E tenho que admitir que não é o momento ideal pra mergulhar de cabeça em um relacionamento, com tudo o que está rolando no trabalho. Felix provavelmente sentiria que está sendo ignorado, assim como Carter sentiu.

— Wolf não é assim. Nem você. — Bridget me avalia por um momento. — Nunca vi você mal assim por causa de um cara.

— Não — digo. — Nunca fiquei mal assim.

— Falou com ele hoje?

Faço que não com a cabeça.

— Estou com receio de entrar em contato. Fico com medo de que ele não responda, ou até de que responda. E se terminou comigo da maneira mais gentil possível e eu nunca mais ouvir falar dele?

Bridget ri.

— Desculpe — ela pede —, mas eu vi Wolf. Sei que não foi isso que aconteceu. Entre em contato. Quando se sentir pronta.

— Não sei quando vou me sentir pronta.

Bridget faz "hum".

— Não é um plano ruim, sabe? Reservar um tempo pra pensar em você. No que você quer, no que precisa. Vai ser bom. Eu aprovo.

E, se faz você se sentir melhor, minha mãe deu a maior bronca em Wolf quando ele contou o que aconteceu. Parece que ela não acredita nessa história de dar um tempo. E você sabe como Christine Clark é quando mexem com ela.

Isso faz com que eu me sinta um pouco melhor.

— Quantas vezes ela falou "Pra mim isso não passa de bobagem"?

— Umas quinhentas — Bridget responde. — Até cansar.

Meu apartamento parece mais silencioso do que nunca depois que Bridget vai embora. Ela só vai se mudar daqui a dois meses, porém já sinto sua ausência. É só quando estou me servindo outra taça de sorvete que me lembro de sua oferta de continuar me ajudando com a floricultura. Fico pensando nisso conforme tranço o cabelo antes de ir para a cama. Tenho sorte de poder contar com minha melhor amiga como rede de segurança, mas já faz mais de três anos que comando a In Bloom — eu deveria ser capaz de me virar sozinha.

Estou tão cansada. É como se eu tivesse corrido por tempo demais. Preciso de espaço para fazer perguntas importantes a mim mesma e de silêncio para ouvir as respostas. Preciso de um novo começo.

Mas não agora. Agora só quero minha cama.

No dia seguinte, Farah leva Sylvia para seu passeio da tarde e volta com café. Nós nos sentamos à mesa, a cachorra com o focinho no meu pé, e ela me conta pela sexta ou sétima vez que tudo correu perfeitamente bem enquanto eu não estava.

— Foi divertido — Farah conclui, com as unhas verde-neon envolvendo o copo de papel. — Sou boa em mandar nos outros. Você deveria tirar férias com mais frequência.

Faço apenas "hum", sem me comprometer. Afastar-me do trabalho, mesmo que apenas alguns dias aqui e ali, é impossível. Não consigo acreditar que pensei por um segundo que fosse um bom momento para fugir da minha vida.

Sei que Farah quer insistir no assunto, porém estreita os olhos para mim. Então faz um movimento circular com o dedo no ar, abarcando meu rosto.

— Você parece uma glândula anal.

— Muito obrigada.

— Está tudo bem?

— No momento, não — respondo, porque não consigo dizer outra coisa. Sinto falta de Felix como se ele fosse um órgão meu. — Mas vai ficar.

— Quer falar a respeito? — Farah pergunta.

— Não.

Decido falar mesmo assim, no entanto. Farah pega a garrafa de vinho verde para emergências na geladeira, e lhe conto tudo o que aconteceu desde aquele primeiro verão. Chega de segredos.

36
AGORA

Outubro

O voo AC119, que vai levar Bridget para a Austrália, sai no dia 29 de outubro. Miles já está em Sydney, procurando uma casa no subúrbio, por isso a levo ao aeroporto. É a única vez que torço por trânsito no caminho e a única vez em que não pego.

À medida que avançamos tranquilamente pela estrada, seguro sua mão com tanta força que Bridget reclama que não consegue mais sentir os dedos, mas nem isso me faz soltá-la. No momento, segurar a mão de Bridget é a única coisa que me impede de desmoronar. Se soltar, vou me estilhaçar em um milhão de caquinhos.

Quando chegamos, transfiro suas malas para um carrinho e depois coloco tudo na esteira de bagagem, porque Bridget está grávida de seis semanas.

Eu a acompanho até a segurança. Fico com ela até o último momento. Então a abraço, e ambas choramos no meio do terminal, o que leva uma senhora a nos oferecer lencinhos.

Digo a Bridget que ela é minha melhor amiga. Que vou sentir saudade. E que a amo mais do que amo qualquer outra pessoa.

Então deixo que vá embora.

3

"Não quero broches
nem saguões de mármore.
Só quero você."

L. M. Montgomery,
Anne da Ilha

37
AGORA

Outubro

— Me surpreende que você pareça assim estável, considerando a partida de Bridget — Farah pontua no dia seguinte.

— Nunca vou parecer estável o suficiente pra você se demitir, se é o que está pensando.

— Não é o que estou pensando — ela responde. — Mas quero conversar com você. Faz dois meses que voltou da Ilha do Príncipe Eduardo, ou seja, faz dois meses que não tira uma folga.

— Eu sei. As coisas andam corridas.

— Andam, só que agora temos mais funcionários. As coisas estão indo bem. Vamos ficar bem se você se reservar um minuto pra respirar. — Farah franze a testa, mas não como quando um cliente entra com um cachorrinho na bolsa. Parece estranhamente vulnerável. — Você... — Ela revira os olhos. — Sei lá... não confia em mim?

— Quê? Claro que confio. Por que acha isso?

— Você ficou um ano inteiro sem descanso, e só viajou porque Bridget estava em crise. Você está sempre aqui. Aparece até nos seus dias de folga.

— Eu... — Paro por um momento, pensando no que dizer. Antes, quando eu elogiava o trabalho de Farah, ela aproximava os ombros das orelhas, como se sentisse dor. Assim, com o tempo, parei de elogiar. Imaginava que ela soubesse quanto a valorizo. — Confio em você — digo. — Você é organizada, ponta firme e incrivelmente talentosa. Desculpe se não deixo isso claro.

Farah se contorce no lugar, mas agradece. Fico com a impressão de que a conversa acabou, até que ela pigarreia.

— Entendo que a floricultura seja sua e a coisa mais importante do mundo para você, mas também me preocupo com ela.

— Eu sei.

Aprendi há muito tempo que a apatia de Farah não passa de verniz.

— Lucy, você é controladora demais. — Engulo em seco. É difícil ouvir isso. — Se puder se afastar um pouquinho e permitir que eu contribua mais... Seria bom ter mais espaço pra crescer.

Respiro fundo.

— Entendi. — *Espaço pra crescer.* — Acho que também estou precisando disso.

38
AGORA

Dezembro

Passo as noites com o *Floret Farm's Cut Flower Garden*, lendo sobre como a fazenda de flores de corte, agora famosa, da autora começou com duas fileiras de ervilhas-de-cheiro no quintal. Leio sobre como seu pequeno jardim foi aumentando de tamanho e sobre a estufa que o marido dela construiu. Aprendo sobre a sazonalidade das flores e as variedades locais, como testar o solo, sucessão de culturas e a importância de, além de flores, plantar espécies que forneçam materiais necessários para os arranjos — folhas, sementes, galhos. No trajeto de bonde indo e voltando da In Bloom, começo a fantasiar.

Reduzo lentamente o número de horas que passo na floricultura. Reservo um tempo durante o horário comercial para cuidar da papelada, fazer cotações e revisar os pedidos. Agora que tenho ajuda, o trabalho já não parece tão árduo. Tiro um dia de folga e vou assistir sozinha à sessão matinê de *Os miseráveis*. Sento-me no teatro escuro, sentindo tanta falta da companhia da minha tia e de Bridget que não sei se é a peça que me faz chorar ou a saudade. Quando retorno à rua ainda à luz do dia, no entanto, me sinto revigorada. Não achei que eu fosse o tipo de pessoa que conseguiria ir ao teatro sozinha. Descubro que gosto de surpreender a mim mesma.

Bridget e eu mantemos contato através de uma troca constante de e-mails, mensagens e ligações. Ela me envia fotos dos arranjos de flores de que acha que eu gostaria. São todos horrorosos, e eu adoro. Penso no que ela comentou comigo uma vez — sobre não deixar que ninguém seja tudo para mim, nem ela nem um homem — e começo a me reaproximar de velhos amigos. Encontramo-nos em cafés, e peço desculpas por minha ausência no último ano e meio.

Certo dia, estou voltando para casa depois de tomar um café com alguém com quem trabalhei na época em que era RP e decido passar em uma lojinha de sementes orgânicas. Quando deparo com o envelope de não-me-esqueças, sei exatamente o que fazer. Felix e eu não nos falamos desde que decidimos dar um tempo, há mais de três meses. Meu primeiro passo em sua direção, no dia seguinte, é cauteloso. Como da outra vez, não mando bilhete. Só envio as sementes à Ilha do Príncipe Eduardo.

Na semana seguinte, um pacote amarelo chega na floricultura. Mais pesado do que aqueles que Felix costumava mandar, porém reconheço sua caligrafia dos comentários escritos nas margens de livros. Dos dez outros envelopes que me mandou. Abro o pacote e vejo que é um exemplar do livro *O jardim secreto*. Felix tampouco escreveu o que quer que fosse. Fico contemplando o livro, com um sorriso no rosto. Então pego o celular.

    Amei.

A possibilidade de Felix não me responder não me deixa tensa. Eu me sinto mais segura, pronta para o que quer que venha a seguir, mesmo que seja um emoji de positivo. Nem um minuto se passa, no entanto, até que a tela do celular se ilumine com a resposta dele.

    O seu nem precisa ser secreto.

    Dou risada. Contei a Bridget sobre a fazenda. Ela começou a procurar terrenos na internet antes mesmo que eu terminasse de falar.

    É a cara dela.

Deixo a conversa morrer assim, porém sinto um quentinho por dentro. Felix voltou — se como amigo ou mais, não sei bem. Porém é parte da minha vida, e não vou deixar que se vá.

Depois do trabalho, passo na loja de sementes. Está nevando, e os flocos derretem nas minhas bochechas e na calçada. Impermanentes, como o inverno. Compro dálias, parecidas com as que ele me mandou da primeira vez, mas de uma variedade diferente: a Sweet Nathalie. Felix me envia uma mensagem quando as recebe.

Felix: Segundo a internet, são boas flores de corte.

Eu: A internet sabe tudo.

Felix: Como você está?

Penso por um minuto a respeito.

Eu: Acho que estou bem. Morrendo de saudade de Bridget.

Não digo que estou morrendo de saudade dele também. Dessa vez, quero ir devagar.

Eu: Já caiu a ficha de que você vai ser tio?

Felix: Já caiu a ficha de que você vai ser tia?

Eu: Já! Eu nasci pra ser tia.

Felix: Você teve um bom modelo a seguir.

Eu: O melhor.

Passam-se apenas alguns dias até que outro livro chegue. *A linguagem das flores*.

Sutil, escrevo para ele. Só recebo resposta quando já estou em casa, à noite.

Gosto de manter o mistério.

Três pontinhos piscam na tela, depois desaparecem, só para reaparecer em seguida.

Posso te ligar?

Meu coração acelera de um modo que só Felix é capaz de provocar.

— Não sou muito fã de mensagens — ele anuncia quando atendo.
— E é fã de falar ao telefone?
— Sou fã de ouvir sua voz.

Sorrio.

— Percebe quando começa com esse tipo de papinho ou está tão arraigado em você que passa batido?

Sua risada — suave, curta — enche meus ouvidos, meus pulmões, meu coração.

— Estou falando sério.
— Também gosto da sua voz — retribuo, ao mesmo tempo que mexo na geladeira.
— O que está fazendo?
— Tentando pensar em uma maneira de transformar duas maçãs, uma cenoura e mostarda no jantar.
— Tem bisteca de porco aí?
— Infelizmente, não.
— Então não posso te ajudar. — Ele fica em silêncio por um momento. — A gente pode cozinhar juntos um dia. Posso te ajudar pelo telefone a preparar alguma coisa.
— Você pode me ajudar pelo telefone a *queimar* alguma coisa — eu o corrijo, adorando a ideia. — Mas eu topo, se você topar.

Envio a Felix sementes de cenoura, e ele me manda um livro de receitas da Ilha do Príncipe Eduardo chamado *Canada's Food Island*.

— Acho que é avançado demais pra mim — comento em nossa conversa por telefone na mesma noite.
— Que nada — ele diz. — Vamos começar com uma fácil. Página trinta e três.
— Salada de mariscos apimentada não parece fácil.
— Sábado à noite — Felix finaliza.

Na quarta-feira, preparo os documentos para o pessoal da contabilidade — fiz Bridget repassar tudo comigo antes de se mudar para que eu fosse capaz de dar continuidade sozinha ao assunto. Na quinta-feira, passo horas montando um painel de flores e pendurando lustres para uma festa de fim de ano. Noto que meu corpo não aguenta mais como antes, por isso decido ir à academia pela primeira vez na vida. Marco seis sessões com a personal trainer. Não quero perder peso, digo a ela. Quero ficar forte. Começo fazendo elíptico às sextas-feiras, depois do trabalho, e passo os trinta minutos sonhando com minha fazenda de flores. Agora é mais de um hectare de estufas, campos e fileiras e fileiras de flores. Conto tudo a Felix no sábado à noite, enquanto preparamos os mariscos.

— E uma horta? — ele pergunta por vídeo. Meu celular está apoiado na bancada.

— Não pensei nisso.

— Seria bom plantar sua própria comida. Sei de um lugar onde você pode encontrar sementes de cenoura.

Não queimo nada, e comemos a salada com tortilhas e cerveja. Não é um encontro, mas, se fosse, seria o melhor encontro da minha vida.

Viajo para St. Catharines a fim de passar o Natal com minha família. Quando meus pais sugerem que eu aproveite o fato de a floricultura estar indo bem para vendê-la, peço que fiquem na deles. Insisto que sei o que estou fazendo. Nada mais é mencionado sobre o assunto. Lyle bate com o quadril no meu quando estamos tirando a mesa e sussurra:

— Isso foi incrível.

Na véspera de ano-novo, visito o túmulo de Stacy, porque esse era o feriado preferido dela. Depois vou a um bar com Lyle e Nathan. Consegui convencer os dois a virem ao centro da cidade e dormirem na minha casa. Viramos doses de uma bebida verde com cara de tóxica e não conseguimos encontrar um táxi para voltar, então damos os braços e cambaleamos até meu apartamento. Nunca me diverti tanto com meu irmão.

Em uma manhã no começo de janeiro, Bridget me liga por vídeo para contar que vai ter uma menina. Choro de alegria. Choro porque ela está longe. Quero pegar a bebê da minha melhor amiga no colo.

— O que Wolf mandou para você da última vez? — Bridget pergunta depois que me recomponho.

— Outro livro de receita — conto.

— E o que você mandou pra ele?

— Sementes de rosas.

Rosas amarelo-manteiga, como símbolo de amizade.

A cada envelope que envio para a Ilha do Príncipe Eduardo, minha fazenda dos sonhos ganha detalhes. Desenho diagramas de canteiros e plantações. Planto as sementes que Felix me mandou anos atrás na terra imaginária, e elas se tornam fileiras de dálias, zínias e bocas-de--leão. Às vezes, organizo as flores em maços ainda no campo, mas nos dias quentes as levo até a sombra do celeiro e trabalho em uma mesa de madeira antiga. Tem um cachorro na fazenda, que corre entre as plantas, e uma lagoa funda no centro, com junco nas margens. Quero estar próxima de um corpo d'água, ainda que pequeno.

— Por quanto tempo acha que vão continuar com isso? — Bridget pergunta pela enésima vez.

Respondo que não sei. Estou me saindo bem sozinha, prosperando de um jeito que não achava ser possível. Embora às vezes sinta tanta saudade de Felix que preciso me apoiar na parede para me manter de pé. Isso acontece quando estou no corredor de laticínios no mercado, comprando manteiga. Ou quando preparo café. Ou quando tranço o cabelo antes de ir para a cama. No entanto, encontro um estranho conforto nesses momentos de tristeza. São como anotações nas margens de um livro, dizendo: *Isto é importante*.

— Tenho uma novidade — Bridget diz. — Joy está noiva.

Meu estômago embrulha. Meus joelhos fraquejam.

— De Felix?

Bridget me olha como se eu estivesse falando latim.

— Não, sua louca. De Colin Campbell. Acho que vocês se conheceram naquela festa de Zach, anos atrás. Um grandalhão. Ruivo. De barba. Sorridente.

Preciso de um minuto para recuperar a lembrança de Colin na cozinha de Zach.

— Nossa — comento. — Que legal.

Bridget abre um sorriso malicioso.

— É. Eles estão há mais de um ano juntos. Fico feliz por Joy. Os rumores são de que Colin Campbell é excelente no sexo oral.

Cuspo meu café.

— Bridget.

Ela revira os olhos, com um sorriso convencido firme no lugar.

— Quê? Bom, tenho outra novidade.

— Espero que não envolva a vida sexual de ninguém.

— Até parece — ela continua. — Mas não. Tem um terreno à venda de que acho que você vai gostar. Tem um bom tamanho, no caminho de Point Prim. Zach que me mandou. Fica perto do farol. É um lugar lindo. Perto da água.

— Você botou Zach pra procurar terreno pra mim? Na Ilha do Príncipe Eduardo?

— Sim. E esse é ótimo.

Entro no link que Bridget me manda. A cada poucos dias, entro de novo para averiguar se ainda está à venda. É uma faixa de terra verde, com um aglomerado de árvores numa extremidade e o oceano mais além. É apenas um terreno, mas poderia ser uma fazenda.

Livros vêm e sementes vão.

Girassol. Sálvia. Cosmos.

Ao farol. Amanhã, amanhã e ainda outro amanhã. Uma coletânea de poemas de Maya Angelou.

— Não sabia que você gostava de poesia — comento com Felix em uma noite de sábado no fim de janeiro.

— Gosto de poesia.

Estamos fazendo frango com cuscuz, receita de um livro que ele me mandou chamado *Seven Spoons*. Eu queria aprender a assar um frango inteiro, e Tara O'Brady garante que esse é um prato que "quase se faz sozinho".

— Vou ter que deixar Farah a par desse desdobramento— digo a ele, enquanto coloco o frango no forno.

Tomamos vinho enquanto cozinhamos, conversamos conforme esperamos e comemos juntos quando fica pronto. Passamos inúmeras noites assim. Não apenas sábados.

Gosto desse mundinho que construímos. Porém também existo fora do seu conforto. Também existo fora do trabalho. Vou a galerias, ao cinema e a restaurantes com amigos. Em fevereiro, decido passar meu aniversário de trinta anos sozinha. Compro uma garrafa de champanhe, peço meu lámen apimentado preferido e assisto a uma comédia romântica maravilhosamente mediana com uma máscara de argila no rosto. Mesmo sem Bridget sentada ao meu lado no sofá, tenho uma ótima noite. Estou evoluindo.

Meu apartamento também está. Meu escritório parece um quadro de visualização concretizado. Tenho livros sobre plantas perenes, um regador de metal, uma mesa de trabalho com luvas e vasos de barro. Tenho tudo de que preciso para montar um jardim, menos um lugar para fazê-lo. Procuro outro apartamento — talvez o térreo de uma construção vitoriana reformada, com um canteiro de flores do qual os proprietários me deixem cuidar. Vou até visitar alguns. Então me dou conta de que quero fincar raízes no meu próprio solo.

— Agora você tem trinta anos — Felix comenta quando nos falamos. É noite de frango frito com mel, e já fiz o pré-preparo. Temperei os pedaços de frango ontem e tirei da geladeira há uma hora. Estou determinada a acertar a receita.

— Tenho.

— Como está sendo até agora?

— Com base nesses três dias na casa dos trinta?

— Isso — ele confirma. — Me diga como você tem passado, Lucy.

Paro por um momento, com os dedos cobertos por uma pasta de leitelho e amido de milho. Mostro as mãos para a tela.

— No momento, meio suja. No geral, acho que ótima.

Mas com saudade de você. Morrendo de saudade.

— Mas com saudade da ilha — complemento. Porque é verdade também.

Ele sorri de leve.

— A ilha também está com saudade sua.

Felix e eu fritamos os pedaços de frango ao mesmo tempo. Nós nos tornamos especialistas em cozinhar em sincronia. Fica incrível. Crocante e suculento. A manteiga com mel quente é uma revelação.

— Isto é bom demais — declaro, lambendo os dedos. Nem penso antes de completar: — Queria que você estivesse aqui, pra gente saborear juntos.

Olho para a tela, preocupada com a possibilidade de ter estragado o que quer que seja esse novo lance entre nós, e me deparo com Felix sorrindo.

— Eu também queria. Mas estamos saboreando juntos.

— Tem razão — concordo.

Só que não é o bastante.

Na semana seguinte, encontro minha mãe para almoçar no café da loja de departamentos onde ela veio comprar o que precisa para sua viagem ao México. Ela está mal-humorada e não para de se queixar da morte do bom atendimento ao cliente, por isso espero os cappuccinos chegarem, depois da refeição, para perguntar:

— Podemos conversar?

— Parece sério.

— E é — confirmo. — Acho que estou me apaixonando.

Já faz anos que meus sentimentos por Felix se aprofundam, e sei que não tenho como impedi-los. Não consigo mais sonhar com minha fazenda sem vê-lo comigo.

Minha mãe ajeita a gola da camisa.

— Como ele se chama?

— Felix — revelo. — Felix Clark.

Minha mãe pisca umas dez vezes.

— É o irmão de Bridget?

— Isso.

— Há quanto tempo vocês estão juntos?

Minha mãe parece magoada, provavelmente porque imagina que escondi nosso relacionamento dela.

— Não estamos. Era sobre isso que eu queria conversar.

Conto uma versão resumida da história. Quando termino, minha mãe solta um longo suspiro.

— Ah, gansinha. Não sei o que dizer. Sempre desejei que você fosse feliz e se sentisse confortável, e não parece que seja o caso.

— Estou chegando lá — explico. — Eu me sinto bem como não me sentia há muito tempo. Sei o que quero. — Entrelaço as mãos sob a mesa. — E sei o que quero de você.

Ela parece surpresa.

— Ah. E o que é?

— Quero que pare de me chamar de "gansinha".

Depois do almoço, pego o telefone para fazer uma ligação.

— Não quer nem ver? — Zach pergunta.

— Confio em você — digo-lhe. — Já me decidi.

39

AGORA

Março

A vaca se foi, porém Felix está no terminal aguardando por mim. Eu o vejo pouco antes que ele me veja. Está lendo, claro. Quando ergue os olhos e me encontra, eles faíscam, porém seus pés permanecem plantados enquanto abro caminho em sua direção.

Cheguei com um livro na bolsa e o coração na mão. Não tenho ideia de como Felix vai reagir a tudo o que planejo compartilhar com ele, mas o abraço forte e sinto seu cheiro. Vento. Mar. Árvores.

— Você tem um problema — Felix anuncia. Apesar de seu casaco pesado, sinto uma risada retumbando em seu peito. Eu a ouvi com frequência em nossas conversas nos últimos cinco meses, cozinhando juntos e aprendendo sobre o outro, porém senti-la no meu corpo é algo completamente diferente.

— Eu sei — confirmo. — Estava em abstinência.

— Oi — ele cumprimenta, quando o solto.

— Oi — respondo, me perdendo em seu rosto. A barba voltou. Seus olhos parecem mais claros do que nunca.

— Você veio.

— Eu vim.

Eu disse a Felix que queria visitá-lo para cozinharmos juntos na vida real. Não é mentira, tampouco é a verdade toda. Ele reservou um chalé para mim por uma semana. Espero que seja questão de cavalheirismo, e não porque não me quer em sua casa. Melhor assim. Se as coisas não correrem como quero, eu não suportaria ficar hospedada com ele.

— Quero te mostrar uma coisa — anuncio quando Felix sai do estacionamento. A neve já derreteu em Toronto, porém aqui continua a cobrir tudo.

Ele ergue uma sobrancelha.

— É mesmo?

— Não é nada disso.

Mas, nossa, é um pouco disso, sim. Passo-lhe o endereço que já sei de cor.

— Point Prim Road? — ele repete, confuso.

— Point Prim Road. Quer que eu coloque no GPS do seu celular?

Felix balança a cabeça, indicando que não.

— Sei o caminho. — Ele olha para mim. — Quer me contar aonde vamos?

— Ainda não.

Estou nervosa demais para dizer muita coisa ao longo da viagem. Quando chegamos ao sonho da minha vida, no momento pouco mais do que um portão de metal e um caminho coberto pela neve, minha respiração está pesada. Gotas de suor se formam na minha testa.

— O que foi, Lucy? — Ele olha para mim. — Está enjoada? Eu trouxe uma barrinha.

Felix faz menção de pegá-la no console central, porém seguro seu pulso.

— Vamos dar uma volta — eu o convido, procurando o livro dentro da bolsa.

Saímos da caminhonete. Pulo o portão, e Felix me imita.

— Não achei que você fosse uma fora da lei — ele diz, conforme atravessamos o terreno. A neve faz barulho sob nossas botas, nossas palavras se transformam em condensação ao saírem da boca.

— Não sou — rebato, então respiro fundo. — Este terreno é meu.

Felix para de andar.

— Como assim?

Eu me viro para encará-lo.

— Eu o comprei — explico. — Pra minha fazenda.

Ele pisca algumas vezes, como se não tivesse ouvido bem.

— Pra sua fazenda?

Faço que sim com a cabeça.

— É a primeira vez que o vejo — continuo. — Pedi pro Zach conferir pra mim.

— Você pediu pro Zach conferir?

Volto a confirmar com a cabeça.

— Ele me ajudou muito.

— Zach — Felix repete, devagar. — Ajudou você. Muito. Na compra desta fazenda. Aqui. Na Ilha do Príncipe Eduardo.

Contemplo a planície branca e os pinheiros cobertos de neve que a cercam.

— Eu ainda não chamaria de fazenda. É só um terreno. Mas vai até o mar.

— Até o estreito — ele me corrige.

Sorrio, porque os moradores locais são muito específicos quanto aos corpos d'água daqui.

— Isso. Vai até o estreito de Northumberland.

Felix ainda parece confuso.

— Por quê? Por que você faria isso?

— Porque amo a Ilha do Príncipe Eduardo mais do que qualquer outro lugar no mundo e quero que aqui seja minha casa um dia. Quero construir uma vida aqui. Quero cultivar flores aqui.

Mesmo que Felix não queria ficar comigo, é aqui que quero ficar.

Ele mantém seus grandes olhos azuis fixos em mim, porém não se pronuncia. Antes que eu perca a coragem, pego o livro.

— Eu trouxe uma coisa para você. — Embrulhei em papel rosa, porque é um presente, além de uma mensagem. — Queria te dar pessoalmente.

Se eu não estivesse de luva, Felix notaria que meus dedos tremem quando lhe entrego o livro. Ele tira as próprias luvas, abre o embrulho, vira o livro nas mãos e olha para mim.

— *Anne da Ilha*?

— É o terceiro livro da série — explico.

Fiz anotações ao longo da viagem de avião. Grifei minhas partes preferidas e fiz comentários nas margens para que Felix leia.

Ele inclina a cabeça. Seus olhos procuram os meus, em uma tentativa de entender.

— Você já o leu? — pergunto.

— Não — Felix diz. — Só *Anne de Green Gables*.

— Com o tanto que você lê, já deveria ter concluído as obras completas de Lucy Maud Montgomery a esta altura. — Dou uma batidinha no livro. — Neste livro, Anne deixa a Ilha do Príncipe Eduardo e vai fazer faculdade na Nova Escócia. Gilbert a pede em casamento duas vezes. Na primeira, Anne não está pronta e acaba com um homem que é completamente errado pra ela. No fim, ela percebe que a ilha é seu lar e Gilbert é seu verdadeiro amor.

— Anne Shirley é uma mulher inteligente — Felix comenta, concentrado no meu rosto.

Sinto o nervosismo se espalhar por meus braços, por minhas pernas e por meu peito. Mas isso não vai me impedir. Estou com medo, mas não vou recuar.

— Felix, eu trouxe você aqui pra dizer que você está em todos os meus sonhos. Vim aqui pra perguntar a você se eu estou nos seus também.

Mal tenho tempo de registrar sua boca se aproximando da minha. Meus braços enlaçam seu pescoço e eu tiro as luvas para poder enfiar as mãos no cabelo dele. Meus dedos se fecham nas mechas grossas de sua nuca, como se esse sempre tivesse sido seu lugar. Os lábios de Felix se movimentam com reverência, o tipo mais dedicado de adoração, lentos e doces como geleia. Meus lábios se entreabrem e um soluço de choro me escapa, só para se dissolver na língua de Felix. Quente como manteiga derretida com mel, mesmo nas últimas semanas do inverno. Quando Felix se afasta, descansa a cabeça na minha.

— Você está nos meus sonhos, Lucy. Em cada um deles.

Torno a beijá-lo, porque senti saudade de seu gosto e ainda não tive nem de longe o bastante. Uma das mãos inclina minha cabeça, a outra encontra minha cintura e me puxa em sua direção. Derreto em sua boca, em seu peito, em seus quadris, e ouço um grunhido familiar produzido no fundo de sua garganta. Eu o devoro. Devoro Felix. Sua boca passeia pelo meu maxilar.

— Eu não sabia se voltaria a sentir sua pele um dia — Felix confessa, rouco, na minha garganta. — Senti sua falta. Senti falta desse pescoço.

Pego seu rosto nas mãos e o trago de volta a mim.

— Esse pescoço é todo seu.

Ele roça o nariz no meu. Um polegar acaricia minha bochecha.

— Sempre achei que a gente seria perfeito um pro outro — Felix pontua.

— Achou nada — provoco, sorrindo. Acho que até agora eu não sabia o que era felicidade.

— Achei, sim. — Ele afasta um cacho da minha testa. — E amei seu sorriso. Ele é claro como o sol. Amei seus lábios, seus seios, seus quadris. Amei suas coxas. — A boca de Felix vai descendo. Ele abre minha jaqueta e beija meu trio de pintas. — E amei essas três pintas. — Os beijos de Felix traçam o caminho de volta, e ficamos cara a cara outra vez. — Está me acompanhando?

— Estou, sim.

— Quero deixar bem claro, Lucy. — Seus olhos faíscam. Sua covinha surge. — Amo seu nome. Lucy Beth Ashby. Amo a sensação dele na minha boca. Amo o jeito como você trança o cabelo antes de ir pra cama. Amo suas camisolas. E seus vestidos. O que você estava usando quando a gente se conheceu. O roxo, com um laço no meio. — Ele passa um dedo pela maçã do rosto, por meu lábio inferior. — Sua pele. É tão macia. O gosto do seu batom, de cera e mel. Seu sabor quando você goza.

— Se continuar falando assim, vou ter de pedir pra me deflorar neste campo congelado.

As mãos de Felix descem para minha lombar e me puxam para si. Eu me deixo ir.

— Eu defloraria você em qualquer lugar, mas ainda não terminei. Amo como você ama minha irmã, e a floricultura, e aquela estátua de vaca.

— Wowie — lembro a ele.

Seu sorriso se alarga. Floresce ao máximo.

— Wowie — Felix repete. — Amo como você tem uma opinião forte quando se trata de manteiga. E amo o que é capaz de fazer com flores. Você é uma artista, Lucy. Amo como segura uma faca, amo assistir a você comendo. Amo como fica vermelha. Cara, o jeito como você fica vermelha... Amo as perguntas que você faz e como ouve de verdade as respostas. Amo todos os livros que me mandou, todos os pacotes de sementes. Amo o jeito como me olha. Me toca. Me beija. Você poderia vomitar dez vezes na minha caminhonete e eu nem ligaria.

Dou risada, mas meu coração canta: *Mais. Felix.*

— Como consegue fazer isso parecer romântico? Adoro as coisas que saem da sua boca.

— Sua boca é primorosa. É mais exuberante do que qualquer jardim. Mais bonita do que qualquer rosa.

— Suas palavras... são lindas.

Mapeio o maxilar dele com a ponta dos dedos, depois abro uma palma em seu peito. Felix pousa uma das mãos sobre a minha.

— Houve muitas vezes em que ficar longe de você pareceu tão impossível quanto não respirar. Acho que fui feito pra você, Lucy — ele diz. — Acho que um pedaço do meu coração pertence a você desde o dia em que nos conhecemos. E esse pedaço cresceu ano a ano. Não sei quando se tornou mais do que isso. Talvez quando você colocou a embalagem rosa de manteiga na minha mão. Talvez quando ficamos olhando um para o outro pelo espelho do banheiro. Ou quando você foi atrás de mim no feriado de Ação de Graças. Ou quando vi sua floricultura. Ou quando você me mandou o primeiro livro. Ou quando fomos ao farol no extremo da península, e pareceu que você nunca tinha sido mais feliz em nenhum outro lugar, com nenhuma outra pessoa. Não sei quando aconteceu, mas agora é tudo seu, Lucy. Meu coração inteiro, se você quiser.

Levo uma das mãos a seus lábios.

— Já está bom.

— Tenho mais a dizer.

— Eu sei. — Meus dois braços o envolvem. Olho em seus olhos, o azul mais radiante que há. — Mas atravessei o país pra dizer isso a você, e não vou deixar que diga antes de mim. Eu te amo, Felix.

Ele pisca, depois inclina a cabeça para trás. Uma risada gloriosa irrompe de Felix, que depois pega meu rosto nas mãos.

— Você. — Ele me beija uma vez. — Estou apaixonado por você. Loucamente. Profundamente. Perdidamente.

A boca de Felix volta à minha. Não é um beijo educado. Envolve chupões, mordidas e mãos por toda parte.

— Vamos — ele diz. — Quero levar você pra casa.

Uma bota no capacho. Um casaco jogado no sofá. Minha blusa no meio do corredor. Nós nos comportamos de maneira leviana e frenética, como da primeira vez. Os beijos são descuidados. Os sorrisos também. Quando entramos no quarto de Felix, seus lábios desaceleram. Não tenho ideia de onde minha saia foi parar.

Digo a ele várias vezes:

— Te amo. Te amo.

Sai da minha boca com facilidade. O difícil era segurar.

Nós nos beijamos, nos tocamos e rolamos juntos até Felix começar a descer pelo meu corpo. Passa a língua pelas marcas rosadas que o sutiã deixou na minha pele. Sinto seus calos nas minhas costelas. Amo suas mãos. Admiro o bronzeado moreno de seus braços. Amo sua pele. Suas palmas descem pelo meu tronco, pela minha barriga, entre minhas pernas.

— Você parece um sonho — ele diz, então sua boca entra em ação.

Gemo tão alto ao gozar que fico grata por Felix não ter vizinhos. Eu o puxo para mim, beijo sua boca, digo que o amo muito. Então o deito para montar nele. Olho para Felix debaixo de mim, os lábios úmidos, os olhos semicerrados. Quando me encaixo nele, seu queixo se ergue ao teto.

— Talvez eu não vá demorar muito — Felix avisa com a voz entrecortada. — Já faz um tempo.

— Tudo bem. Sempre tem o segundo round.

Ele inspira fundo, e faço um movimento circular com os quadris. Suas pálpebras estremecem, então faço de novo. Vai ser divertido.

— Que cara é essa? — Felix pergunta, entredentes.

— Eu estava me perguntando quão rápido consigo fazer você gozar.

Estendo o braço para trás e passo a mão pela parte interna de sua coxa, onde ele tem uma marca de nascença. Felix geme e fecha os olhos. Observo seu peito subir e descer. Quando ele volta a me encarar, parece totalmente determinado. Conheço essa expressão. Estou encrencada.

Felix segura minha bunda e se senta, me mantendo em seu colo.

— Faça o seu melhor, Lucy. — Ele leva os lábios às pintas sob minha clavícula, depois mais para baixo. — Vou fazer o meu.

Transamos uma, duas, três vezes. Paramos para comer e beber água e para Felix acender a lareira na sala de estar. Minha boca não consegue evitar sorrir. Pressiono o rosto contra o travesseiro, rindo enquanto Felix crava os dentes na minha bunda.

Quando estamos esgotados, ele me deita em seu peito e me abraça. É onde me sinto segura. É onde me sinto querida. É meu mundo inteiro, bem aqui, abraçada com Felix.

Já faz muito tempo que o sol nasceu quando acordo. Felix está ferrado no sono, com um sorriso infantil nos lábios. Visto uma camiseta dele e me esgueiro até a cozinha. Faço uma torrada e chá Earl Grey para mim, porque não tem cafeteira na casa. Há duas fotos na geladeira dele. A que vi quando conheci a casa — de Felix e Zach em Salt Cottages — e uma minha. No casamento de Bridget. Sou a única pessoa em foco, na pista de dança, vendo Miles cantar. Sorrio com os dedos contra os lábios.

Enquanto aguardo a torrada e o chá ficarem prontos, dou uma olhada nos livros de Felix. Os que foram enviados por mim estão na mesma prateleira que as sementes. Escolho *Grandes esperanças*.

— Bom dia — ouço Felix dizer.

Eu me viro e olho para ele, do outro lado do cômodo. Está de cueca e camiseta branca. Todo desgrenhado, maravilhoso e meu. Penso em todas as coisas que amo em Felix, e desta vez não fujo. Atravesso o espaço entre nós, o abraço e digo:

— Bom dia, meu amor.

40
AGORA

Primavera e verão

Sei aonde vou, mas ainda não cheguei lá. Por isso, Felix e eu nos revezamos. Abril em Toronto. Maio na Ilha do Príncipe Eduardo.

Felix descobre meu mundo. Fazemos sexo no meu quarto cor-de-rosa, nos meus lençóis brancos, e depois, quando estamos abraçadinhos, ele me pede para ver o caderno com minhas ideias para a fazenda de flores de corte.

— Acha que estou sendo ambiciosa demais? — pergunto, à medida que ele folheia diagramas de jardins, esboços de arranjos e listas de suprimentos.

Felix beija minha têmpora.

— Acho você brilhante. Uma sonhadora. Com sonhos lindos.

Compro o chá de que ele gosta e o guardo ao lado da geladeira, e ele aprende a usar minha cafeteira. Deixo que inspecione o armarinho de remédios e minha coleção de revistas. Ele faz *bouillabaisse* na minha cozinha, aprende onde guardo o saca-rolhas e a faca boa que sua mãe me deu. Insiste em conhecer meus pais, por isso vamos até St. Catharines e eu o apresento a eles, a meu irmão e meu cunhado.

— Ele é muito bonito, tenho que reconhecer — minha mãe elogia quando estamos só nós duas na cozinha. — Mas tem certeza de que se envolver com o irmão de Bridget é uma boa ideia, gansinha?

— Não me chame assim, mãe, por favor. E tenho certeza de que é uma boa ideia. Nunca tive tanta certeza de nada.

— Então imagino que eu tenha de aprovar.

Respiro fundo.

— Estou com trinta anos, mãe. Sou adulta. Não pedi sua aprovação.

Minha mãe se encolhe, surpresa. Então me olha como se me visse pela primeira vez.

— Então aceite meus parabéns. — Ela coloca um pedaço de bolo de laranja em um prato. — Vocês parecem felizes juntos.

— E estamos felizes. — Hesito por um momento. — E *você*? Está feliz?

Ela fica em silêncio, parecendo me avaliar.

— Ouvi uma conversa sua com Stacy no hospital.

— Ah. — Ela suspira. — Estou feliz o bastante, Lucy. Sua tia achava que a vida devia ser cheia de fogos de artifício, mas estou satisfeita. E isso é o bastante pra mim.

Minha tia não se contentaria em estar "satisfeita", mas sei que não vou conseguir tirar mais nada da minha mãe.

— Stacy conheceu Felix — conto. — Foram só alguns minutos, mas acho que ela gostou dele.

Minha mãe sorri, saudosa. Corta outro pedaço de bolo, e tenho a impressão de que a conversa acabou. Então ela diz:

— Sua tia o consideraria *apetitoso*.

— Foi exatamente essa palavra que ela usou.

Minha mãe dá risada e leva um dedo ao canto do olho.

— Ela ia gostar dele, Lucy. Ela ia gostar muito dele.

Abraço minha mãe pela cintura, sentindo os olhos arderem.

— Obrigada — sussurro.

Há um dia durante a visita de Felix em que não consigo parar de pensar em ir embora. Ele me acompanha no bonde pela manhã, se despede com um beijo e volta depois que a floricultura fechou e todo mundo foi para casa. Ouço sua batida à porta: *toc-toc*, pausa, *toc*. Abro e o puxo para dentro, vivendo uma das fantasias que envolvem nós dois e o pequeno espaço da floricultura.

A despedida é dolorosa, como imaginei que seria. Porém logo estou de volta ao mundo de Felix. Em junho, passo uma semana na Ilha do Príncipe Eduardo. Ele me busca no aeroporto. Compra uma cafeteira para mim e me mostra como fazer uma xícara de chá perfeita. Cozinhamos juntos. Escolho um livro de poesia de sua coleção para que ele leia para mim à noite. Felix não lê muito, no entanto, porque poesia saindo de seus lábios me dá um tesão totalmente novo, e depois de poucas estrofes já estou de joelhos. Escolho Jane Austen no dia seguinte. Dá no mesmo.

Jantamos com os pais dele em Summer Wind e dormimos no quarto de hóspedes, aquele que Christine decorou pensando em mim.

Passeamos pelo terreno onde queremos construir uma vida juntos no futuro. Imaginamos como seria nossa casa, discutimos onde plantar dálias. Felix tem grandes planos para uma horta.

— Cenoura faz muito bem pra pessoa — ele argumenta.

— Você faz muito bem pra mim — eu digo.

Em agosto, Felix me encontra em Toronto e vamos juntos para Sydney a fim pegar a sobrinha dele no colo. Bridget e eu nos abraçamos, choramos e não nos largamos por cinco minutos inteiros no aeroporto. Quando me afasto, encontro Felix com uma bebê junto ao peito.

— Oi, Rowan — ele se apresenta. — Sou seu tio Felix, mas todo mundo me chama de Wolf.

Felix se aproxima com a bebê e a coloca nos meus braços com o máximo de cuidado. Rowan mantém os olhos bem fechados. Ela é toda nariz e bochechas, com fios de cabelo preto escapando do gorrinho de tricô. Passo um dedo por seu nariz. É o nariz de Felix.

— Rowan — Bridget diz —, esta é sua tia Lucy. Mas nós, meninas, a chamamos de Bee.

Bridget continuou trabalhando para o hospital, mas em regime de home office. Quando Rowan nasceu, tirou uma licença de um ano, de modo que podemos passar o dia inteiro juntas. Fazemos muitas caminhadas com a bebê. Beiramos a baía, passamos na frente da Opera House e entramos no Royal Botanic Gardens. Fazemos compras no Paddy's Markets e comemos peixe com batata frita com vista para a Watsons Bay. É inverno na Austrália, porém faz calor, então no fim de semana Miles nos leva a Palm Beach.

Fico olhando para o Pacífico enquanto Felix abraça minha cintura por trás. Bridget, Miles e Rowan ficam sentados sobre uma manta, tentando tirar areia das fatias de melancia. Quero isso para sempre, acho. Felix me segurando junto ao peito, a vista para o mar.

Eu me viro para encará-lo.

— Tenho uma ideia.

— Xi — ele diz.

— Uma ideia boa pra caralho.

Sua covinha surge.

— Conte.

— Não quero passar outro outono sozinha. Quero passar o feriado de Ação de Graças com você. Quero passar o Natal com sua família. Quero ver Salt Cottages iluminado com luzinhas. Quero patinar com você. Quero que acenda a lareira e que a gente fique aconchegado perto dela. Quero que a gente acorde junto todo dia. Estou pronta pra viver nossos sonhos em vez de ficar falando sobre eles. Quero construir nossa casa.

— *Nossa casa.* Gosto de como soa quando você diz.

— Isso é um sim?

Ele segura minhas bochechas entre as palmas.

— Também tenho algumas ideias.

— É?

— Andei fazendo uns desenhos.

— Uns desenhos?

— De casas. Discuti algumas ideias com Zach e com a pessoa que projetou os chalés.

— Safado. Eu não fazia ideia.

— São só esboços. Uma casa. Um celeiro. Uma estufa. Não queria avançar muito antes que você estivesse pronta pra dar uma olhada.

— Você andou desenhando minha fazenda?

— Andei. Tirei umas fotos do seu caderno e pensei em algumas coisas. Mas está tudo aberto a discussão. Quero que a gente faça isso juntos.

— Juntos — repito.

— Você e eu — ele diz.

— Na Ilha do Príncipe Eduardo.

— Se for o que você quer, Lucy.

— É o que eu quero. — Felix e eu, em outra praia com areia, pedras vermelhas e uma vista diferente do oceano. Quero noites frias de fevereiro, com ele lendo para mim. Quero manhãs de julho em um jardim florido. Felix será meu lar, e eu serei o lugar para onde ele pode retornar. Ele será meu oásis, e eu serei o seu. Ele reservará suas melhores palavras para mim, e eu reservarei minhas melhores palavras para ele. — É exatamente o que eu quero.

EPÍLOGO

Verão seguinte

Todas as portas estão abertas, e as pessoas entram e saem da casa, passando da sala de estar para a cozinha e para o pátio. Ainda não é uma fazenda, mas não está longe disso. Felix e seu pai construíram a estufa na primavera. A fundação do celeiro já foi construída. Um córrego estreito serpenteia entre as bétulas e os pinheiros nos fundos da propriedade, e há fileiras e fileiras de solo arado.

Ainda não tivemos tempo de terminar a decoração, porém mesmo sem cortinas nossa casa é perfeita — uma casa de fazenda moderna, com fachada cor de carvão e telhado de duas águas. Demos a ela o nome de Primfield House.

Como um homem possuído, Zach supervisionou cada detalhe do projeto e da construção, jurando que ficaria pronta no início de agosto. E ele não falhou. Foi um bom momento. Felix vendera sua casa, estávamos ficando em Summer Wind e ele já se cansara de morar com os pais.

Minha vida agora é completamente diferente daquela que eu tinha quando Felix e eu decidimos, em uma praia da Austrália, unir nossas vidas em definitivo. Eu me mudei para a ilha em dezembro. Entreguei meu apartamento. Vou a Toronto uma vez por mês, e Farah toca a In Bloom. Ela diz que está "considerando" minha oferta para se tornar minha sócia. Acho que quer aceitar, mas *sei* que gosta de me deixar na incerteza.

Convidamos muita gente para o open house, e estamos tendo que responder a muitas perguntas. Quais são os planos para a fazenda? Estou gostando da vida na ilha? Onde compramos os lustres? Em menos de uma hora, eu me perco de Felix e não o vejo mais. Desconfio que ele está na cozinha com o adolescente que contratou para ficar abrindo ostras hoje à noite.

Estou montando uma bandeja de bolinhos de peixe quando a namorada de Zach, Lana, vem me contar que acha que ele vai pedi-la em casamento. Lana se mudou de Montreal há alguns meses, e sei que Zach tem uma aliança. O relacionamento dos dois é competitivo de um jeito fofo, por isso Lana quer pedi-lo em casamento primeiro. Ela quer que eu ajude com algumas ideias. Não percebo que ela está só tentando me distrair até ouvir um tilintar ao longe. Tem tanta gente que nem sei de onde vem.

Então eu a vejo na escada, com uma taça de champanhe e uma colher na mão. Nossos olhos se encontram. Faz um ano que Felix e eu a visitamos em Sydney, um ano que não vejo minha melhor amiga. Tenho que segurar as lágrimas.

Bridget continua igual. Suas bochechas estão coradas e seu cabelo, frisado. Usa um short jeans velho e uma regata. Mas tem uma coroa de flores na cabeça, como a que eu usava quando ficamos amigas. Foi ela que fez, tenho certeza — está murcha, torta e os tons de roxo e laranja não combinam. É feia demais, e espetacular.

Não consigo tirar os olhos de Bridget.

— *Como assim?* — Pergunto a ela só com os lábios, sem produzir som.

Bridget me lança um beijo, depois volta a bater com a colher na taça. Com as conversas e a playlist de Ken, poucas pessoas se viram na direção dela. Bridget deixa a taça de lado, leva dois dedos à boca e assovia.

Minha amiga olha para a direita, onde vejo Miles saindo da sala de leitura com Rowan no colo. Os dois devem ter entrado enquanto Lana me mostrava o vídeo de um pedido de casamento com *flash mob*. Rowan tenta segurar um livrinho de *Anne de Green Gables* que ensina as letras do alfabeto, o qual Felix comprou para ela há algumas semanas. Ele disse que ia enviar para a Austrália.

Um braço pousa sobre meus ombros.

— Surpresa — Felix diz.

Viro a cabeça. Ele está de barba feita, com a covinha aparente. Sua barba aparece e some com as estações. Volta no inverno e desaparece com a neve na primavera.

— Você me enganou — comento com Felix.

— Pois é.

Ele beija minha bochecha, depois sorri para a sobrinha.

— Por isso eu não estava encontrando você — percebo.

Felix beija a lateral da minha cabeça

— Pedi que meu pai deixasse a música alta pra você não ouvir Rowan.

Bridget cumprimenta os convidados, que a cumprimentam de volta.

— Uau — ela diz, olhando para nossos rostos. Para os pais. Para meu irmão e meu cunhado. Para seus avós e vários tios e primos. Há um punhado de abridores de ostras que entraram no *Guinness* e metade da turma de Felix no ensino médio, incluindo Joy e Colin. Os olhos de Bridget param nos meus pais, e seu sorriso se alarga. — É muito bom ver todos vocês, e é muito bom voltar pra casa. Na verdade... — Ela olha para mim e para Felix. — É melhor ainda estar aqui, na casa de Wolf e Bee. E que casa linda!

— Eu ajudei — Zach interrompe.

Bridget ergue a taça na direção dele.

— Claro que sim, Zach. — Ela respira fundo. — Pra ser sincera, ver minha melhor amiga e meu irmão bem ali — Bridget aponta com a cabeça na nossa direção —, abraçados, parece ao mesmo tempo natural e esquisito.

Felix é rápido. Uma mão vira meu rosto para ele, enquanto a outra mão entra no meu cabelo. Ele me beija como só faz quando estamos a sós. Os convidados comemoram e assoviam. Sinto o peito esquentar, mas enlaço sua cintura e o puxo para mais perto. Não precisamos esconder nosso amor de mais ninguém, nem de nós mesmos.

— Acho que pedi por isso — Bridget comenta, seca, mas covinhas surgem em suas bochechas quando ela sorri. Ela tira um papel do bolso. — Quando conheci Bee, eu estava morrendo de saudade de casa. Como sabem, meu coração é da ilha, mas eu até que gostava de Toronto, principalmente à noite. Quando eu tinha vinte e poucos anos, andava de bicicleta por Cabbagetown e via de relance as pessoas dentro de casa. Adorava a cidade iluminada no escuro. Mas sentia falta da minha família. Sentia falta da ilha, do vento, da água, da comida da minha mãe. Eu me sentia sozinha. Então conheci Bee. Na noite em que ficamos amigas, ela usava uma coroa de flores de verdade.

Bridget aponta para a sua própria coroa antes de prosseguir.

— Bem parecia com esta aqui. Eu costumava desconfiar de mulheres com a aparência dela. Femininas, elegantes, com maçãs do rosto perfeitas. A maquiagem de Bee estava sempre impecável no trabalho. Eu achava que ela era cheia de frescura. Mas estava errada.

"Bee parece fofa, com seus vestidos e sorrisos, mas é durona. Mais durona do que pensa. Ela odeia brigar, mas não cede no que importa. Essa é uma das coisas que mais admiro nela. Eu ficava chateada por não termos nos conhecido mais cedo, na infância ou na adolescência, mas agora penso que nos encontramos no momento certo. Nós nos tornamos adultas juntas. Foi com nossa amizade que aprendi a fazer concessões. Foi com ela que aprendi que a família que construímos é tão importante quanto a família em que nascemos. Foi com ela que aprendi que os maiores amores nem sempre são românticos.

O discurso de Bridget é muito mais longo do que o discurso que fiz em seu casamento. Quando ela está perto de terminar, noto que manchei de rímel um dos meus guardanapos bons. Felix se mantém atrás de mim, abraçando minha cintura, com o queixo apoiado no meu ombro. De tempos em tempos, sinto que ele ri nas minhas costas ou sorri contra minha bochecha. Eu me viro para olhá-lo quando Bridget menciona que Felix é um irmão maravilhoso, e percebo que seus olhos lacrimejam.

— São maluquice as coisas que fazemos por amor — Bridget prossegue, olhando para nós dois com o queixo tremendo. Levo uma das mãos à bochecha de Felix, que agora está úmida como a de sua irmã. Ele vira a cabeça e beija meus dedos. — Às vezes, parece ainda mais maluquice onde o encontramos.

Bridget ergue a taça de champanhe e todos a imitamos.

— A Lucy e Felix, e à sua casa nova. — Ela me dá uma piscadela. — Já era hora.

Todo mundo foi embora, a não ser por nós seis. Minha família está hospedada em Salt Cottages, e Christine e Ken foram para Summer Wind com Rowan. Bridget e eu nos sentamos lado a lado nos degraus dos fundos. Está escurecendo, mas dá para ver a silhueta

295

de Miles e Felix. Estão acendendo a fogueira. Zach e Lana já se acomodaram em volta dela, com mantas de lã sobre as pernas. Vão dormir todos aqui hoje, embora um casal tenha de ficar no colchão de ar. O terceiro quarto da casa ainda não tem móveis.

— Este lugar é demais, Bee. Nem dá pra acreditar em tudo o que você fez — Bridget comenta. — Você e Wolf são uma ótima dupla.

Meus olhos retornam a Felix.

— Somos mesmo.

No começo do mês, mantive uma barraca na feira ao longo de duas semanas. Não contava com muito material, mas consegui montar alguns buquês com as flores à disposição. Pareceu uma boa ideia, mas era coisa demais para tocar, além da construção e da floricultura. Felix me encontrou chorando no meio das flores em um dos vários momentos em que tive uma crise por estar desempenhando tarefas demais.

Ele me abraçou e sussurrou:

— Você e eu, Lucy. Vamos conseguir.

Eu me concentrei no peso de seus braços e no aroma de sua pele, e soube na mesma hora que ele estava certo. Acabamos estirados na grama, meu vestido levantado até a cintura, a calça dele na altura dos tornozelos, rindo e cobertos de pétalas. Depois, Felix me viu montar alguns buquês e perguntou se podia se arriscar também. Ele revelou ter um olho muito melhor para a coisa do que a irmã.

— Eu não sabia que seria tão bom — admito para Bridget.

— O quê?

— Ter um parceiro.

Eu costumava achar que fazer as coisas sozinha era a maior conquista, e de fato é algo que realiza, mas pedir ajuda a Felix não faz com que me sinta diminuída. Quando estou com ele, tudo parece possível. Sinto-me tão poderosa que parece uma droga. E sagrada e adorada. Nas noites em que estamos tão cansados que tudo o que conseguimos fazer é ficar em silêncio no sofá, Felix lendo e eu vendo TV, não me preocupo com a possibilidade de estarmos caindo na monotonia. Não me sinto parte da mobília. Sinto que tenho sorte.

— Mas sinto falta da minha melhor amiga — eu a lembro. — Mais dois anos na Austrália, é?

Ela e Miles haviam decidido prolongar o contrato.

— É. Depois voltaremos a Toronto, mas não sei se vou conseguir me acostumar outra vez com o inverno.

— Eu preferiria que você fosse minha vizinha, ou pelo menos morasse em Charlottetown, mas vou ter que me conformar.

— O voo pra cá vai ser fichinha depois da Austrália — Bridget diz. — E a gente vai vir com tanta frequência que vocês vão enjoar.

Felix está agachado, amassando papel e fazendo uma pirâmide com gravetos. Vejo quando uma chama se acende.

— É melhor mesmo. Peguei seu irmão assistindo a um vídeo de como construir um balanço. Ele vai fazer um parquinho para Rowan e as crianças que vierem visitar.

— E pros seus filhos, um dia? — Bridget pergunta, com um sorriso culpado.

— Talvez sim. Talvez não. Ainda não pensamos nisso. — Felix e eu descartamos a possibilidade de casamento ou filhos no momento. Aperto os olhos para Bridget. — Engraçado, achei que já tivesse te dito isso. *Várias* vezes.

Minha amiga abre um sorriso encabulado.

— Entendido — diz, então se levanta de um pulo. — Volto rapidinho.

Na ausência de Bridget, fico observando Felix. Ele aguardou, paciente, até que a chama firmasse, e agora joga pedaços pequenos de lenha nela. Dá para ver sua satisfação diante do brilho alaranjado. Ele se vira para mim e seus olhos encontram os meus. Sinto um friozinho na barriga. Ainda sou pega de surpresa por seu amor declarado, pela maneira aberta como o oferece a mim.

Bridget volta com uma bandeja redonda de madeira com uma garrafa de uísque bem caro e seis copos de cristal de aparência antiga, além de um pacote de amendoim enfiado debaixo do braço.

— Seu presente de casa nova — ela diz. — Como nos velhos tempos.

Eu me levanto e lhe dou um beijo na bochecha.

— Quase como nos velhos tempos.

Quando o fogo ganha força e todo mundo tem um copo de bebida na mão, sento-me no colo de Felix. A conversa é do tipo que surge da união de novos e velhos amigos — histórias com uma pitada de nostalgia e piadas internas que precisam ser traduzidas para quem ainda não as conhece.

Quando Bridget obrigava Felix a fazer penteados em suas bonecas Barbie.

A noite em que minha tia tentou replicar o macarrão com vodca de seu restaurante preferido e acabamos bêbadas com o molho.

Felix se cortando com a faca para ostras no dia em que nos conhecemos.

— Vocês não sabiam mesmo quem o outro era? — Lana nos pergunta.

— Não — eu e Felix respondemos em uníssono.

— Sério?

— Sério — confirmamos.

— Minha melhor amiga e meu irmão. É ligeiramente perturbador, mas exatamente como eu gostaria — Bridget declara.

Atiro um amendoim nela.

É o tipo de noite em que algo parece se encaixar. *É isso*, penso. *Isso é tudo o que eu quero.*

Em determinado momento, Zach vai até o carro e volta com um presente, que entrega para mim. Um Trivial Pursuit novo.

— É pra mim ou pra você? — indago.

— Você não vai querer saber — ele responde, pegando um maço de cartas. — Vou só fazer algumas perguntas pra todo mundo.

Zach e Bridget estão discutindo se uma das respostas dela vale quando sinto os dedos de Felix no meu cabelo. Está fazendo uma trança bem no meio das minhas costas. Quando termina, enrola a ponta na mão e puxa com delicadeza minha orelha até seus lábios.

— Passei o dia esperando um momento a sós com você — Felix conta, então beija minha têmpora e escorrega uma das mãos na direção da parte interna da minha coxa.

— Saia você primeiro — peço. — Eu distraio os outros.

Eu me levanto para ele poder se levantar também.

— Preciso ver um negócio lá dentro — Felix anuncia.

— Ele já volta.

Felix me olha por cima do ombro enquanto se afasta. Mesmo no lusco-fusco, consigo ver malícia em seus olhos. Um minuto depois, aviso aos outros que vou buscar uma blusa. Zach desdenha.

Uso nossa batida. *Toc-toc*, pausa... Felix abre a porta, rindo, antes que eu consiga terminar.

— Todo mundo sabe o que está rolando, né? — pergunto, enquanto ele me puxa para dentro e fecha a porta.

— Claro que sabe — Felix replica. — E agora ninguém vai entrar por pelo menos meia hora. Até lá, estamos a sós, Lucy.

Felix apoia minhas costas na parede e nos beijamos. O gosto é de uísque, fumaça da fogueira e do fim mais doce possível para o melhor dia da minha vida. Logo que nos afastamos, ele pega minha mão e me puxa na direção da escada. Nossos dedos se entrelaçam e subimos para nosso quarto, na casa que construímos juntos. Uma casa cheia de livros. Em um terreno repleto de flores. Nossa própria ilha, especial.

Finalmente, Felix. Finalmente meu.

AGRADECIMENTOS

Diversão. Esse era meu único objetivo com este livro. Eu queria me divertir criando a história. Queria que você se divertisse lendo. *Precisava* ter uma experiência melhor escrevendo *Este verão vai ser diferente* do que tive escrevendo meu romance anterior, *Me encontre no lago,* que acabou comigo, com meu ego e com meu cérebro. E acho que consegui transformar esse desejo em realidade, porque adorei escrever este livro. Adorei cada momento que passei com Lucy, Felix e Bridget na Ilha do Príncipe Eduardo, mesmo na terceira versão do manuscrito, quando recomecei do zero, mesmo na sexta, sétima e oitava versão, em que eu distanciava Lucy e Felix de inúmeras maneiras, repetidamente. Do começo ao fim, eu me diverti.

Diversão não é algo que seja devidamente valorizado. À medida que crescemos, acaba passando para o segundo plano. Porque parece algo frívolo. E qual é o problema disso? Acredito que a maioria de nós precisa de mais diversão. Deveríamos valorizá-la — não é algo que esteja disponível para todo mundo.

Aprendi na terapia que a diversão é vivenciada no corpo, com o movimento. Por isso, antes de começar a escrever, eu colocava música para tocar e dançava enquanto lavava a louça, vestia as crianças e recolhia a bagunça delas. Isso me ajudava inclusive a começar a trabalhar com a cabeça mais leve. Comecei a buscar diversão ativamente fora da escrita também. Com aquarelas. Cerâmica. Amigos. Batom vermelho. Canetas roxas. Um vaso em forma de bunda. Franja. Revistas. Conversas com leitores no Instagram. Muito Harry Styles.

A diversão costuma ser melhor quando compartilhada, e não passa um dia sem que eu seja grata pelas pessoas que tornam meu trabalho um tremendo prazer. Por exemplo...

Amanda Bergeron, cujo feedback editorial envolve os comentários mais precisos e atenciosos sobre desenvolvimento de personagens, riscos e estrutura, ao mesmo tempo que defende heróis mais gatos e cenas de banho mais safadas, e com quem tenho ligações demoradas para discutir as complexidades dos arcos de relacionamento, os infortúnios gastrointestinais de nossos filhos e estilos de cabelo (estou muito empolgada com sua franja dividida ao meio).

Taylor Haggerty, que estou convencida se tratar da pessoa mais sábia de todo o mercado editorial, inteligente e de fala rápida. Sorrio só de pensar nela, que sempre traz alegria para o trabalho — às vezes, de maneira bastante literal. Quando tem algo bom rolando, Taylor diz "Que divertido!", e sempre é.

Deborah Sun de la Cruz, que torna meus livros muito melhores, com sua perspicácia extraordinária e sua edição cuidadosa, e que continua a me fazer rir com as coisas que acha excitantes, além de fazer discursos excelentes no lançamento de livros.

Emma Ingram, que dá festas incríveis, gosta de livros e roupas inspiradas em livros e sempre cuida muito bem de mim, principalmente nas turnês de divulgação.

Heather Baror-Shapiro, que se esforça para publicar meus livros em outros países e é o motivo pelo qual acordo com mensagens de leitores de todo o mundo.

Carolina Beltran, que me faz pensar maior, e é encantadora e genial. Se um dos meus livros for parar nas telas, será graças a ela.

Kristin Cipolla, responsável por minha descoberta tardia do álbum *evermore*.

Chelsea Pascoe, que me levou à casa de sua simpática família em Nova Jersey.

Jasmine Brown, que me mandou o recado mais fofo e efusivo depois de ler este livro.

Bridget O'Toole e Anika Bates, que me explicam com toda a paciência os memes do TikTok.

Daniel French, que me salvou quando fiquei presa em um estacionamento em Mississauga.

Elizabeth Lennie, que nos agraciou com outra capa deslumbrante que captura perfeitamente o espírito do livro.

AJ Bridel, que dá vida aos meus audiolivros e que certamente poderia representar Anne Shirley adulta.

Meus colegas na Root Literary, Berkley, Penguin Canada, Penguin Michael Joseph, Penguin Verlag e além, que trabalharam duro para levar este livro a você e tornaram esta jornada extraordinária.

Os livreiros, bibliotecários, jornalistas, apresentadores de podcast e influenciadores do Instagram e do TikTok que conectam pessoas com livros, que lutam para que nossas histórias cheguem às mãos de vocês e cuja paixão e dedicação sempre me surpreende.

No início, fiquei preocupada com a escolha da Ilha do Príncipe Eduardo como cenário deste livro. Hesitei em dar a ideia à minha editora, Amanda — ideia que se resumia basicamente a "melhores amigas viajam juntas para a Ilha do Príncipe Eduardo" —, porque sabia que ela ia querer que eu a desenvolvesse. A localização é muito importante para minhas histórias. Foi o ponto de partida dos meus três livros, e eu não queria errar na escolha da ilha. Já a visitei três vezes — a primeira com minha melhor amiga, Meredith, anos atrás, e as outras duas durante a pesquisa para escrever este livro. Adoro a Ilha do Príncipe Eduardo (vou voltar para lá no verão) e espero ter feito justiça a esse lugar maravilhoso e a seus habitantes.

Sou grata a Jessica Doria-Brown, natural da Ilha do Príncipe Eduardo, que fez a gentileza de ler este livro para garantir que eu retratasse o lugar da maneira mais precisa possível. Ela chegou a fazer uma pesquisa por conta própria com homens da ilha para descobrir se eles achavam Anne Shirley bonita. Muito obrigada, Jessica. Jeff Noye é prefeito de Tyne Valley, proprietário da Valley Pearl Oysters e presidente do Tyne Valley Oyster Festival (dentro do qual se realiza o Canadian Oyster Shucking Championship, o campeonato canadense de abertura de ostras), sem mencionar o detentor de um recorde do *Guinness*. Agradeço a ele por receber um monte de perguntas estranhamente específicas sobre ostras, como abri-las e o campeonato. Quaisquer erros com relação à ilha ou a ostras são de minha responsabilidade.

Agradeço a todos os meus leitores que moram na Ilha do Príncipe Eduardo, os quais demonstraram grande entusiasmo por este livro antes mesmo de sua publicação.

Agradeço a Amy Kain, proprietária da butique de flores Pink Twig, em Toronto, por me explicar os pormenores da vida de florista. Eu não fazia ideia de como o trabalho era fisicamente exigente, de como o negócio era competitivo e de toda a organização necessária para ser bem-sucedido. Quaisquer erros que eu tenha cometido aqui também são de minha responsabilidade.

Este livro é dedicado à minha melhor amiga, Meredith Marino. Meredith me manda e-mails do tipo "Não consigo acreditar que minha autora preferida também é minha melhor amiga!". Tenho certeza de que ela está chorando enquanto lê isto. Há uma boa chance de que esteja em uma livraria, no dia do lançamento, pegando uma pilha de exemplares, apesar de já ter comprado na pré-venda. Enquanto lia a primeira versão de *Este verão vai ser diferente*, me mandava mensagens como: "Estou na página 15, sorrindo de orelha a orelha", ou "Li 67 páginas e é sucesso garantido", ou "Quem poderia imaginar que, anos depois de entrar naquela competição de ostras, ela apareceria no seu TERCEIRO LIVRO?". Após a leitura, Meredith declarou que era um livro "perfeito" e o melhor que ela havia lido no ano, o que, apesar de incorreto, reflete exatamente o tipo de energia que eu tanto valorizo em minha melhor amiga. Torço para que todo mundo tenha uma Meredith em sua vida.

No entanto, como Bridget diz, ninguém pode ser tudo para a gente. Agradeço a meus maravilhosos amigos que estiveram comigo desde o começo, e a meus colegas autores que me ofereceram seu tempo, seus conselhos e sua generosidade, todos preciosos. Vocês sabem quem são. Agradeço à minha mãe, a meu pai e a meu irmão por me apoiarem de inúmeras maneiras, inclusive ficando de babá, providenciando comida quente e consertando a escada. Também agradeço aos educadores que cuidam de meus filhos, os mantêm seguros e os ensinam a crescer como seres humanos curiosos e bondosos. Agradeço à nossa babá, Micaela, por nos ajudar a ter uma vida. E a Bob, sempre, pelo lago.

Aos meus meninos. Max, que pode ser doce ou apimentado, e Finn, que pode ser doce ou azedo. Quando escrevo isto, vocês estão com (quase) sete e dois anos e meio, e são motivo de enorme alegria para seu pai e eu, tanto que às vezes nos olhamos como quem diz, em silêncio: *Não consigo acreditar em como esses meninos são incríveis.* Max provavelmente vai se lembrar do voo épico para a Ilha do Príncipe Eduardo quando for mais velho, mas você não,

Finn. Levou treze horas, de uma porta à outra, em vez de cinco, e vocês dois enfrentaram isso maravilhosamente bem. (Na volta foram uns monstrinhos, mas vamos deixar isso para lá.)

Ao meu amor. Marco, eu não conseguiria fazer isso sem você. Você é um verdadeiro parceiro, em todos os sentidos da palavra. Não existe ninguém com quem eu preferiria criar filhos, envelhecer ou ficar acordada até tarde ouvindo música. Você é minha arma secreta, meu porto seguro, meu coração. É firme quando não sou. Faz o café da manhã, o almoço e o jantar, e completa com um beijo. Você é o fim perfeito para todos os meus dias. E, o melhor de tudo, fica incrível de avental.

E a você, meu leitor e minha leitora, se ainda estiver comigo. Obrigada por comprar, pegar emprestado ou ouvir meus livros — o que significa que posso continuar fazendo isso, o que amo fazer acima de tudo. Escrevo para mim mesma, porém fico grata por ter o privilégio de escrever para você também.

GUIA DE LEITURA

POR TRÁS DO LIVRO

Em 2008, eu e minha melhor amiga, Meredith, viajamos para a Ilha do Príncipe Eduardo. Alugamos um carro (um PT Cruiser que não indicava exatamente uma viagem de meninas) e fomos direto do aeroporto para o cais de Charlottetown; nos sentamos no bar de um restaurante e pedimos uma dúzia de ostras ao bonitão do outro lado do balcão.

— De onde estão vindo? — ele perguntou.

— Toronto — dissemos.

— Sinto muito — foi a resposta dele, totalmente sincera, o que nos fez rir. Todo mundo sabe que os únicos canadenses que gostam de Toronto são os que nasceram lá. Então o cara olhou bem nos meus olhos e disse: — Bem-vindas de volta ao lar.

Embora não tenha acontecido mais nada com o bonitão, me apaixonei pela Ilha do Príncipe Eduardo, e me apaixonei ainda mais por Meredith. Nossa amizade já durava seis anos, porém era a primeira vez que fazíamos uma viagem de férias juntas.

Ficamos na casa da tia de Meredith, em Summerside, decididas a comer apenas peixes e frutos do mar e a visitar toda a ilha de carro. Fomos a Green Gables Heritage Place, nos empanturramos na New Glasgow Lobster Supper e assistimos ao Canadian Oyster Shucking Championship, em Tyne Valley. Isso tudo ficou comigo: as piadas com ostras, os sanduíches de lagosta, mariscos e sopas de peixe, a chuva torrencial que nos obrigou a parar no acostamento com o pisca-alerta ligado. Comemos ostras fritas no Corpo de Bombeiros de Tyne Hall, depois atravessamos a rua até a arena para assistir ao campeonato, comemos uma quantidade absurda de ostras e depois nos perdemos na volta e acabamos em uma estradinha de terra no meio da floresta. Para horror de Meredith, um dos momentos mais memoráveis da viagem não entrou no livro. Quando fomos para North Cape, vimos um cavalo cortando a rebentação com um homem montado nele. Havia um pré-adolescente (fofo, de óculos, com as bochechas rosadas) na praia, carregando o que pareciam ser algas marinhas na traseira de uma caminhonete. Meredith e eu conversamos com ele sobre o que estava fazendo (juntando musgo-da-irlanda), e eu achei muito legal e muito romântico, como algo de outra época. Depois que fomos embora, Meredith soltou uma gargalhada. Ela perguntou se eu havia notado o que estava escrito na camiseta do menino. A resposta era não, por isso olhei por cima do ombro. FBI: FEMALE BODY INSPECTOR [FBI: Inspetor de Corpos de Mulheres]. Romântico? Nem tanto...

Cada um dos meus livros é uma carta de amor a um lugar. *Depois daquele verão,* a Barry's Bay. *Me encontre no lago*, a Toronto. E *Este verão vai ser diferente*, à Ilha do Príncipe Eduardo. Mas o último também é uma carta de amor a Meredith. Fui muito feliz escrevendo este livro, mas também foi uma época difícil em casa. Meus filhos estavam sempre doentes, e foi muito difícil trabalhar e cuidar deles ao mesmo tempo. Também tive minhas questões de saúde e sofri um acidente de carro assustador. Alguém da minha família recebeu um diagnóstico de câncer. Eu estava sobrecarregada. Meredith e eu moramos em cidades diferentes, e nunca me senti tão distante da minha melhor amiga. Eu não sabia que Bridget ia se mudar para a Austrália quando escrevi a primeira versão deste livro, mas assim que a ideia me veio, a tristeza de Lucy ecoou em mim. Sinto saudade da minha melhor amiga o tempo todo.

Mas voltando à parte boa: eu sabia que queria escrever um livro que se passasse na Ilha do Príncipe Eduardo desde que comecei a escrever ficção. É um lugar muito especial e, claro, sou apaixonada por *Anne de Green Gables*, tanto os livros quanto os filmes da CBC, com Megan Follows, Jonathan Crombie, Colleen Dewhurst e Richard Farnsworth. Quando meu marido e eu começamos a namorar e ele me contou que nunca havia visto nenhum, fomos direto para uma locadora e pegamos o primeiro. Ele bateu palmas no fim, e naquele momento eu soube que era o homem certo para mim. Não há o que acrescentar a *Anne*, e minha escrita não se compara à de Lucy Maud Montgomery, porém gostei de poder apresentar um ponto de vista contemporâneo da ilha. Também me diverti muito escrevendo meu romance mais picante ambientado em um lugar famoso por um romance maravilhosamente casto.

Visitei a Ilha do Príncipe Eduardo duas vezes enquanto escrevia *Este verão vai ser diferente*. A primeira em outubro de 2022, logo depois que o furacão Fiona provocou uma destruição tremenda, e de novo em julho de 2023. A cada visita, eu me apaixonava mais pela ilha. Nunca vi pessoas mais calorosas, nunca saboreei uma comida tão consistentemente boa, nunca fiquei tão impressionada com a grandiosidade de uma praia (e olha que cresci na Austrália). Suas falésias são espetaculares. Suas ostras são fenomenais. E, se um dia você for para lá, precisa passar na MacAusland's Woolen Mills para comprar uma de suas fabulosas mantas. Ou cinco.

Se não for possível, no entanto, espero que tenha conseguido transportar você para lá, com Lucy, Felix, Bridget e Zach. E espero que tenha se divertido tanto lendo esta história quanto me diverti a escrevendo.

QUESTÕES PARA DISCUSSÃO

1. Qual foi sua viagem de férias mais memorável e por quê?

2. Quando está na Ilha do Príncipe Eduardo, Lucy sente que pertence àquele lugar. Você já viajou para um lugar onde se sentiu em casa?

3. Se você fosse Lucy, contaria a Bridget de imediato que dormiu com o irmão dela?

4. Se não contaria, acredita que houve um momento específico em que Lucy deveria ter confessado tudo?

5. Quem você acha que começou a sentir algo mais sério pelo outro primeiro, Lucy ou Felix? Em que momento você acha que isso aconteceu para cada um deles?

6. A amizade de Bridget e Lucy é testada com o passar dos anos. Você acredita que é possível que uma amizade se mantenha igualmente profunda à medida que envelhecemos?

7. Stacy aconselha Lucy a viver para si, e não para os outros. Você concorda com isso? Por quê?

8. Depois do casamento de Bridget, Felix e Lucy decidem que não é o momento certo para começarem um relacionamento. O que você achou dessa escolha?

9. Qual é seu relacionamento com *Anne de Green Gables*? Você conhecia a obra?

LIVROS QUE LI (E AMEI) ENQUANTO ESTAVA ESCREVENDO ESTE AQUI

1.
Amanhã, amanhã, e ainda outro amanhã,
de Gabrielle Zevin

2.
Quarta asa, de Rebecca Yarros

3.
Os sussurros, de Ashley Audrain

4.
Tom Lake, de Ann Patchett

5.
Sunshine Nails, de Mai Nguyen

6.
Same Time Next Summer, de Annabel Monaghan

7.
Olá, linda, de Ann Napolitano

8.
Life and Other Love Songs, de Anissa Gray

9.
O palácio de papel, de Miranda Cowley Heller

Fontes TIEMPOS, GT HAPTIK
Papel PÓLEN NATURAL 80 G/M²
Impressão IMPRENSA DA FÉ